Harald M. Landgraf
Schmetterlinge küssen nicht

AF221117

HML·MEDIA
EDITION

Harald M. Landgraf

SCHMETTERLINGE KÜSSEN NICHT

Eine Sammlung
der schönsten Lovestorys

Bibliografische Information der Deutschen Nationalbibliothek: Die Deutsche Nationalbibliothek verzeichnet diese Publikation in der Deutschen Nationalbibliografie; detaillierte bibliografische Daten sind im Internet über http://dnb.dnb.de abrufbar.
Herstellung und Verlag: BoD – Books on Demand, Norderstedt

Impressum
1. Print Auflage | Januar 2021
E-Book bei Kindle Amazon
Copyright ©2021 Autor
und Literarische Agentur HML-Media Nürnberg
Siemensstraße 47, D-90459 Nürnberg
Herausgeber: HML-MEDIA-EDITION
www.hmlmedia.de
Cover©2020 Christof Hallberg
www.ebook-illustration.de
Fotos: Pixaby und 123 rf
Lektorat: Burkard Freiberger
Layout: Nils Hoffmann
Lizenzvergabe auf Anfrage.
Nachdruckdienst HML-Media Nürnberg
Alle Rechte vorbehalten!
ISBN: 978-3752659351

Inhaltsverzeichnis

Rosen aus San Remo

Juliette hat einen netten aufmerksamen Liebhaber. Jacques ist ein erfolgreicher Rechtsanwalt, der seiner Geliebten jeden Wunsch von den Augen abliest und ihr ein Leben im Luxus bietet. Kein Wunder, dass Juliette oft beneidet wird. Aber ist sie wirklich glücklich hinter der schillernden Fassade? Eine Reise an die Blumenriviera und ein total verrückter Straßenmaler verzaubern Juliettes Herz …

»Prego Signorina! Ich wünsche Ihnen einen wunderschönen Aufenthalt bei uns im *Casino Royal*. Wir stehen Ihnen jederzeit gerne zur Erfüllung Ihrer Wünsche zur Verfügung.«

»Merci Monsieur«, dankte Juliette und betonte damit ihre französische Herkunft. Jacques meinte, es sei wichtig, seine Nationalität besonders im Zeichen der Globalisierung deutlich zu machen. Juliette tat fast immer, was Jacques wollte. Sie war lieb, wenn er es wünschte, sie ließ ihn in Ruhe, wenn ihm danach war. Sie war fröhlich, wenn Jacques aufgemuntert werden wollte und spielte die Melancholische, wenn er zu träumen wünschte.

Juliette war das Geschöpf des erfolgreichen Anwalts Jacques Duval. Er betrachtete sie als seine Frau und als eine Art Eigentum, und sie hatte gar nichts dagegen, solange es ihr gut ging, denn ihr war es nicht immer gut gegangen. Nur ungern erinnerte sie sich an ihre Kindheit, die sie in einem Dorf in der Bretagne verbracht hatte. Dort hatte oft ein

Croissant schon Luxus bedeutet. Dennoch wollte sie Jacques nicht heiraten, obwohl er ihr schon ein paar Mal zu Füßen gelegen hatte. dass er hinterher über die Beulen in seiner Hose jammerte, war Juliette jedes Mal sauerer aufgestoßen und ließ sie bisweilen daran zweifeln, ob Jacques trotz seines Reichtums wirklich der Richtige war …

Auf dem Zimmer angekommen, schleudert Juliette ihre Pumps in eine Ecke und ließ sich rückwärts auf das Bett fallen. Heute Abend würde sie ins Casino gehen, hinterher vielleicht in einen Club? Und morgen wollte sie nach Cannes und sich dort mit Charlotte treffen, deren Jacht dort vor Anker lag. Oh doch, es würde eine ereignisreiche Woche werden – oder aber auch total langweilig. Man wusste es vorher nie …

Das Telefon! Juliette angelte nach dem Hörer.

»Hallo?«, zwitscherte sie.

»Juliette – Cherie! Geht es dir gut, mein Herz?«

»Oh danke, sehr gut mon Cher!«, rief Juliette launig. »Und du, Jacques, was tust du gerade?«

»Ich träume von dir«, sagte Jacques Duval, und Juliette sah ihn vor sich in seinem hellgrauen Anzug, sah, wie er den Binder ein wenig lockerte, immer auf dem Sprung, damit niemand diese vermeintliche Inkorrektheit bemerkte. Ein loser Knopf oder ein Stäubchen auf dem Anzug konnte ihn verrückt machen. »Was wirst du heute machen? Pass auf dich auf! Und meide die Sonne; sie verbrennt deine schöne Haut! Und …«

»Ja, ja, mein Schatz, ja, ja!«, rief Juliette. »Ich werde alles so machen, wie du das willst.« Plötzlich, warum mochten die Götter wissen, begann er, sie zu nerven. Er würde spätestens in einer Stunde wieder anrufen, würde fragen, was sie gemacht hatte und sich danach erkundigen, was sie als Nächstes vorhatte. Und dabei würde er vor Sorge um sie vergehen. Einmal war sie von einem Radfahrer gestreift worden und war gestürzt. Obwohl nichts passiert war, hatte Jacques einen total aufwändigen Prozess in Gang gesetzt, der letztlich zu nichts führte, außer, dass er einen Haufen Geld verschlungen hatte. So war Jacques.

»Oh je, die Wanne läuft über!«, rief sie mit gespieltem Erschrecken und legte rasch auf, machte »Uff« und zog die Decke über den Kopf. Sie war noch keine halbe Stunde in San Remo. Und schon plagte sie diese fürchterliche Langeweile. Und damit kam die Sehnsucht. Sie war wie der Wind, ließ sich nicht greifen und nicht festhalten. Juliettes Sehnsucht hatte keinen Namen. Juliette warf das Kleid auf den Haufen, der das Bett garnierte. Über eine Stunde probierte sie an und hatte noch immer nicht das ihrer Meinung nach passende gefunden.

»Ich hätte einfach mehr mitnehmen sollen«, murmelte sie. »Das Grüne kann ich unmöglich tragen und hellgelb, nein hellgelb geht gar nicht. Ich werde bestimmt Monique de Winter begegnen, und sie trägt immer hellgelb.«

Schließlich hielt Juliette ein Strandkleidchen in der Hand, ein billiges Fähnchen, das sie einmal aus einer Laune heraus für wenig Geld gekauft hatte. Es gefiel ihr – aber nein, anziehen konnte sie es nicht. Wenn ihr in diesem Aufzug jemand begegnen würde, der sie und Jacques gut kannte? Es wäre nicht auszudenken gewesen und hätte Leute gegeben, die sich ernsthaft Gedanken gemacht hätten, ob Jacques das Geld ausgegangen war …

Also nahm sie den lindgrünen Anzug mit den weiten Hosen und dem Hauch von Bluse. Das alles entstammte einen bekannten italienischen Modehaus, und der Preis hätte einen normal Sterblichen vermutlich den Schweiß auf die Stirn getrieben. Für Juliette war das alles normal.

Später bummelte sie ein wenig durch die Altstadt und

mischte sich dann unter das ‚gemeine Volk' in den bunten Markthallen, die mit einer überreichen und köstlichen Vielfalt von duftendem Obst und taufrischem Gemüse aufwarteten. Riesige luftgetrocknete Schinken und wagenradgroße Käse lockten in den Auslagen, zierliche Ringe weißgekalkter Salami, meterlange Baguettes, Kräuteröle und ein unvergleichlich würziger Duft, in dem die ganze Köstlichkeit der Region eingefangen schien verströmten zusammen mit dem Geschrei der Händler eine ungeheure Faszination.

Juliette bekam ein wenig Hunger. Aber es kam ihr nicht in den Sinn, sich einfach ein köstlich belegtes Baguette zu kaufen und dazu ein Gläschen vom tiefroten Landwein zu nehmen, der aus großen Holzfässern ausgeschenkt wurde und nicht teuer war. Jacques hätte Zustände bekommen!

Daher marschierte Juliette zu *Adamos*, einem bekannten Fischlokal für Reiche und Prominente und verzehrte dort ein Dutzend Austern, die sie aber nicht wirklich glücklich machten. Seezunge hatte sie gestern erst gegessen, eine großes Filetsteak am Abend und die Milchlammkeule im Sterne-Restaurant des *Royal Eden* hing ihr zum Hals heraus. Die Qual der Wahl war etwas Fürchterliches, wie Juliette fand. Aber gab es einen Weg, das abzustellen?

Sie nahm einen Espresso, war satt und war es doch nicht. Gerne hätte sie jetzt ausgiebig gegähnt. Das hatte ihr Jacques, selbst hinter vorgehaltener Hand, schon lange abgewöhnt. Schrecklich, diese Langeweile, die so schwer über Juliettes Gemüt brütete wie die heiße Sommersonne über San Remo.

Baden war hier nicht gut möglich. Es gab zu wenig Strände, und die waren mit gewöhnlichen Leuten übervölkert. Jacques wünschte nicht, dass sich Juliette neben solche Menschen an den Strand legte. Er tat immer so, als wären sie mit einer schrecklich ansteckenden Krankheit behaftet.

Ach, vielleicht würde sie sich mit einem Boot rüber nach Cap d'Antibes schippern lassen? Vorausgesetzt, Jacques' Jacht lag schon im Hafen. Das war zwar ein bisschen weit, aber dort war man unter sich und lief keine Gefahr, einem Hoteldienstmädchen zu begegnen, was Jacques unweigerlich einen Schauer über die marmorweiße Haut gejagt hätte. Manchmal, wenn auch sehr selten, erinnerte sich Juliette an die Bretagne. Doch in die Bretagne wollte sie trotz all der faden Langeweile nicht wieder zurück, obwohl manchmal ein leises Gefühl durch die Brust zog, das die manche Menschen melancholisch Heimat nannten …

Dann sah Juliette den Maler. Er saß auf einem kleinen Hocker direkt unter zwei Palmen zwischen dem Kinderkarussell und der Softeisverkäuferin. Das Shirt stellte seine muskulösen Oberarme prächtig zur Schau. Er musste sie eingeölt haben, da sie wie feuchte Bronze schimmerten. Auf der Staffelei lehnte eine Leinwand. Das Motiv war nichts Besonderes, eines jener Meer-Motive, wie es sie zu Tausenden gab, kleckerbunt und beinahe orientalisch schön, der prächtigste Kitsch für jede Wand über dem Wohnzimmersofa …

Juliette blieb stehen und sah ihm zu. Ein Strohhut beschattete sein Gesicht, und sie hatte plötzlich den Wahnsinnswunsch, seine Augen zu sehen. Das ging aber nicht so einfach, zumindest nicht mit dem Schnippen ihrer unlimitierten Kreditkarte.

»Heh – du!«, rief sie ihn an. Besonders höflich klang das nicht.

»Ich – meinst du mich?« Er hielt inne, blickte aber nicht hoch. »Möchtest du ein Bild kaufen?« Emsig pinselte er weiter.

Nein, ich möchte deine Augen sehen, war sie versucht zu sagen. Aber damit wäre sie sich doch reichlich blöde vorgekommen. Er wurde immer interessanter, und Juliette fand dafür keine Erklärung. Seine Jeans war abgeschnitten und ausgefranst. Zarter blonder Flaum schimmerte auf seinen gebräunten Oberschenkeln.

»Hast du – nur – ich meine – nur diese Zeug?«, stotterte sie. »Das ist doch …«

»Kitsch«, sagte er trocken. »Ja, es ist Kitsch, und ich male so, weil es die Leute wollen und weil es sich verkauft. In den Louvre werde ich sowieso nie kommen. Also, eco, was soll's? Kauf mir ein Bild ab und rette mich in den nächsten Tag. Das ist ein gutes Werk!« Er blickte ein wenig hoch, wobei seine Augen allerdings noch immer verborgen im Hutschatten lagen und Juliette nur ein geheimnisvollen Schimmern entdecken durfte. »Nun«, fuhr er nach einer kleinen Weile abschätzend fort. »Ich glaube nicht, dass du zu meinem Klientel gehörst. Drei Straßen höher sind die Geschäfte, die du bestimmt bevorzugen wirst. Ich rate dir, in die Galeria *Princessa Rosa* zu gehen. Dort findest du adäquate Werke namhafter Künstler …«

»Könntest du mich auch malen?«, fragte sie spontan und atemlos. »Ein Geschenk für meinen Mann.«

»Ach, du bist verheiratet?«, stellte er fest. »Und wie ist er, dein Mann?

Juliette schnappte nach Luft. So hatte noch niemand mit ihr geredet, so direkt und so – unverfroren. Aber sie ärgerte sich nicht. Ein Prickeln kroch ihr über den Rücken, denn sie spürte den Beginn eines Spiels …

»Korrekt, aufmerksam«, antwortete sie langsam und umrundete den Maler dabei. »Großzügig – und natürlich – sehr reich!«

»Und das ist alles?«

»Alles?«, rief Juliette empört. »Ja, was denn noch? Er muss jedenfalls nicht hier sitzen und – Kitsch malen, um zu überleben.«

»Ich muss es auch nicht«, erwiderte er trocken. »Ich könnte mich von einer Klippe stürzen und das Drama meiner Armut beenden.«

»Und warum tust du es nicht?«

»Weil ich das Leben liebe«, sagte er. »Fünfhundert Euro!«

»Wie – was?«

»Na, wenn ich dich malen soll. Und während der Sitzungen genug zu essen und zu trinken. Du kannst den Rotwein aus dem Strohballon nehmen. Es gibt ihn bei der alten Fussini in der Romanera.«

»Und wo – und wann?«, krächzte Juliette mit staubtrockenem Hals.

»Heute Abend, neunzehn Uhr, Piazza Roberto vier, unterm Dach. Und zieh etwas Vernünftiges an, ja? Nicht so einen – Fetzen!« Er hob den Stoff an und ließ ihn fallen, als habe er etwas Heißes berührt.

Eine dicke Dame näherte sich und der Maler begann eine heftiges Preisdiskussion. Juliette hatte keine Chance, einen Blick in seine Augen zu werfen. Sie war bestimmt blau, ja, sie mussten blau sein! Er beachtete sie nicht weiter und schien es geschafft zu haben, der dicken Dame einen Sonnenuntergang anzudrehen. Er mochte wohl sämtliche Tuben mit Rottönen auf der Leinwand ausgedrückt und miteinander verschmiert zu haben. Flüchtig fragte sich Juliette, wie wohl ihr Porträt aussehen würde.

Die Piazza Roberto lag in der Altstadt. Das Haus mit der Nummer vier war wenig vertrauenserweckend. Im düsteren Hausflur roch es nach Pizza, nach Öl und billiger Seife. Juliette kletterte mutig die wacklige Stiege hinauf, stolperte beinahe über einen altmodischen Kinderwagen, einen halbvollen Eimer und einen Schrubber und hörte hinter sich eine Frau italienisch fluchen.

Dann stand wie vor der Tür und klopfte hastig und aufgeregt. Der Maler öffnete. Er trug einen fleckigen Kittel und bat sie mit einer übertriebenen Einladungsgeste in den Raum. Er war riesig und dank der großen Dachfenster lichtdurchflossen. Himmlisch und atemberaubend war der Blick über die Dächer des alten San Remo. Atemlos blieb Juliette mitten im Raum stehen und drückte die Weinflasche vor die Brust.

»Ist das schön!«, sagte sie andächtig und staunend wie ein Kind.

»Wie heißt du eigentlich?«

Juliette drehte sich um und sah endlich seine Augen. Sie waren nicht blau, sondern leuchteten wie goldbraune Topase. Das Haar war blond mit ganz hellen Strähnen, die wohl die Mittelmeersonne hineingebleicht hatte. Wie angezaubert und mit leicht geöffneten Lippen stand Juliette vor dem Maler.

»Juliette heiße ich!«, flüsterte sie. »Und wie heißt du?«

»Sebastian«, sagte er. »Dort drüben bitte. Setz dich auf den Stuhl. Dort ist das beste Licht.«

»Der Wein …«, stammelte sie und stellte die Flasche auf einen Tisch. »Ich hoffe, er schmeckt, denn er war billig.«

»Teuer muss nicht gut und billig nicht schlecht sein«, brummte Sebastian. Dann trat er auf Juliette zu und nahm ihr die Kette ab. »Die macht sich nicht gut – und das hier auch nicht.« Dabei wischte er mit einem Tuch den Lippenstift ab. »So sieht es besser aus. Oder soll ich dich als Zirkusprinzessin malen?«

Juliette war sprachlos und setzte sich gehorsam auf den Stuhl. Sebastian war eigentlich nicht schön, nein, Juliette hatte wirklich schönere Männer gesehen als ihn. Doch er besaß etwas, was ihr bisher noch nicht begegnet war. Seine Stimme schaffte es, ihren Bauch ganz wohlig kribbeln zu lassen und streichelte ihren Rücken wie sanftes Sandpapier.

Lange dauerte das Schweigen. Der Lärm war fern, und dann hüllte blaue Dämmerung das Atelier allmählich ein. Sebastian legte den Pinsel aus der Hand.

»Jetzt habe ich Hunger«, sagte er.

»Ich auch. Ich lade dich ein.«

»Aber ich bestimme, wo wir essen werden«, sagte er und nahm ihre Hand. Er führte sie in eine Gegend, in der Juliette noch nie vorher gewesen war. Das Lokal war sehr einfach, aber urgemütlich. Matte Gasfunzeln erhellten schummrig das Gewölbe zusammen mit den Flaschenkerzen, die in den Nischen flackerten und Schatten auf den buckligen Wänden tanzen ließen.

Es gab einen köstlichen Eintopf und danach einen zauberhaften Pudding, der nach Mandeln und Rosenöl duftete. Der Wein schmeckte herrlich und schien Juliette köstlicher als jeder, den sie bisher getrunken hatte. Als die Rechnung kam, zeichnete sich grenzenloses Erstaunen auf Juliettes Gesicht ab.

»Zu teuer?«, fragte Sebastian mit gerunzelter Stirn.

Juliette schüttelte den Kopf. Da betrat einer der vielen Rosenverkäufer das Lokal. Sebastian winkte ihn heran. Dann fummelte er in seiner Tasche und nahm etliche Rosen aus dem Strauß. Er gab dem Verkäufer das Geld.

»Für dich, Juliette«, sagte er artig. »Ich habe sie von meinem letzten Geld für dich gekauft.«

»Ach du Liebe Zeit!«, rief sie erschrocken. »Und was wirst du morgen machen? Was wirst du essen und trinken …?«

Sie spürte seine Hand. Dann blickte er ihr in den Augen. In der Tiefe seiner Bernsteinaugen glomm ein Licht, ein

Feuer wahnsinniger Lebenslust.

»Morgen gibt es einen anderen Augenblick. Dieser jetzt ist wichtiger, denn es gibt ihn nur ein Mal, nur ein einziges Mal. Genieße jeden Augenblick, Juliette!«

Mit diesem Gedanken lag Juliette noch lange wach. Dann läutete das Telefon. Es war Jacques.

»Ich habe den ganzen Abend über versucht, dich zu erreichen. Hattest du dein Mobil nicht mit? Wo, um alles in der Welt bist du nur gewesen, Cherie? Ich bin verrückt geworden vor Angst und Sorge. Also, wo warst du?«

»Im Himmel«, flüsterte Juliette. »Ich glaube, ich war im Himmel, Jacques …«

»Du hast getrunken!«

»Das auch«, antwortete sie und lachte glucksend.

»Hoffentlich hatte dich keiner dabei beobachtet, der uns kennt. Du weißt, es wäre …«

»Es wäre fatal, ich weiß«, unterbrach Juliette. »Doch lass dich beruhigen, mon cher, denn in einen solchen Himmel findet unsereins den Weg nur selten, nein, nicht in diesen Himmel … Ich bin sooo müde … Bonne nuit, mon cher …!«

Sie legte auf und rollte sich wie ein Kätzchen zusammen, schlief bald darauf ein und träumte von flimmernden Sternen, von leuchtenden Topasen und von den roten Rosen aus San Remo …

»Eigentlich solltest du mich malen«, meinte Juliette ein wenig vorwurfsvoll. »Statt dessen schleppst du mich zum Hafen – in diesem Aufzug!« Juliettes Blick glitt an sich herab. Sie trug ein weißes Leinenkleid und Strohsandalen. Sebastian hatte das Zeug angeschleppt und Juliette es widerspruchslos angezogen. Auf seltsame Weise war ihr plötzlich völlig egal, ob sie so von Bekannten gesehen wurde. Sie fühlte sich wohl.

»Zum Malen ist nicht der Augenblick«, sagte Sebastian und zog sie mit sich hinunter zu den weißen Booten. »Lust auf einen Segeltörn?«

»Du hast ja gar kein Boot?«, kicherte Juliette.

»Pass auf!«, rief Sebastian fröhlich. »Gleich werde ich eines haben!«

Dann nahm er ihre Hand und sprang mit ihr auf ein prächtiges Segelboot. Er löste die Leinen und warf den Motor an. Das Boot tuckerte behäbig aus dem Hafen.

»Du – Sebastian, siehst du den Mann dort?«

»Na klar, er springt wie ein Hampelmann. Das würde ich auch tun, wenn mir einer mein Boot klaut …«

»Du hast …?«

»Sagen wir geliehen, das klingt eleganter. Falls er bis zu unserer Rückkehr keinen Schlaganfall gekriegt hat, wird er sich wieder beruhigen. Schlimmstenfalls wartet die Polizei auf uns!«

»Die Polizei!«, schrie Juliette entsetzt und machte Anstalten von Bord zu gehen. Sebastian hielt sie zurück.

»Kein Grund sich an einem so prächtigen Tag zu ertränken«, mahnte er und zog sie an sich. »Dein Ehemann in spe wird uns bestimmt auslösen, falls man uns beide bei Wasser und Brot einkerkern sollte.«

»Jacques ist Rechtsanwalt!«

»Um so besser!«

»Aber er – er ist nicht irgendein Rechtsanwalt«, stammelte Juliette kläglich. »Er ist – na ja, seine Mandanten …«

»Sag's doch«, bohrte Sebastian grinsend. »Er hilft reichen Leuten noch reicher zu werden, indem sie andere gemeinsam übers Ohr hauen. Nein, schrei jetzt nicht empört. Mich kann niemand aufs Kreuz legen, da ich nichts habe.«

»Du bist unverschämt!«, rief Juliette und stampfte mit dem Fuß auf. Daraufhin lachte Sebastian schallend auf, woraufhin Juliette nochmals eigensinnig stampfte.

»Meine Mutter dürfte nicht deine Schwiegermutter sein, da sie etwas gegen fußstampfende Gören hat und jeder den Hintern versohlt«, klärte Sebastian auf. »Ich meine, das ging ja gar nicht, nachdem du verheiratet bist …«

»Nicht ganz, nur so gut wie!«, rief Juliette empört. »Aber das geht dich gar nichts an! Bring mich sofort an Land – sofort!«

»Bon!«, sagte er und wendete das Boot so hart, dass Juliette beinahe über Bord gegangen wäre. »Ganz wie Madame befehlen. Wünschen Madame, dass ich einen roten Teppich ausrolle, oder …«

»Ach, hör doch mit dem Unsinn auf«, flüsterte sie und kauerte nieder. »Es ist alles so verrückt, so irre und doch so …«

»… Schön?«, fragte Sebastian und ließ sich neben ihr nieder. Dann legte er den Arm um sie und zog sie an sich. Nun lag ihr Kopf an seiner Brust. Es duftete nach Zitrone und nach Meer und ein klein wenig nach altem Sherry aus Fronteras. Juliette schloss die Augen.

»Ja, schön« flüsterte sie selbstvergessen. »Unendlich schön, Sebastian. Es ist aber nur ein Augenblick …«

»Jeder Augenblick hat seinen Zauber. Und wir können viele davon haben und sie alle genießen – alle Augenblicke unseres Lebens!«

»Oh ja, ja, jeden einzelnen Augenblick!«, sagte sie und küsste ihn. »Und bitte noch einen Augenblick … und noch einen …«

Als sie nach langer Zeit zum Kai zurückkehrten, stand dort nicht nur der Bootseigner, sondern auch – Jacques. Er trug einen dunklen Anzug, und Juliette bedauerte ihn, da er sich darin zutode schwitzen musste. Jacques sah zerknittert aus und blickte etwas belämmert drein. Offenbar war er alles andere als Herr der Lage! In der Nähe lauerten ein paar Polizisten, und Juliette hegte keinen Zweifel daran, dass Jacques sie bestochen hatte …

»Also, Juliette, ich muss schon sagen …!«, schnaubte er. »Du geht mit einem Fremden auf ein gestohlenes Boot? Das ist kriminell!«

»Das ist Sebastian, und er ist kein Fremder!«

»Und wie du aussiehst – wie eine – eine Proletarierin – wie ein – Künstlerliebchen!«

»Oh, welch ein wunderschönes, welch treffendes Wort, mon Cher!«, rief Juliette begeistert. »Sebastian ist Maler – und ich liebe ihn!«

»Maler!« Alle Verachtung dieser Welt lag in diesem Wort eingebettet. »Ich hoffe, du kommst zur Vernunft. Ich möchte mit dir in Cannes die Eheringe kaufen.«

»Oh!«, sagte Juliette. »Das ist, denke ich, nicht mehr nötig, denn ich – ich werde dich nicht heiraten.«

»Nicht? – und womöglich wegen dieses Malers? Weißt du, worauf du verzichtest? Auf schöne Kleider, auf kulinarische Köstlichkeiten, auf den Glanz der Gesellschaft. Nein, ich verstehe dich nicht!« Jacques sprach sehr gefasst. Seine Klage hörte sich nach einem Wetterbericht an und tönte in der Art, in der man den Beipackzettel eines Medikamentes vorliest. Weder Trauer noch Wut widerhallten aus den Worten, nur nackte Gleichgültigkeit. »Was hat er denn, was ich nicht habe, Cherie? Was findest du nur an ihm? Ich kann dir die Welt zu Füßen legen!«

Juliette jubelte und drehte sich im Kreis.

»Was ist schon die Welt, mein Lieber?«, rief sie. »Mit ihm hab ich den Himmel berührt!« rief sie. »Wir waren ganz weit oben, ganz hoch über den Sternen …«

»Verzeih, aber ich kann dir nicht folgen«, sagte er nüchtern. »Nun, dann kann man nichts machen.« Er zurrte seinen Binder fest, drehte sich um und ging mit steifen Schritten davon. Mit ihm verschwanden auch die lauernden Polizisten.

»Er ist doch eigentlich ein ganz Lieber«, meinte Sebastian, und es klang bedauernd. »Und er ist so reich!«

»Manchmal genügt es eben nicht, ein reicher Lieber zu sein, mon Cher«, sagte Juliette verträumt und versenkte sehnsuchtsvoll ihren Blick in den Topasaugen. »Und nun komm, ich warte auf den nächsten Augenblick!«

So viele Farben hat die Liebe

Für die blinde Anna leuchtet die Welt in den schönsten Farben als sie Christoph kennenlernt. Sie verliebt sich in den Mann, dessen Gesicht sie nur fühlen kann. Dann aber erfährt sie, dass Christoph eine Stelle als Lehrer antreten wird – wohl in ihrem Institut? Mit einem Lehrer darf sie nichts beginnen …

Anna betastete die Strickmütze. Sie fühlte sich weich und kuschelig an. Die Farbe jedoch konnte sie nicht fühlen. Sie legte das Teil seufzend ins Regal und trat einen Schritt zurück. Es polterte hinter ihr.

»Wie ungeschickt!«

»Nicht so schlimm!« Diese Stimme ging Anna durch und durch. Lauschend hob sie den Kopf und schloss die Augen. »Nichts passiert. Ich bin nicht zerbrechlich.« Welch wundervolle Stimme! So weich wie Samt und dunkel wie ein Tannenwald. Dieser Klang zauberte Anna ein Kribbeln zwischen die Schulterblätter und brachte in ihr etwas zum Singen und Klingen. Eine zarte leise und wundervolle Herzensmelodie.

»Verzeihen Sie«, sagte sie. »Manchmal rumse ich an …«

Schweigen. Nur das Stimmengeschwirr der vielen Leute im Kaufhaus. Sie tastete mit Ihrem weißen Stock. Nun hatte er wohl bemerkt, dass sie blind war. War er gegangen? Geflüchtet?

»Ich bin Christoph«, sagte er endlich. »Sie – Sie können nicht sehen?«

»Ja, ich bin blind«, gab Anna bereitwillig Auskunft. »Aber

das ist nicht so schlimm. Es gibt Ärgeres im Leben. « Sie zuckte die Schultern. »Ich wollte mir eine Mütze kaufen. Aber mit der Farbe ist das so eine Sache …« Sie tastete nach der Mütze. »Die habe ich mir ausgesucht!«

»Sie ist abscheulich«, sagte er. »Die passt gar nicht zu Ihnen. Sie würden damit fürchterlich aussehen!«

»Ich bin Anna«, sagte sie. »Ehrlich bist du schon, aber du musst mich nicht siezen. Ich mache eine Ausbildung im Blindeninternat am Schloss, falls du das kennst?« Sie plapperte einfach drauflos. Bei manchen Menschen spürte sie, dass sie ihr wohlgesonnen waren. »Ist die Mütze wirklich so blöd?«

»Also diese Mütze geht gar nicht, Anna. Sie ist grün, rot, blau und türkis gestreift. «

Anna lachte hell auf. »Ja, eine absolut dämliche Farbkombination.«

»Schade, dass du Farben nicht sehen kannst«, sagte Christoph.

»Ich kann sie fühlen und riechen«, offenbarte Anna. »Gras riecht grün. Erdbeeren duften rot und Wasser riecht blau.«

»Und weiß?«

»Weiß riecht sauber«, sagte Anna. »Wie frisch gewaschen.« Sie trat an ihn heran und hob schnuppernd ihr Näschen. »Du duftest nach Mandeln, nach Schokolade, ein bisschen nach Zimt. Du duftest aber auch nach Wald und Leder. Du riechst einfach süß!«

»Vielleicht nach – Konditorei?«

»Oh ja! Ich liebe Konditoreien. Ich liebe Marzipan, Torten und Schokolade.«

»Dann gehen wir in das kleine Café am Stadtplatz?«, fragte er. »Aber die Mütze …«

»Pfeif drauf! Ich werde nicht erfrieren. Und sie ist ohnehin scheußlich, wie du sagst.« Anna war bewegte sich erstaunlich sicher. Unterwegs erzählte sie, dass sie blind geboren wurde und dass es für sie gar nichts anderes gab. Sie war nicht unglücklich. »Manchmal wäre es aber ganz wundervoll, die Dinge so zu sehen, wie sie wirklich sind«, seufzte Anna leise und kuschelte sich in das behagliche Polster. Vor ihr dampfte eine große Tasse köstlich duftender Schokolade. Anna schob einen Bissen zartschmelzender Marzipantorte zwischen die Lippen.

»An den kleinen Fenstern hängen Spitzengardinen«, berichtete Christoph. »Die Sessel sind mit gestreiftem Samt überzogen. Pfirsichrot mit Apfelgrün. Und die Lüster blitzen wie die Sterne.«

»Wie die Sterne!«, flüsterte Anna verträumt und lehnte sich zurück. »Sie müssen schön sein, diese Sterne. Schade, dass ich sie nicht sehen kann. Man kann sie ja auch nicht fühlen, denn sie sind viel zu weit weg.«

»Ja, das sind sie«, sagte Christoph leise. »Aber manchmal kann man einen Stern vom Himmel holen und ihn fühlen – wenn man fest daran glaubt.«

»Wirklich? Darf ich dich – einmal – betrachten?« Ihre Hände hoben sich und näherten sich Christophs Gesicht. Er schloss die Augen. Zart tasteten ihren Fingerspitzen über Stirn, Wangen und Nase. Dann kamen sie bei den Lippen an, streichelten sanft darüber und verweilten einen kleinen Augenblick, so als wollten sie etwas festhalten für alle Zeit. »Ich glaube, du bist ein sehr schöner Mann.« Ihre Stimme war leise geworden.

»Ach was«, sagte Christoph verlegen. »Schönheit ist doch nicht wichtig – obwohl – du hast so wunderschöne Augen …«

»Augen, die mir leider wenig nutzen!«

»Nein!«, rief er. »Sie sind so herrlich blau und leuchten

wie die schönsten Edelsteine.«

»Das sagst du bestimmt sehr vielen Frauen.« Ihre Fingerspitzen strichen über die bestickte Tischdecke und verharrten bei der Blüte, die Christoph über den Tisch auf ihre bebenden Finger zugeschoben hatte. »Eine Rose«, flüsterte sie. »Eine – rote Rote. Ich weiß, dass sie rot sie, denn sie fühlt sich an wie – wie Samt.«

Von draußen, von der Marienkirche her, drangen Glockenschläge herein.

»Oh Himmel, so spät schon!«, rief sie. »Ich muss mich beeilen. Es gibt bald Abendessen. Und da sind sie gar nicht fein im Internat, wenn man nicht pünktlich ist.«

»Ich bring dich schnell«, sagte Christoph. »Nein, ich zweifle keinen Augenblick, dass du es nicht allein schaffen könntest. Aber es geht vielleicht schneller?«

Sie nickte. In ihr war alles so voller Glück. Sie hatte sich verliebt wie nie vorher in ihrem Leben. Die meisten Männer, die sie kennenlernte, behandelten sie wie eine zerbrechliche Porzellanpuppe und verstanden es einfach nicht, sich als das zu nehmen was sie war: Eine junge Frau, die mitten im Leben stand und nur bisweilen auf Hilfe angewiesen war. Sie wollte nicht bemuttert und schon gar nicht bemitleidet werden. Sie hakte sich bei ihm unter, während sie zum Internat gingen.

»Wenn ich hier fertig bin«, sagte sie, »dann werde ich Dolmetscherin und Übersetzerin sein. Ich hoffe, eine gute. Und du? Was machst du eigentlich?«

»Ich bin eben mit dem Studium fertig geworden. Lehramt. Ich unterrichte Französisch?«

»Hier in der Stadt?« Sie hob den Kopf.

»Vielleicht«, sagte er. »Wenn ich die Stelle bekomme. Es ist noch nicht entschieden.«

»Dann drücke ich die Daumen, denn dann werden wir

und – hoffentlich – öfter sehen?«

»Jeden Tag, wenn du willst«, raunte er ihr ins Ohr. »Du bist wundervoll, Anna. Ich danke dem Himmel für diesen Nachmittag. Ich hole dich morgen ab. Um vier?«

»Ja, um vier«, flüsterte sie zurück. Eine Weile war es still. Dann spürte Anna, wie ihr der zartherbe Lederduft ganz nahe kam und er endlich seine Lippen auf ihrem Mund legte. Ihr war, als streifte sie ein Schmetterling. Doch Schmetterlinge küssen nicht. Ihre Finger ruhten noch dort, als er längst gegangen war. Traumverloren stand sie da und ging schließlich ins Haus. Ihr Herz sang eine wundervolle Melodie.

Fröhlicher Lärm umfing sie und schon bald war sie wieder eingebunden in das Leben des Internats. Nach dem Abendessen traf man sich im Salon zum Quatschen und Musikhören. Anna war ganz still und saß nur da. Sie lauschte in sich hinein. Dort war Christophs Stimme, traumschön wie im Märchen.

»Habt ihr es schon gehört?«, rief eine der jungen Frauen. »Wir bekommen einen neuen Lehrer. Einen für Französisch.«

Anna hob den Kopf und erschrak bis tief in die Seele hinein.

»Wann?«, fragte sie.

»Wahrscheinlich nächste Woche. Die Direktorin weiß es noch nicht, ob er zusagt. Man sagt, er soll …«

Anna hörte nicht mehr zu. Sie war aufgestanden und hatte den Salon verlassen. Mit dem Rücken lehnte sie sich in ihrem Zimmer an die Wand. Tränen füllten ihre Augen. Unendliches Weh überschwemmte ihre Seele und ertränkte den wundervollen Traum. Christoph war ihr neuer Lehrer. Und da durfte ihre Liebe zu ihm nicht sein. Lehrer durften mit ihren Schülerinnen nichts anfangen!

Sie musste beenden, was noch gar nicht begonnen hatte. Lieber jetzt – bevor es noch mehr wehtun würde. Einmal verliebt und schon wieder vorbei.

In dieser Nacht weinte sie sich still in den Schlaf. Am anderen Morgen war der wilde Schmerz vorüber und war einer stummen Traurigkeit gewichen. Sie überlegte, ob sie zu dem Treffen gehen sollte. Es ihm nicht zu sagen, wäre nicht fair. Das hätte er nicht verdient. Also ging sie hin.

Der Wind wehte seinen Duft zu ihr und weckte einen jähen Schmerz. Sie wollte sich umdrehen, wollte wegrennen und ging trotzdem weiter bis sie ihm so nahe war, dass sie seine Wärme fühlen konnte. Als er sie in den Arm schließen wollen, wurde sie steif wie ein Stock und drehte ihren Kopf zur Seite.

»Es geht nicht!«, flüsterte Anna voller Abschiedsweh.

»Aber ich liebe dich!«

»Ich liebe dich doch auch!«, rief sie. Tränen stiegen in die Augen. »Aber mit meinem Französischlehrer darf ich doch nichts anfangen.«

»Mit deinem …?«

»Ja, du fängst doch bei uns an?«, fragte sie verzweifelt.

Er stutzte. Dann lachte er hell und fröhlich auf. Es widerhallte in Annas Herzen. Er nahm sie in den Arm und schwenkte sie im Kreis. »Doch nicht im Blindeninternat, sondern nebenan in der Realschule. Und jetzt komm. Ich will dir neue Farben zeigen.«

»Welche denn?«, schluchzte sie glücklich.

»Die Farben der Liebe, denn die Liebe hat so vielen Farben!«, flüsterte er in ihr Ohr

Sie spürte sie, wie er ihr eine Träne von der Wange küsste und ihr Herz behutsam heimwärts führte.

Die Weinprinzessin

Die kleine Kellnerin Laura träumt davon, einmal Weinkönigin zu werden. Doch weiß sie, dass sie nie an der Wahl
teilnehmen kann, denn sie hat kein Geld für ein Kleid. Ausgerechnet der Winzerhelfer Florian macht sich für Laura
stark und besorgt ihr eine wundervolles Festkleid. Aber
schmückt sich Florian etwas mit fremden Federn …?

Laura blickte verträumt über die wundervollen Weinber-
ge, die in der Ferne an den Hängen sanft verblauten. Zu
ihren Füßen schillerte das Sonnenlicht im großen Strom.
Der Federweiße, der junge gärende Wein, verströmte einen
herbsüßen berauschenden Duft. Lauras Blick blieb an dem
Plakat hängen, das mit leuchtenden Farben zu Wahl einer
Weinkönigin lockte. Laura strich seufzend das braungelock-
te Haar aus der Stirn und drehte um. Genug geträumt!

»Hallo Fräulein!«

»Meinen Sie mich?«, fragte Laura und trat zu dem Tisch
an dem ein junger Mann Platz genommen hatte. Er trug eine
Kniebundhose und ein flottes Hemd und hatte ein Hütchen
auf, das ein wenig an Robin Hood erinnerte. »Fräulein ist ja
wohl doch ein wenig gestrig, oder nicht?«

»Heh – Bedienung - das wäre wohl weniger nett gewesen? Ein reizendes Dirndlkleid übrigens!«

»Vielen Dank« sagte Laura freundlich. »Was darf ich Ihnen denn bringen?«

»Einen Federweißen«, verlangte er. »Und etwas Deftiges
dazu!«

»Ich kann unseren ofenwarmen Zwiebelkuchen empfehlen.«

»Oh ja, ein wundervoller Vorschlag«, sagte er. Seine Augen leuchteten wie warmer Bernstein, im Sonnenlicht gefangen. Braungoldene Pünktchen blitzten darin auf und trafen Laura mitten ins Herz. Was für ein hübscher Mann! »Ein wirklich hübsches Dirndl«, plauderte er weiter. »Sie wollten sich zur Weinkönigin wählen lassen!«

Laura lachte hell auf »Na, Sie sind gut! In diesem Fähnchen? Haben Sie eine Ahnung wie man da auftreten muss und was ein solches Kleid kostet? Da muss ich viel Wein und Zwiebelkuchen verkaufen. Viel zu viel … «

»Ich bin Florian«, sagte er. Seine Stimme klang dunkel vor Zärtlichkeit und der Klang streichelte Laura. Die Wärme seiner Hand durchflutete sie. Oh, würde dieser Augenblick doch ewig dauern.

»Ich – heiße Laura«, sagte sie und zog ihre Hand verschämt zurück. »Gute Appetit wünsche ich.«

»Du solltest wirklich Weinkönigin werden«, sagte er. »Übrigens arbeite ich auf Gut Langenhagen. Und ich sehe, dort kommt mein Chef …«

»Hallo Florian«, grüßte der Weingutbesitzer. »Erst ein paar Tage hier und schon eine Herzensdame gefunden? Sehr adrett, ich muss schon sagen.« Er wies zum Wahlplakat. »Ich finde, Sie sollten sich wirklich zur Wahl stellen.«

»Das Träumen überlasse ich mal besser anderen«, sagte Laura. Sie betrachtete wieder das Plakat. Die junge Dame, es war die Königin des Vorjahres, trug ein prächtige Dirndl aus schwerem goldschimmernden Brokat mit wundervollem Samtmieder und farbenprächtigen Stickereien »So etwas könnte ich mir in hundert Jahren nicht leisten. Soviel Wein und Zwiebelkuchen gibt es gar nicht!

»Aber vielleicht machen Sie den Anfang und bringen mir dasselbe wie dem Florian«, bat Herr von Langenhagen augenzwinkernd und beugte sich zu Florian hinüber.

»Darf ich wiederkommen?«, flüsterte Florian beim Abschied nahe an Lauras Ohr. Sie schloss die Augen, denn seine Stimme verzauberte sie so sehr, dass ihr fast ein wenig schwindelig wurde. »Vielleicht – nach Feierabend?«

»Um elf an der kleinen Weinbergkapelle«, wisperte sie und huschte davon. Sie konnten den ganzen Abend über an nichts anderes denken als an dieses wundervolle Augenpaar und den leuchtenden Glanz darin. Die Stunden dehnten sich wie ein Gummiband.

Und endlich konnte sie nach der Abrechnung das Schürzchen abbinden und davonlaufen. Der weißsteinige Weg leuchtete im blausilbernen Mondlicht. Sie hatte, da es bereits etwas kühl geworden war, ein Wolljäckchen übergezogen und kam keuchend vom Lauf an der alten Kapelle an.

»Psst!« Sie fühlte sich in den Arm genommen. Florian zog sie sankt an sich Sie roch Weinlaub, Leder und einen Hauch geheimnisvoller Hölzer und Moose. Diesmal war es das Mondlicht, das seine Augen verzauberte. Ganz zart berührten seine Lippen ihren Mund.

»Meine Prinzessin«, flüsterte er. »Ich sah dich und wusste, du bist das Mädchen, von dem ich immer geträumt habe …«

»Nicht so schnell!« Sie legte zwei Finger auf seinen Mund. »Wir wissen doch noch nichts voneinander. Das mit der Weinkönigin hast du aber nicht ernst gemeint?«

»Aber ja!«, rief er und hob die Schwurhand. »So wahr ich hier stehe …«

Sie lachte glucksend. »Ich glaube nicht, dass dein Gehalt ausreicht, eine solche Königsrobe zu finanzieren. Dir wird schlecht, wenn du den Preis hörst.«

»Das lass nur meine Sorge sein«, tat er ab. Das wirkte beinahe etwas zu großspurig auf Laura. Florian war doch sehr draufgängerisch und Laura musste seinen Eifer dämpfen. »Ich werde dir beweisen, dass ich es ernst meine.«

Tausend Worte der Zärtlichkeit und dann der Abschied einer Zaubernacht im mondhellen Weinberg. Voller Seligkeit kuschelte sich Laura in dieser Nacht in ihr Kissen und träumte von Florian und einer wundervollen Robe, die er ihr zu Füßen legte.

Einige Tage lang sah sie Florian nicht. Dafür kam Herr von Langenhagen ein paar Mal. Laura gewann den Eindruck, dass sie ihm nicht gleichgültig war. Der Winzer war einer der begehrtesten Junggesellen der Gegend und obendrein sehr begütert. Aber sie schwieg und bediente den Gutsherrn freundlich und unverbindlich. Ihr fiel auf, dass er ihre Gestalt intensiv musterte.

Und dann kam Florian. Laura musste an sich halten, nicht alles liegen und stehen zu lassen und ihm entgegen zu eilen. So stand sie da, hielt die Hände vor die Brust gepresst und sah ihm mit einem großen länglichen Karton näherkommen. Feierlich öffnete er die Schachtel. Laura schlug die Hände über dem Kopf zusammen.

»Nein, wie ist das schön!«, rief sie, denn das war das schönste Kleid, das sie je zuvor gesehen hatte. »Das – das ist ja wundervoll. Und es muss ein Vermögen gekostet haben!«

»Nicht der Rede wert!«, tat Florian ab. »Für dich ist nichts zu teuer und zu schade. Damit wirst du nächste Woche Weinkönigin werden!«

Es gab etliche Konkurrentinnen. Junge hübsche Mädchen der Gegend stellten sich am Tage des Weinfestes der Wahl. Auf einem geschmücktes Podium traten die Kandidatinnen an.

Mit klopfendem Herzen stand Laura da. Nachdem sie, wie alle anderen auch, viele Fragen beantwortet hatte, zog sich die Jury zurück. Knisternde Hochspannung und atemlose Stille im Zelt. Laura siegte. Der Jubel war grenzenlos. Lauras Blicke suchte Florian. Nirgends konnte sie ihn entdecken Vielleicht wartete er in ihrer Garderobe? Rasch eilte sie dorthin. Die Mädchen schnatterten aufgeregt durcheinander. Natürlich gab es auch Tränen der Enttäuschung …

Statt Florian erwartete sie Herr von Langenhagen. Er gratulierte Laura überschwänglich und zog sie in seinen Arm.

»Es wäre ja auch ein Wunder gewesen, wo ich mir mit dem Kleid solche Mühe gegeben hatte, nachdem Florian …«

Da riss sich Laura los. Wie Schuppen fiel es ihr von den Augen! Dieser Filou! Mit dem schönen Kleid hatte er versucht sie zu fangen, und es wäre ihm auch fast gelungen. Tränen schossen ihr in die Augen und sie hörte nicht mehr, was ihr Herr von Langenhagen nachrief. Ihn hatte sie nie gewollt, sondern Florian geliebt. Wie konnte er ihr das nur antun! Sie zog das schöne Kleid auf, stopfte es achtlos in einen Plastiktüte und lief schluchzend hinaus aus dem Zelt – direkt hinein in Florians Arme. Er trug einen Riesenstrauß blutroter Rosen.

»Laura, was ist …«

»Nimm deine Robe, sonst schlag ich sie dir um die Ohren. Wie konntest du mich nur so hereinlegen!«

Sie knallte ihm das Bündel vor die Füßen und trampelte zu allem noch mit den Füßen darauf herum. Florian warf die Rosen weg und stürmte auf sie zu. Sein Gesicht war dunkel angelaufen

»Bist du des Wahnsinns?« schrie er und versuchte sie festzuhalten. »Das teure Kleid …«

»Kann doch dir egal sein, wenn es dein Chef bezahlt hat …«

»Bezahlt – ja – aber für dieses Kleid habe ich mich in Schulden gestürzt!« Er war fassungslos.

»Du hast …« Sie ging in die Knie. Da lag das gute Stück reichlich lädiert auf der Erde.

»Ja, ich hab mir das Geld von Langenhagen gepumpt. Er hat das Kleid aus der Stadt mitgebracht und deine Maße geschätzt. Ich hatte doch so wenig Zeit.«

»Oh Gott – und die Rosen, und …«

«Auch gepumpt«, sagte er dumpf und senkte den Kopf.

Da trat sie auf ihn zu. »Ich – ich mach es wieder gut. Ich kann es doch abarbeiten …«

«Wie denn?«

»Vielleicht so?« Sie stellte sich auf die Zehenspitzen und küsste ihn auf den Mund. »Wir haben doch Zeit, oder nicht?«

»Ein ganzes Leben lang« flüsterte er. »Aber anfangen kannst du gleich.«

Blaue Nacht auf Capri

Nachdem man sehr lange Zeit nichts mehr von dem auf Capri lebenden Tom Johnson gehört hat, macht sich dessen Bruder Mark auf die Suche nach ihm und reist von den USA nach Italien. Dort erwartet ihn eine Überraschung nach der anderen …

Als die Fähre, aus Neapel kommend, auf Capri anlegte, musste Mark Johnson seine Ellenbogen benutzen. Es herrschte fürchterliches Gedränge, Geschiebe und natürlich Geschrei in Sprachen aus aller Herren Länder. Ein derartiges Chaos hatte Mark nicht erwartet, obwohl ihm bekannt war, dass dieses winzige Eiland von sehr vielen Touristen besucht wurde. Darüber, dass sie tagtäglich wie die Heuschrecken einfielen, war er nicht informiert worden.

Endlich hatte sich Mark freigeboxt und konnte durchatmen. Nein, noch nicht ganz. Eine schmutzige Kinderhorde umringte ihn. Was diese kleine Bande wollte, war für den Amerikaner unschwer zu erraten. Geld natürlich. Er fingerte daher ein paar Münzen aus der Tasche und warf sie auf das Pflaster. Im Nu hatte sich diese Horde in ein balgendes Knäuel verwandelt und erinnerte an eine Rotte hungriger Hündchen.

Nur ein Junge stand abseits. Er war ebenso schmutzig wie alle anderen. Jedoch war er ein hübsches Kind. Auf seinem blauschwarzen Haar schimmerte das Sonnenlicht. Dagegen waren die Augen ungewöhnlich hell, besaßen beinahe das Blau frisch aufgeblühter Veilchen.

An irgendetwas fühlte sich Mark erinnert. Woran aber genau, wusste er nicht. Jetzt näherte er sich langsam.

»Wie spät ist es bitte?«, fragte er in einem überraschend reinen Englisch.

Mark reckte ihm die Hand mit der Uhr entgegen und schloss für ein paar Sekunden die Augen. Da war es schon passiert. Die Uhr war weg!

»Heh, du Dreckfink!«, rief Mark. »Meine Uhr!«

Wieselflink lief der Junge weg. Und Mark rannte ihm hinterher, so gut dies bei dem Getümmel überhaupt möglich war. Immer wieder zwischendurch sah Mark die Sonnenreflexe auf dem Haar des kleinen Diebes. Es gab jedoch keine Chance, ihn einzuholen. Er verschwand schließlich in der Menschenmenge und wohl auch in einer der vielen kleinen Gassen …

Auf der Piazza bekam er noch einen freien Platz in einem Café. Dort nahm er eine Erfrischung. Ein grünes Getränk mit seltsamem Namen. Mark war es egal.

Schöne Begrüßung, dachte er. Die Uhr war nicht gerade billig gewesen. Doch Mark gehörte nicht zu den Menschen, die materiellen Dingen lange nachtrauerten. Futsch war eben futsch.

Der Amerikaner war gerade dabei, das zweite Glas jenes ominösen Getränkes zu leeren, als er wie elektrisiert hochfuhr. Er sah den Jungen wieder! Er kam gerade aus einem Lädchen an der Piazza und hatte eine Papiertüte unter den Arm geklemmt. Zwei Stangen goldgelben Weißbrotes spitzten daraus hervor. Dazwischen leuchteten Spinat und Tomaten. Mark sah, wie das Früchtchen eine schmale Gasse hinausstieg. Rasch, so rasch es eben ging, bezahlte er und folgte dem Knaben. Der schien sich in Sicherheit zu wiegen. Munter schritt er voran, sein dünnes Stimmchen zwitscherte eine Melodie, deren Klang Mark beinahe versöhnte.

Und dann langte er vor einem weißen Haus an. Besonders groß war es nicht. Dafür aber sehr hübsch. In Terrakottatöpfchen aller Art und Größen prangten Geranien, Lobelien und viele andere Blumen in wahrer Fülle und Vielfalt. Auch die Fensterbänke schossen in nahezu wilder Blütenpracht über und gaben diesem Häuschen einen ganz eigenartigen Reiz. Es war eine Idylle, denn zu allem kontrastierte das tiefblaue Meer mit seinen winzigen Wellen, in denen man eine Herde Schäfchen vermuten konnte. Es duftete nach Thymian und einem Hauch Knoblauch. Die einfache, grüngestrichene Brettertür hatte sich hinter dem kleinen Dieb geschlossen. Eine kleine Weile später hörte Mark eine Frauenstimme zetern.

»Warum hast du keinen Käse mitgebracht? Ich habe es dir doch ausdrücklich gesagt!«, wurde auf Italienisch gerufen. Mark sprach und verstand diese Sprache. Nicht unbedingt fließend, jedoch ausreichend. »Eco«, ging es weiter. »Keinen Käse – keine Pizza – basta!«

Nun ging Mark auf die Brettertür zu. Höflich klopfte er an und wurde gebeten, einzutreten. Der Junge erkannte ihn, wollte an ihm vorbei schlüpfen. Mark aber hielt ihn erbarmungslos fest.

»Was soll das!«, fauchte ihn ein Mädchen an. Es mochte vielleicht achtzehn oder etwas älter gewesen sein. Sie trug das schwarze Haar lang und offen über den Schultern. Schmutzig war sie auch. Aber ihre Augen, dunkel, wie schwarze Kirschen, leuchteten in Marks Gesicht. Glutvolle Leidenschaft leuchtete darin. »Sie Grobian! Lassen Sie sofort das Kind los oder ich rufe nach der Polizei!«

»Tun Sie das«, sagte Mark ruhig, während der Bengel wie eine gefangene Katze zappelte. »Dieses Früchtchen hat mir unten am Hafen meine Uhr geklaut.«

Da schoss die junge Dame, sofern sie man als eine solche bezeichnen konnte, nach vorn und versetzte dem Jungen eine Ohrfeige.

»Wie oft habe ich dir gesagt, dass du nicht stehlen sollst!«, zischte sie ihn an, und er senkte ganz schuldbewusst den Blick. »Es ist schrecklich«, sagte sie zu Mark. »Aber soll ich ihn totschlagen? Was soll ich nur machen?« Mark ließ den Jungen los. Er schlich sich in das Halbdunkel des Raumes hinein, schien keine Absicht mehr zu zeigen, erneut die Flucht zu wagen. »Madonna mia, warum strafst du mich nur so sehr!«, klagte das Mädchen theatralisch, rang die Hände und brach in Tränen aus.

»Ist ja schon gut«, beruhigte Mark. »Ich möchte nur meine Uhr wiederhaben.«

»Gib dem Signor sofort die Uhr zurück«, forderte sie und erholte sich überraschend schnell.

»Geht nicht«, sagte der Junge.

»Warum nicht?«

»Du hast doch vorhin gesagt, ich soll sie Signor Pepo geben, damit wir unsere Schulden bezahlen und wieder anschreiben lassen können.«

»Also, Signor, hören Sie sich das an! Jetzt lügt er auch noch!«

Als sie wieder ausholte, hielt Mark ihre kleine Hand fest.

»Lassen Sie ihn. Ich bin mir nicht sicher, wer hier lügt!«

»Ich nicht!«, beharrte sie trotzig und zog schmollend die vollen Lippen hoch. Sie kreuzte die Arme über ihrer vollen Brust und wandte sich trotzig ab.

»Vielleicht können Sie mir helfen. Ich suche auf der Insel einen Maler. Er ist Amerikaner und heißt Tom Johnson. Wissen Sie, wo er wohnt?«

Da sah Mark, wie das schmutzige Gesichtchen jäh erbleichte. Die Hand fasste nach einer Stuhllehne. Und schließlich setzte sich das Mädchen.

»Wer sind Sie? Was wollen Sie von Tom Johnson?«

»Er ist mein Bruder!«

Da begann sie wieder zu weinen. Diesmal war es, das fühlte Mark, keine Theater. Er ließ sie gewähren.

»Tom und Maria sind tot«, sagte sie nach einer Weile fast tonlos. »Sie kamen vor etwas mehr als drei Jahren bei einem Fährunglück ums Leben. Es gibt nicht einmal Gräber von ihnen, Mister Johnson.«

Mark war sehr erschüttert. Mit allem, nur damit hatte er nicht gerechnet. Es dauerte einige Minuten, bis er den ersten Schock verarbeitet hatte.

»Und Sie?«, fragte er schließlich. »Was haben Sie mit allem zu tun?«

»Ich bin Lucia, Marias Schwester. Und Carlo ist der Sohn Ihres Bruders. Ich versorge ihn seit dem Tod ihrer Eltern. Eco, so gut es halt geht.«

Sie zog die Schultern hoch.

»Wie gut, habe ich ja gesehen!«

»Ach, was wissen Sie schon vom Leben!«, fauchte Lucia. »Ich habe die Bilder Ihres Bruders in Neapel verkauft. Pepino, der Galerist, hat mich beschissen. Es ist nichts mehr da. Gar nichts mehr. Manchmal klaut Carlo. Das ist wahr. Aber es reicht nicht hinten und nicht vorne.«

»Und Sie? Was machen Sie?«

»Ich tanze abends auf der Piazza *Tarantella*«, sagte sie nicht ohne Stolz. »Ich bin in der Truppe von Signor Currini. Eine sehr gute Truppe, Mister.«

»Aha, tanzen«, meinte Mark, und es klang etwas verächtlich.

»*Tarantella!*«, beharrte sie. »Das ist eine Kunst, Mister. Ebenso, wie es eine Kunst ist, eine gute Pizza zu machen!«

»Dann machen Sie eine. Ich habe Hunger!«

»Wir haben keinen Käse. Ihre Uhr hat dafür nicht gereicht!«

Mark blieb äußerlich zugeknöpft. Aber in ihm lachte sein Herz. Er gab dem Jungen Geld und schickte ihn in den Kramladen, Käse zu holen.

»Und wenn er dir wieder den alten, den trockenen gibt, geh ich selbst runter und schlag ihm den um die Ohren!«, rief Lucia dem kleinen Carlo nach. »Und bring Wein mit. Wir bezahlen morgen, falls das Geld nicht reicht. Oder übermorgen vielleicht.«

Fasziniert sah Mark zu, wie Lucia den Pizzateig rollte, knetete und durch mehrmaliges geschicktes Hochwerfen in dünnen Platten verwandelte. Bald darauf durchzog köstlicher Duft den kleinen, einfach eingerichteten Raum. Die Pizza wurde auf Stein gebacken. Fast romantisch schimmerte das Feuer. Blutrot leuchtete der Wein in den Gläsern.

»Die beste Pizza meines Lebens«, sagte Mark später und lehnte sich zurück. Er war zufrieden. Immer wieder streifte sein Blick die kleine Lucia. Sie war wie eine Gazelle, konnte sich aber jäh in eine Tigerin verwandeln. Und wenn es um die Kinder ging, war sie eine Löwenmutter. Mark empfand nicht nur Bewunderung. Er empfand mehr. Lucia war der Schlüssel zu seinem Herzen, den bisher noch keine Frau gefunden hatte. Und Lucia wusste nicht, dass sie ihn schon besaß.

»Nun ab, marsch ins die Bett!«, kommandierte sie wenig später, wandte sich daraufhin an Mark. »Gehen Sie auf die Piazza. Aber rechtzeitig, sonst kriegen Sie keinen Platz mehr. Ich muss mich fertigmachen. Ciao, Mister!«

Und weg war sie. Weg war auch der Junge. Alles war versunken, wie ein verzaubertes Schloss versinkt. Auf der Piazza herrschte Gedränge. Aber Mark ergatterte noch einen guten Platz, bestellte sich einen Sambuca und eine Karaffe

Wein. Ein mieser Wein übrigens, den man jedoch in Italien wie eine Köstlichkeit genießen kann.

Und dann begann das Spektakel. Zuerst traten junge Männer auf. Der Tanz schien eine Art kriegerische Auseinandersetzung zu symbolisieren. Oder ging es um Eifersucht? Mark wusste es nicht. Seine Blicke suchten Lucia. Und dann wirbelten die Mädchen heran. Ihre Schärpen flogen durch die blaue Nachtluft. Absätze klapperten auf dem alten Pflaster.

Aber wo war Lucia?

Dann entdeckte er sie. Es gab ihm einen Riss, der ihn fast hochfahren ließ. War das die Möglichkeit? Dort tanzte eine wahre Schönheit, mit dem kleinen Dreckspatz nicht mehr zu vergleichen. Das Haar war kunstvoll frisiert. Sie trug ein herrliches Kostüm, das bei jeder Drehung die bronzebraunen Waden umschmeichelte.

Oh ja, sie hatte recht, es war Kunst! Früher einmal hatte Mark die *Tarantella* in einem Film gesehen. Doch so, wie sie diesen Tanz tanzte, war es nicht gewesen. Ihr ganzer Körper bestand aus Rhythmus und Bewegung, eine einzigartige Harmonie. Ein Fest der Sinne! Und immer wieder traf ihn der Blick aus den Kirschenaugen. Ihm war, als würde sie nur für ihn allein tanzen. Am liebsten wäre er jetzt über die Piazza gerannt, hätte sie auf ihre blutroten Lippen geküsst und herumgewirbelt wie ein Verrückter. In Mark kribbelte alles. Er bestellte einen weiteren Wein und fühlte, wie ihm der zu Kopf stieg. Und endlich stand sie vor ihm. Hastig atmend, mit leuchtenden Augen, erwartungsvoll.

»Wie war ich?«

»Es ging«, sagte er grinsend.

»Oh Sie – Sie!« Sie ballte ihre kleinen Hände zu Fäusten, stampfte mit den zierlichen Schuhen auf das Pflaster.

Da nahm Mark ihre Hand und zog sie sanft zu sich.

»Es war wundervoll«, flüsterte er ihr ins Ohr. »Es war wie im Traum, kleine Lucia.«

Und dann küsste er sie. Sie nahm seine Küsse willig an, begann sich aber dann zu wehren und machte sich frei.

»Madonna mia, wenn das jemand sieht!«, rief sie erschrocken und sah sich um. »Ich will nicht in Verruf kommen, nicht in die Schande.«

»Ist es eine Schande, sich zu küssen?«

»Hier schon«, beharrte sie trotzig. »Wenn man keinen *Novio* hat, keinen Verlobte, meine ich, dann ist es eine Schande. Morgen werden sie alle mit den Fingern auf mich zeigen.«

Sie begann wieder zu heulen, und er ahnte, es war nur Theater. Und plötzlich war sie weg. Verwirrt blickte Mark um sich. Hatte er sie wirklich verletzt? Es war nicht seine Absicht gewesen. Er fand sie in dem kleinen Häuschen. Sie kauerte vor dem Ofen. Letzte Glut widerspiegelte sich auf ihrem Gesicht.

»Ich werde den Jungen natürlich mit in den Staaten nehmen«, sagte er nach einer Weile des Schweigens. »Immerhin bin ich der Onkel. Auch die Großeltern werden ihn freudig erwarten. Also möchte ich, dass Carlo morgen, möglichst sauber, zur Anlegestelle gebracht wird und …«

»Soll ich ihn vielleicht Ihretwegen desinfizieren?«, fauchte Lucia und zeigte sich wieder als Tigerin.

»Sauber genügt«, sagte er. »Und es würde auch genügen, wenn Sie ebenfalls sauber kämen.«

»Ich muss nicht sauber sein«, beharrte sie. »Ich bin immer am Tag ein Aschenputtel. Aber wenn ich die Tarantella tanzte, dann bin ich eine Prinzessin, nicht wahr?«

Sie erhob sich und sah ihn an. In ihren Augen flammten die letzte Glut des Feuers und der letzte Schimmer der blauen Nacht von Capri.

»Oh ja«, sagte Mark. »Meine Prinzessin.«

Er nahm sie in den Arm, blickte ihr in die Augen. Und dann küsste er sie wieder. Zuerst zaghaft, doch dann fast heftig erwiderte sie seine Küsse. Er spürte die Wärme ihrer Haut durch die dünne Seide, denn noch immer trug sie das Tanzkostüm.

»Bist du jetzt mein *Novio*?« zwitscherte sie.

»Ich werde dein Mann, wenn du es willst«, sagte Mark.

»Mein Mann! Mama mia, ich weiß gar nicht, wie das ist, wenn man einen Mann hat. Was muss man denn da tun?«

»Ich werde es dir zeigen«, flüsterte ihr Mark ins Ohr, nahm sie auf den Arm und trug sie zu dem einfachen Bett in der Ecke.

Viel später, als der weiße Mond den Raum versilberte, seufzte Lucia.

»Ich habe nicht gewusst, dass es so schön ist, wenn man einen Mann hat, Mark.«

»Und ich wusste nicht, wie schön es ist, wenn man eine Prinzessin hat, Lucia. Und vergiss nicht, morgen reisen wir«, flüsterte er schläfrig in ihr Ohr.

»Und ich muss – aber vorher – Carlo – desinfizieren …«, murmelte Lucia und schlief in Marks Armen ein.

Abends auf der Heide

Friederike fühlt sich am Ende. Die Kinder nerven, der Haushalt nervt und dass sie täglich mit ihrem Mann zusammen ist, tut ihnen beiden nicht gut. Jens ist Architekt; Friederike arbeitet für ihn am Reißbrett. Was früher Spaß machte, ist Frust geworden. Friederike flüchtet zu Tante Gretchen in die Heide, dorthin, wo es einst so schön gewesen war ...

»Lieber Himmel, Riekchen, was hast du nur für ein Wetter mitgebracht!«, rief Tante Gretchen. So als seien die vielen Jahre spurlos an ihr vorübergegangen, stand sie unter dem Regenschirm am Gartentürchen, denn es goss wie aus Kübeln. Wie damals trug sie ein blaues Kleid mit vielen weißen Blümchen. Es passte so wundervoll zu ihr wie auch das schlohweiße Haar, das leicht wellig ihr rundes Gesicht zierte.

»Ach Tantchen, ich hab mir das Wetter nicht ausgesucht. Bald wird die Sonne wieder scheinen.« Friederike sah sich um. Hier schien die Zeit stehengeblieben zu sein. Auf den kleinen Fensterbänken blühten Petunien und Lobelien prächtig um die Wette. Aus dem steinernen Brunnen plätscherte wie damals das klare Wasser in den Trog. Und sogar die alte Sandsteinbank unter dem Nussbaum vor dem Haus gab es noch.

»So lange habe ich dich nicht gesehen, Kind«, plauderte die Tante und legte ihren Arm um Friederikes Schultern. »Das letzte Mal war ich zur Taufe bei euch. War es die erste oder die zweite?

»Die erste«, sagte Friederike weich und zärtlich. Mit Tante Gretchen verband sich aller Sonnenschein und die wundervolle Sorglosigkeit früher Jugendtage. »Klaus ist siebzehn und Peter wird fünfzehn. Ja, es ist lange her, dass ich hier gewesen bin.«

Von den fast mannshohen Glockenblumen gestreift, wanderten die beiden Frauen dem alten Haus zu. Beinahe herrisch stemmte der tiefblaue Rittersporn seine Blüten entgegen, so als wollte er dem Neuankömmling den Zutritt verwehren.

In der Stube war alles wie früher und das alte kattunbezogene Sofa ächzte noch immer, als sich Friederike nun setzte. Zwischen den Fenstern stand die Glasvitrine mit dem zarten Porzellan, und auf der Anrichte gab es die vielen verschnörkelten Rähmchen, die von der Vergangenheit erzählten. Und wie immer, prangte auf dem mächtigen Stubentisch in einer hübschen Keramikvase ein herrlicher Bauernstrauß in seiner köstlichen Fülle und Vielfalt.

»Nun erzähl mir was, Riekchen«, forderten Tante Gretchen auf. Neugier und Schalk blitzten aus ihren grausilbernen Augen, die eine Vielzahl von Lachfältchen so interessant wirken ließen. »Ich bin doch so gespannt. Außer, dass hier und dort mal 'ne Kuh kalbt oder eine Heidschnucke verlorengeht, erfahre ich doch überhaupt nichts.«

»Du besitzt außer dem alten Radio nichts Modernes. Nicht mal einen Fernseher«, meinte Friederike. »Wie hältst du das nur aus?«

»Ich habe ein Telefon«, sagte sie stolz und wies zur Anrichte. »Aber«, fuhr sie etwas verächtlich fort, »es ist für die Katz, denn mich ruft niemand an. Und wenn ich mal Musik hören will, lausche ich rüber zum alten Heidehof. Wenn dort Ernte ist, klingen die alten Lieder so schön übers

Land.«

»Ach ja!«, seufzte Friederike verträumt.

»Nun sag doch, wie geht es so?«

»Ach, Tante Gretchen, es ist alles nicht mehr so, wie es einmal war. Jeden Tag der Ärger. Gestern hat Peter sein Handy verloren und der Große ist beim Schwarzfischen erwischt worden.«

»Und wie geht es Jens?«

Friederike senkte den Kopf und schob die Hände zwischen die Knie. Ganz plötzlich tropften helle Tränen darauf. Der Kummer hatte sie ihr einfach in die Augen gedrückt.

»Um Gottes willen, Kindchen!«, rief Tante Gretchen. »Ihr habt doch hoffentlich keinen Zank?«

»Wenn es denn nur gäbe«, schluchzte Friederike. »Das Schweigen ist so schlimm für mich. Es kommt mir so vor, als würde mich mein Mann gar nicht mehr bemerken. Drei Worte am Morgen, drei am Abend und zwischendrin etwas Geschäftliches. Und nicht mal mehr einen Gutenachtkuss …«

Nun heulte Friederike wirklich. Tante Gretchen ließ sie gewähren. Sie, die so viel Höhen und Tiefen erlebt hatte, wusste, wann man schweigen oder reden musste.

»Ich bin für ihn gar nicht mehr richtig da und fühle mich, als würde ich zum Inventar gehören. Selbst die Kinder registrieren mich nur, wenn sie etwas von mir wollen. Du liebe Zeit, das kann es doch wohl nicht gewesen sein? Aber jetzt zeige ich es ihnen! Ich bin – durchgegangen!«

»Du bist also ausgerissen«, stellte Tante Gretchen fest. Sie holte die Flasche mit dem selbstgemachten Heidelbeerlikör, von dem Friederike früher manchmal heimlich ein wenig genascht hatte.

»Weißt du«, meinte sie dann, während sie betulich die zierlichen Gläser füllte, »manchmal muss man dem Glück eine Pause gönnen. Auch das Glück will mal ausruhen. dass du so einfach weggelaufen bist, ist zwar nicht gerade schön, aber wer weiß …?«

»Weiß ich doch, dass es nicht schön war«, gab Friederike etwas trotzig zu. »Aber sie sollen merken, was sie an mir haben!«

Tante Gretchen hob das Glas. Ihr Zwinkern hatte etwas Tröstliches. »Ja, ja, man sucht das Gute in der Ferne und sieht oft den Wald vor lauter Bäumen nicht. Du musst dich wieder mal tüchtig verlieben, Riekchen.«

»Tantchen, du bist nicht recht bei Trost!«, rief Friederike. »Ich bin zweiundvierzig. In diesem Alter verliebt man sich nicht mehr.«

Nun lachte die Tante herzlich auf. Ihre Altstimme tönte unbekümmert und steckte Friederike beinahe an. »Oh, du Schafskopp, ich war schon viel älter als ich mich so richtig verknallte. Dagegen ist man nie gefeit.«

»Ich schon«, widersetzte sich Friederike und bog den Kopf zurück. »Mir kann das niemals passieren, verlass dich drauf!«

Friederike betrat ihr altes Stübchen. Auch hier hatte sich nichts verändert. Dort an der Wand das schmale Bett, grün gestrichen und mit einer einfachen Rosengirlande bemalt. Zwischen den beiden vierfach unterteilten Fenstern stand die Kommode mit den blitzenden Messingbeschlägen. Das hochbeinige altmodische Sofa mit den Löwenköpfchen an den Lehnen gab es auch noch. Auf dem dreibeinigen Tischchen mit dem eingelegten Stern stand eine Kristallvase mit frischen Blumen. Es war alles wie immer und so unendlich traut.

Friederikes Blick fiel aus dem Fenster. Sie sah den urtümlichen Hausgarten mit der verwucherten Rosenlaube, der Oase stiller Abende. Und dann fiel ihr Blick auf die Mauer zum Nachbargrundstück. Diese Mauer hatte es früher nicht gegeben. Friederike entsann sich, dass man sich ungehindert bewegen konnte und mit den Kindern von nebenan gespielt hatte. Was war geschehen?

»So«, meldete sich Tante Gretchen. Unbemerkt war sie mit einem Tablett ins Stübchen getreten. »Limonade aus Holunderblüten«, sagte sie. »Du wirst durstig sein. Trink und ruh dich dann aus. Heute Abend gibt es Puffer mit Rübenkraut. Das magst du doch?«

»Tante, seit wann ist diese Mauer dort?«, fragte Friederike. »Dort wohnen doch die Kiepenmüllers? Warum hat man diese Mauer gebaut?«

»Ach, Kindchen«, seufzte Gretchen. »Die Kiepenmüllers wohnen schon lange nicht mehr dort. Das Haus hat ein Fremder gekauft. Trink jetzt die Limonade. Ich helfe dir später beim Auspacken.«

»Wer ist dieser Fremde?«

»Einer von, wo weiß ich, woher«, antwortete sie etwas widerwillig wie es schien. Auch leiser Groll klang aus der Stimme. »Du hast genug Sorgen am Pelz. Es muss dich das bisschen Trara nicht kümmern, das ein altes Frauensleut so hat. Aber wie warne dich vor dem da drüben!«

Tante Gretchen bog den Kopf in den Nacken und kreuzte die Arme über der Brust. »Unsereins ist schließlich noch wer«, fuhr sie schließlich stolz fort. »Alles muss man sich nicht bieten lassen, von so einen – einem …«

Oh ja, die Tante konnte sehr stolz sein. Wenn sie vielleicht auch ein Niemand unter vielen war, so galt sie hier etwas als Margarete vom Lüthjenhof. Als Hebamme hatte sie schon viele schreien gehört, als sie ihnen ins Leben half.

Nochmals versuchte Friederike zu bohren um hinter das Geheimnis der Tante zu kommen. Aber sie blieb verschwiegen, zog sich zurück und schloss leise die Tür hinter sich.

Friederike sah einen Mann im Garten. Er war groß und kräftig. Auf seinem hellen Haar flirrte das Sonnenlicht, das eben durch die Wolken brach. Er trug eine Kordhose und ein kariertes Hemd, an dem ein paar Knöpfe offenstanden. Sie sah, wie er durch den Garten ging und bald hier bald da die Sträucher prüfte, deren Gezweig schwer vom Regen herabhing.

Dann hob er den Kopf. Friederike stand wie erstarrt. Sie blickte in ein Augenpaar, wie sie vorher noch keines gesehen hatte. Nicht, dass diese Augen einen stechenden Blick besessen hätten. Nein, sie waren so faszinierend, das man direkt in sie eintauchen musste, wie in einen kristallklaren See. Augenblicke lang wirkte auch er scheinbar wie erstarrt. Alles war vielleicht nur ein flüchtiger Augenblick. Doch ging eine seltsame ungeheure Magie von ihm aus. Friederike spürte so etwas wie einen Stromschlag, der ihren Körper durchzitterte.

Und dann hob der Fremde lächelnd die Hand zum Gruß. Friederike stand wie eine Salzsäule. Später wusste sie gar nicht, ob sie zurückgelächelt hatte. Die Warnung der Tante sorgte dafür, dass sie sich abrupt umdrehte und vom Fenster zurücktrat. Als ihr Blick in den Spiegel fiel, erkannte sie, dass ihre Wangen glühten. Sie war verwirrt und kam sich unendlich dumm vor. Ja, sie fand ihr Benehmen unmöglich, denn die Querelen der alten Tante gingen sie ja wohl wirklich nichts an? Dass der Fremde für Aufregung in Friederike gesorgt hatte, würde sie ihr nicht erzählen.

»Die Puffer sind wirklich köstlich«, lobte Friederike. Ich komme gar nicht dazu, welche zu backen. Meine Bande würde das vermutlich auch gar nicht essen. Sie lieben Pizzen und Pommes.«

»Weil du Ihnen das nicht vorsetzt«, meinte Gretchen. »Gegessen wird, was auf den Tisch kommt und was der Pott kocht. Aus und basta! Und wer nicht will, der hat schon.«

Mit ihrer einfachen Logik war sie wohl immer gut gefahren. Aber sie war ja auch nie mit den Mühen eines großen Haushalts geplagt gewesen, obwohl ihre Welt der Kochtopf und der Garten war. Schon damals war sie zur Einweckzeit zwischen dampfenden Kübeln und blitzblank gespülten Gläsern, von vielen Naschkatzen umringt, am Herd gestanden.

»Übrigens, der Fremde«, wagte sie zwischen ein paar Bissen mit einer Frage zu beginnen. »Hast du Ärger mit ihm? Ist der denn nicht nett zu dir?«

»Er wollte, dass ich meine Rosenlaube abreiße«, schnaubte sie, wobei ihre Augen blitzten. Und der Machandelbaum an der Grenze hat ihn so gestört, dass er ihn umgeschlagen hat, dieser Barbar. Angeblich kriegen seine Birnen den Rost davon. Bäh, der Rost sitzt vielleicht in seiner eigenen Birne.« Mit dem Machandelbaum meinte sie Wacholder, der hier heimisch war.

»Tantchen, so kenne ich dich gar nicht?«, meinte Friederike etwas belustigt. »Du wirst doch nicht auf deine geruhsamen Tage noch in den Krieg ziehen wollen?«

»Dieser Krieg ist schon«, sagte sie mit Grabesstimme. »Ich habe Rache geübt …«

»Du hast …?«

»Ja, ich habe ihn die komische Garage bauen lassen und dann die Zufahrt dichtgemacht. Die geht nämlich über meinen Grund. Ach, Riekchen, du hättest mal sein Gesicht sehen können. So ein Gesicht hat nicht mal Jensens Paule gemacht, als ich damals die Verlobung löste.«

»Und jetzt?«

»Eisiges Schweigen«, sagte sie. »Er ist Luft für mich, und

ich möchte keinesfalls, dass du Umgang mit diesem Menschen pflegst, hast du gehört? Es würde mich mitten ins Herz treffen. Außerdem bist du ja wohl verheiratet, wenn auch momentan nur halb.«

Nun lachte Friederike hell auf. »Du meinst, ich könnte mich in den Fremden verlieben? Da hab mal keine Sorge. So schnell geht das bei mir nicht. Aber vielleicht kann ich vermitteln?«

»Untersteh dich!«, drohte Gretchen. »Oder willst du mir einen Sargnagel abgeben? Dieser Mensch gehört nicht hierher. Und nun will ich kein Wort mehr hören, sonst verleidest du mir diesen Tag.«

Friederike fühlte, dass sie allmählich zur Ruhe kam. Die Sorge um ihre Lieben daheim verdrängte das Bild jenes Fremden. Warum nur ging er ihr nicht aus dem Kopf? Was hatte sie denn mit ihm zu schaffen?

Nach dem Abendessen, das man geruhsam draußen auf der Hausbank einnahm, senkte sich wunderbare Stille über das Land, dessen Himmel darüber so unendlich vielfarbig war.

»Ich werde noch ein wenig spazieren gehen«, sagte Friederike. »Nach dem heutigen Regen ist die Luft so frisch und rein. Ich kann gar nicht genug davon bekommen.«

»Dann geh nur«, erlaubte die Tante mit einem Lächeln. »Aber bleib nicht zu lange, hörst du?«

»Was soll mir in der Heide schon passieren?«, meinte Friederike. Ihre Stimme begleitete ein melodisches Lachen. »Alles ist doch so herrlich einsam hier draußen.«

»Wer weiß?«, meinte Gretchen fragend und Friederike entging der misstrauische Blick nicht, den sie verstohlen zum Nachbargrundstück richtete.

So wanderte Friederike los. Sie trug ein leichtes Leinenkleid und Sandalen. Aller Kummer schien von ihr abgefallen während sie hinaus zum alten Moorpuhl wanderte. Im Ginster zirpten die Heimchen und zwei Häschen hoppelten scheinbar furchtlos und geruhsam ins dichte Kraut am sandigen Wegrand. Die Stämme der Birken schimmerten im rosigen Licht der sinkenden Sonne, und ganz fern am Horizont zogen die Schatten der Nacht langsam herauf. Und dann sah Friederike den ersten Stern am Himmel.

»Auch noch unterwegs?«

Seltsam war es, dass Friederike beim Klang dieser tiefen Männerstimme nicht erschrak. Sie drehte sich um und erkannte den Fremden aus dem Garten. Sein gebräuntes Gesicht war männlich markant. Er hatte die Hände in den Hosentaschen und schlenderte herüber.

»Ein Abendspaziergang«, antwortete Friederike. »Ich liebe diese Stille. Besonders am alten Moorpuhl ist es am Abend so schön.«

»Sie sind zu Besuch hier bei Frau Meiners?«, fragte er. »Bleiben Sie länger? Sie kommen sicher aus der Stadt?«

»Gleich drei Fragen auf einmal. Sind Sie immer so stürmisch?« Friederike fühlte sich nicht unangenehm berührt. Sie war belustigt. »Sie haben sich mir noch nicht vorgestellt?«

»Oh, Verzeihung, ich heiße Freder Mathies.«

»Mathies?«, sinnierte Friederike. »Freder? Ich kannte mal einen aus dem Dorf. Er wohnte ...«

»In der Dörpeskate am Dorfteich«, vollendete der Fremde. Schalk blitzte in seinen Augen. »Und wenn Frau Meiners die Tante sein sollte, dann musst du Riekchen sein!«

»Oh Gott, o Gott, das ist ja eine Überraschung am Abend«, sprudelte Friederike hervor. »Der Mathies-Freder. Du warst du damals 'ne richtige Kugel ...«

»Und du 'ne Bohnenstange«, fiel Freder ein, und sie lachten beide so herzlich, als hätten sie sich erst gestern voneinander verabschiedet. Plaudernd gingen sie nebeneinander her. Die Stille, die Vertrautheit und die Nähe dieses Mannes hüllten Friederike in eine Wolke der Geborgenheit. Seine Stimme hatte ihre Seele getroffen und etwas geweckt, das wohl lange geschlafen hatte …

Dann saßen sie beide am Moorpuhl. Still wie ein dunkler Spiegel ruhte das Gewässer. Nur bisweilen, wenn ein Fisch schnappte, zogen langsam Kreise nach dem Ufer. Friederike fühlte sich wohlig wie schon lange nicht mehr.

»Du bist eine wunderschöne Frau geworden, Riekchen«, bekannte Freder leise. In seiner Stimme schwammen Sehnsucht und ein Hauch von Traurigkeit. »Wie sehr du dich verändert hast! Als ich dich heute sah – ich weiß nicht, wie ich es sagen soll?«

»Am besten gar nichts«, flüsterte sie und legte ihre Hand auf seine. »Manchmal ist es gut zu schweigen. Besonders, wenn …«

»Wenn es in einem so klingt. Meinst du das, Riekchen? Ich bin, weiß Gott, ein alter Esel. Da habe ich mich doch, nach all diesen Jahren, in dich verliebt. Nein, sag jetzt nichts. Es ist gut, zu schweigen.«

Und so schwiegen sie beide. Seine Hand spielte mit einer blonden Locke, und Friederike schloss die Augen. In ihrer Seele trug sie ein Traum in ein Land, das es vielleicht gar nicht gab. Ein Moment fast wilder Sehnsucht erfasste sie. Es war so heftig, dass sie aufstand. Sie selbst zerstörte das Traumgebilde. Es durfte nicht sein …

»Oh, habe ich etwas …?«

»Nein, Freder, es ist nichts«, wehrte Friederike ab. »Wirklich nichts. Du musst wissen, dass ich verheiratet bin.«

»Ich dachte es mir«, erwiderte er ruhig und stand ihr gegenüber. In seinen Augen schien der Himmel zu leuchten.

»Eine so wunderbare Frau kann gar nicht allein geblieben sein. Ich beneide deinen Mann.«

Friederike sah Jens vor sich, sah sein bereits etwas schütteres Haar, den leichten Bauchansatz und die Grübelfalte zwischen seinen Brauen. Als er jetzt, vor ihrem geistigen Auge, den Kopf hob, sah sie in Jens' Augen etwas, das ihr plötzlich fehlte.

»Du bist nicht glücklich?«, fragte Freder.

»Oh, doch«, widersprach sie. »Aber manchmal weiß man das gar nicht. Man muss erst …«

»Was?«

»Ach, nicht der Rede wert«, tat sie leichthin ab. Sie merkte gar nicht, dass Freder ihre Hand hielt, als sie zurückgingen. »Du streitest mit der Tante?«, fragte sie nach einer Weile.

»Streit ist nicht das richtige Wort«, meinte er. »Wenn zwei solche Sturköpfe aus der Heide zusammenstoßen, dann knallt das eben ein bisschen. Ich habe ihr nie verziehen, dass sie den Knüppel auf meinem Buckel hatte tanzen lassen, weil ich ein paar Nüsse klaute.«

»Du hast ihren Machandelbaum umgehauen!«

»Das war nicht ich!«, rief er halblaut und entrüstet. Er erklärte ihr, dass er das Haus, so wie es jetzt war, nicht hatte haben wollen. Während er draußen in der Welt Staudämme baute, hatte ein übereifriger Gärtner alles verschandelt. »Ja, ich gehe wieder weg und komme erst zurück, wenn alles schön wild verwuchert ist.«

»Weißt du was? Ich lade dich für morgen einfach ein. Du kennst doch noch die Rosenlaube?«

»Oh ja, darin habe ich Seibers-Else den ersten Kuss gegeben. Aber Tante Gretchen wird mir die Augen auskratzen und dir dazu.« Er wirkte nachdenklich und belustigt zugleich.

»Um halb acht«, sagte sie, löste sich von seiner Hand und ging dem Haus zu. Und dort löste sich ein Schatten von der Bank.

»Dieser Mensch hat deine Hand gehalten!« Alle Verachtung dieser Erde sprach aus Gretchens Stimme. »Das macht man nicht, als verheiratete Frau!«

»Also nein, Riekchen, das ist zu viel«, ächzte Tante Gretchen. »Nicht genug, dass du dich in diesen Menschen verguckt hast? Du hast ihn auch noch eingeladen. Man verehrt doch nicht das Messer, das einem in der Brust steckt!«

»Tante Riekchen, du wirst sehen, es wird alles gut werden. Dieser Mann ist ein wundervoller Mensch!« Friederike legte die Hände zusammen und blickte verträumt zu den weißen Wolkenschiffchen, die langsam südwärts segelten. »Ich könnte ihm stundenlang zuhören und dabei schweigen. Und nicht zuletzt hast du gesagt, ich solle mich wieder mal tüchtig verlieben.«

»So tüchtig hätte es nicht sein sollen«, murrte die alte Dame. »Und ausgerechnet in meinen Todfeind. Ich glaube, ich werde ihn schlagen müssen!«

»Oh, wenn du das nur mal nicht schon getan hast?«, meinte Friederike verschmitzt »Auch wenn du dich nicht mehr daran erinnerst.«

»Bei mir ist da oben alles noch richtig. Aber bei dir nicht. Wenn das Jens man wüsste. Ich glaube, der wäre auf der Stelle hier und würde dir den Kopf gerade rücken.«

»Da glaub ich mal lieber an den Weihnachtsmann«, meinte Friederike. Eine leise Traurigkeit hatte sich zwischen die Worte geschlichen. Gretchen warf ihr einen scheuen Blick zu. »Ich bin Jens doch piepsegal. Lass mich mal lieber mit dem Nachbarn vergnügt sein. Wer weiß …?«

»Du wirst dich doch wegen diesem – diesem blassen

Kerl nicht etwa scheiden lassen?«

»Er ist nicht blass«, widersprach Friederike energisch. »Und er hat schöne Augen!«

»Oh, ich bin auch ein Frauensleut, das glaube mir. Aber von schönen Augen habe ich mich nicht täuschen lassen, und auf Jakob Hinrichs bin ich bloß reingefallen, weil der so gut tanzen konnte.« Später entwickelte Gretchen dann doch rege Betriebsamkeit. »Ich habe einen Stachelbeerkuchen gemacht. Und einen falschen Ton wenn ich höre, dann werde ich ihm den Kuchen um die Ohren schlagen. Auch wenn es schade ist.«

Freder kam pünktlich und hatte Blumen dabei. Sie waren wunderschön. Aber aus seinem Garten stammten sie wohl nicht.

»So«, sagte Friederike. »Nun darf ich dir wohl Freder Mathies vorstellen, Tantchen. Ihn hast du beim Nüsseklauen verkloppt!«

»Freder Mathies«, entsann sich die alte Dame. Ihr Gesicht wurde hell. Etwas vom Glanz der Heimat breitete sich auf ihrem Gesicht aus. »Ja, denn ist das man was anderes«, sagte sie und begann gleich zu poltern. Mauer, Garage und Machandelbaum wurden an einem Strang abgehandelt.

»Und dein Garten sieht fürchterlich aus, Freder. Das muss anders werden!«

»Das wird es auch«, versicherte Freder. Friederike Gesicht war im Schein der Petroleumlampe ganz weich, zärtlich und schön. Aber ihre Gedanken war nicht bei Freder, sondern …«

Schritte knirschten auf dem Kies.

»Und er ist doch gekommen!«, feixte Tante Gretchen. Darüber, dass sie ihn angerufen hatte, schwieg sich Gretchen natürlich aus. Und tatsächlich stand er da. Jens war gekommen!« Seine Augen leuchteten, als würde er Friederike zum erste Mal sehen.

»Ich hab dich so vermisst«, sagte er. »Es ist einfach ohne doch nicht gegangen. Du weißt doch, ich kann alleine nicht einschlafen, Riekchen.«

Jens nahm sie in den Arm, und sie schloss die Augen. Da war wieder all das Vertraute, der Duft, sein Herzschlag und seine festen Arme.

Als Friederike nun aufsah, traf sie ein Blick aus Freders Augen. Ein Blick, so ruhig und schön wieder Moorpuhl am Abend. Und sie erwiderte diesen Blick ganz tief mit einer stummen Dankbarkeit.

Rosen im Herbst

Elisabeth lernt im Park den smarten Johannes kennen. Er soll in einer Villa am Stadtrand leben. Elisabeth will mithalten und erfindet ein Reihenhäuschen. Um ihn nicht zu verlieren, schwindelt sie immer weiter. Doch eines Tages kommt Johannes nicht mehr. Ist er ihr auf die Schliche gekommen?

Elisabeth drehte sich vor dem Spiegel im Kreis. Sie gefiel sich, denn seit sie Johannes kannte, hatte sie sich von den grauen Farben verabschiedet. Der smarte Mann mit der hohen Stirn, den angegrautes Schläfen und dem Grübchen am Kinn hatte Elisabeths Leben bunt gemacht und ihm nach den Jahren der Einsamkeit wieder einen Sinn gegeben. »In Ihren Augen lacht das Glück«, hatte er zu ihr gesagt und damit eine Wolke bunter Schmetterlinge losgelassen, die in ihr flatterten wie in jungen Jahren. Elisabeth nahm ihr Handtäschchen, zog die Tür ihrer kleinen Zweizimmer-Wohnung hinter sich zu und schloss sorgfältig ab. Dann ging sie mit klopfendem Herzen zum Park. Fröhlich stieß sie mit den Schuhen das goldbraune Herbstlaub zur Seite. Sie hätte die Welt umarmen können.

Und dann sah sie ihn kommen. Ach du lieber Himmel, wie sah er doch weltmännisch aus in seiner hellen Hose, der gestreiften Jacke und dem schicken Halstuch! Ein sorgfältiger Scheitel teilte sein Haar. Ein wenig erinnerte er sie an Sky du Mont, für den sie sehr geschwärmt hatte, als er noch ein junger Mann gewesen war.

Johannes kam ihr lachend entgegen. »Einen wunderschönen guten Tag«, wünschte er. »Ich hoffe, Sie haben meinen Rat befolgt und sich einen kleinen Heidegarten angelegt? Um dieses Jahreszeit gibt es wundervolle Herbstheide. Sie blüht bei mir großflächig in meinem Garten.«

Elisabeth nickte und lächelte ein wenig gequält. Sie dachte an das Heidekraut in den Kästen am Küchenbalkon. Es war schon ganz grau und struppig geworden. Er erzählte immer von seiner Villa. Da hatte sie einfach ein Reihenhäuschen erfunden, weil sie nicht hinter ihm zurückstehen wollte

»Auf den Kanaren blüht noch immer der Oleander«, plauderte er. »Ach, es ist wundervoll auf den Kanaren. Teneriffa ist ein Blütenmeer um diese Jahreszeit.«

Elisabeth war noch nie auf den Kanaren gewesen, auch nicht an den anderen schönen Orten, von denen Johannes so lebhaft erzählte. Er war ein so weitgereister Mann. Da konnte Elisabeth nicht mithalten. Weiter als in den Schwarzwald war sie nie gekommen.

»Kommen Sie«, sagte Johannes und zog sie zur Bank, die ihr Lieblingsplatz geworden war. Blutrote Kaskaden wilden Weins rannen über die Bruchsteinmauer. Elisabeth schnupperte einen Hauch von Haselnüssen und Herbstäpfeln. »Kommen Sie, setzen wir uns. Wir sollten Brüderschaft trinken!«

»Aber Johannes!«, rief Elisabeth. »Sie sind doch nicht recht gescheit. Wir in unserem Alter!«

»Nun tun Sie mal nicht so. Wir sind beide jung genug.« Er brachte zwei Piccolo aus dem Leinenbeutel. »Diese öden Plastikbecher sind zwar keinen Sektflöten«, sagte er verschmitzt. »Aber darauf kommt es doch gar nicht an!«

»Nein, darauf nicht«, sagte sie. Ihre Wangen glühten jetzt wie Rosen im November. Kaum dass sie den Becher halten konnte, so zitterten ihr die Hände. Seine wundervollen Augen, grausilbern wie der See im Morgenlicht, sahen sie so voll Liebe an, dass sie glaubte in Zärtlichkeit ertrinken zu müssen. Sie verschlangen die Arme und führten die Becher zum Mund. »Wir trinken auf uns und auf den Frühlingstag, der uns einander hat begegnen lassen!«

Johannes näherte sich ihrem Mund. Elisabeth schloss die Augen. Zart wie Schmetterlingsflügel berührten sie seine Lippen und hüllten sie ein in ein Meer von Geborgenheit. Nie war sie glücklicher gewesen als in jenem Augenblick.

»Elisabeth!«, sagte er. Seine Stimme streichelte ihre Seele. Mit geschlossenen Augen lauschte sie dem Klang nach, der wie eine Saite allmählich verebbte.

»Johannes!« Sein Name war für Elisabeth wie ein Lied. Er nahm ihre Hand und hielt sie eine Weile. Und plötzlich war etwas Seltsames. Aus der Zukunft heraus schien es wie Abschied zu dämmern. Johannes wollte ihre Hand gar nicht mehr loslassen.

In den folgenden Tagen erlebte sie wieder diese schillernde Wunderwelt an seiner Seite, denn er nahm sie mit auf seine abenteuerlichen Reise, führte sie durch glühende Wüsten, auf schneebedeckte Gipfel, durch atemberaubende Canons und befuhr mit ihr auf prächtigen Traumschiffen die Meere dieser Erde.

Sie sog ihm förmlich die Worte von den Lippen, saß staunend und wie angezaubert da, mit halb geöffnetem Mund und schimmernden Zähnen. Der Herbstwind zauste ihr blondes Haar. Dieser Wind war schon ein wenig rau und wehte einen Hauch von Abschied vor sich her.

Die Tage wurde trister und grauer. Dennoch genossen Sie diese Zeit, auch wenn sich etwas Fremdes zwischen sie geschlichen hatte und das Lachen bisweilen wie geübt klang. Sie hielt sich an den Händen und sprangen wie Kinder über die Pfützen auf den Parkwegen, und drehte sich im bunten

Blätterregen im Kreis, so als wollten sie Liebe und Glück festhalten für alle Zeiten. Manchmal küsste er Elisabeth, und sie genoss diesen wohligen Schauer, denn da war etwas in ihr erwacht, das sie schon lange vergangen geglaubt hatte.

Und dann an einem grauen trüben Tag wartete Elisabeth vergeblich. Johannes kam nicht. Er kam am nächsten Tag nicht und nicht am übernächsten und auch in der darauffolgenden Woche nicht. Elisabeths Kehle war eng vor Traurigkeit. Wie ein verlassenes Hündchen durchstreifte sie den Park, suchte auf gegangenen Wegen und konnte manchmal die Tränen nicht mehr zurückhalten.

Ganz sicher hatte er die Wahrheit erfahren und wusste, dass sie nicht in einem schönen Reihenhäuschen lebte. Vielleicht war er ihr sogar gefolgt und hatte sie in diesem grauen Miethaus verschwinden sehen? Dann wusste er, dass es keinen Garten gab, sondern nur einen winzigen Balkon an der Küche. Dort wuchs kein Obst, sondern es gab nur eine Erdbeerampel, von der sie hin und wieder eine Handvoll Früchte ernten und keine Konfitüre kochen konnte, wie sie ihm vorgeschwindelt hatte.

Ach, was war sie dumm gewesen! Und wie konnte sie auch annehmen, dass er es ernst mit ihr meinte. In seiner Villa würde sicher eine ganz andere Gesellschaft verkehren. In dieser Welt hatte sie keinen Platz.

Und trotzdem war die Liebe in ihr so stark. Sie musste ihn finden und würde ihn um Verzeihung bitten. Ja, das war das Wenigste, was sie tun konnte. Und dann möchte er entscheiden und sie vielleicht wieder fortschicken. Dann würde die Ungewissheit vorbei sein, die sie jetzt nicht zur Ruhe kommen ließ.

So ging sie zu dem kleinen Kiosk, an dem er immer seine Zeitschrift geholt hatte.

»Ich suche diesen Herrn, der immer das Gartenmagazin

bei Ihnen gekauft hat«, sagte Elisabeth verschüchtert. »Dieser elegante Mann mit dem Einstecktuch …«

»Das ist Johannes!«

»Ja, Johannes!«, rief sie, und ihre Augen leuchteten auf. »Er muss hier in der Nähe in einer Villa wohnen?«

»Oh ja, er wohnt auf der anderen Seite des Parks in in Haus *Abendsonnenschein*. Das ist ein Seniorenstift«, sagte die freundliche Verkäuferin. »Es ist nicht sehr weit, aber Sie müssen um den See herum gehen.«

Mutig, wenn auch ein wenig befremdet, machte sich Elisabeth auf den Weg. Die Villa lag in einem Park mit herrlichen alten Bäumen, deren Laub vielfarbig im Sonnenschein flirrte. Und dann hörte sie Johannes von seinen Reisen erzählen. Er trug die Uniform eines Gärtners und stand, auf einen Rechen gestützt einem Rosenbeet.

Dann sah er sie, und sein Gesicht verlor alle Farbe. Er stand vor ihr wie ein Schuljunge, den man bei einem Streich ertappt hat.

»Nun weißt du es, dass ich keine Villa habe«, sagte er leise. »Ich bin doch nur der Hausmeister!« Er führte sie in sein Zimmer. An den Wänden gab es Regale voller Bücher. »Und das sind meine Reisen«, sagte er. »Jedes Buch ein Abenteuer. Ach Gott, ich kann doch mit deinem Reihenhäuschen nicht mithalten …«

Da lachte sie glucksend wie ein Schulmädchen. »Kein Reihenhäuschen«, sagte sie. »Nur zwei Zimmer und einen Balkon an der Küche. Ach Johannes, was sind wir beide dumm gewesen.«

»Du verzeihst mir?«

Sie nickte. Dann ging sie auf ihn zu und küsste ihn auf die stoppelige Wange.

»Wir könnten zusammen reisen«, sagte sie. »Vielleicht in den Schwarzwald, da kenne ich mich aus.«

»Oh ja!«, rief Johannes begeistert. »Dort bin ich noch nicht einmal mit meinem Büchern gewesen. Wir reisen im Frühling. Dann haben wir alles wieder, die Rosen und den Mai.«

»Oh ja, und wir werden es genießen, den Mai, die Rosen – und die Liebe.« Sie schloss die Augen und nahm den Kuss von seinen Lippen wie ein wundervolles Geschenk.

Das Geheimnis des Fremden

Mit viel Liebe und Engagement hat Dörthe ihre kleine Teestube aufgebaut. Nun wurde das Haus verkauft und soll einem anderen Zweck zugeführt werden. Da taucht jener geheimnisvolle Fremde auf, der Mut macht. Aber er scheint ein dunkles Geheimnis zu hüten ...

Dörthe sah sich in der niedrigen kleinen Friesenstube um. Der alte Ofen mit den schönen blauen Fliesen, die kleinen Fenstervierecke mit den puppigen Gardinen, das alte bunt bemalte Geschirr auf dem Wandbord, die hübsche Holztäflung und die niedlich mit Spitzendeckchen geschmückten Tische. All das vermittelte eine idyllische Geborgenheit. Wie viel Liebe verbarg sich in der kleinen Gaststube, die so wundervoll nach aromatischem Tee, nach Rum und Zitrone duftete. Dörthes selbstgebackene Mandelkekse waren ein Gedicht.

Die Farben verschwammen in den Tränen. All diese wundervolle Behaglichkeit sollte nun bald vorbei sein. Der Brief, mit dem der neue Investor das alte Haus einer »neuen Bestimmung« zuführen wollte, brannte wie Feuer in Dörthes Seele. Dies hier war ihre Existenz. Ihr ganzes Herzblut hatte sie in die kleine Gaststube gesteckt ...

Die Türglocke bimmelte. Rasch wischte sich Dörthe das Nasse aus den Augen und drehte sich um.

»Puh, ist das eine Kälte!« Der Mann nahm seine Wollmütze ab. Dann schälte er sich aus seinem Mantel und rieb seine Hände. Dörthe sah in seine Augen. Eisgrau wie Sterne leuchteten sie. In den blonden Bartstoppeln glitzerte es feucht, da es draußen ein wenig graupelte.

»Es ist ja auch erst März«, sagte Dörthe. »Tee?«

»Ja, schönen ostfriesischen Tee mit viel Kandis«, sagte er und sah sich um. »Hübsch ist das hier.«

»Dankeschön«, sagte Dörthe. Gewöhnlich war sie nicht verlegen. Aber dieser Mann brachte etwas in ihr in Aufruhr. Sein Stimme klang so angenehm warm. Fast wie ein Trost in dieser bitteren Stunde, so erschien es ihr. Sie bereitete den Tee zu und brachte ihn in einer Friesenkanne an den Tisch.

»Lassen Sie ihn länger oder kürzer ziehen, je nach dem, ob er anregen oder beruhigen soll«, sagte sie. Einen Teller duftender Mandelkekse stellte sie daneben. »Die sind selbstgebacken!«

Er gab den Kandis in die dünne Tasse. Der Zucker knisterte leise, als er den Tee darüber goss. Dann wartete er eine Weile, bevor er die Tasse an die Lippen setzte. Es war still im Stübchen.

»Ich – ich zünde eine Kerze an«, sagte Dörthe.

»Und dann leisten Sie mir Gesellschaft, nicht wahr?« Er hatte ihre Hand ergriffen. Dörthes Blut rauschte. »Sie haben doch nichts zu tun?«

»Nein, im Augenblick nicht«, antwortete sie. Mit zitternden Fingern versuchte sie den Docht anzuzünden. Das Streichholz erlosch unter ihrem hastigen Atem. Er lächelte. Nachdem sie ein neues angezündet hatte, führte er bedächtig ihre Hand zur Kerze, bis die Flamme still emporstieg, und da es draußen dämmrig wurde, sein herbschönes Gesicht in warmes Licht einhüllte. Sie plauderten über dies und jenes. Eine ungewöhnlicher Vertrautheit wuchs zwischen ihnen.

»Es kommen nicht viele Gäste?«

»Nicht jetzt. Es ist keine Saison!«

»Aber wenn Saison ist, gibt es sicherlich Trubel? Ein solches Juwel von Teestube und eine so hübsche Wirtin.«

»Ich werde vielleicht bald schließen müssen«, sagte sie zögernd. »Ach was, warum erzähle ich das überhaupt … Es interessiert ja keinen.«

»Aber nein!«, rief er. »Ich heiße Simon und Sie – du – darfst es mir erzählen. Dörthe Larsen? Das bist du doch?« Zögern lag in seiner Stimme, ob sie denn dem Du auch zustimmen mochte.

Sie nickte. Die Traurigkeit übermannte sie wieder. Und dann auf einmal rannen Tränen. Simons Hand fuhr unter ihr Kinn. Er hob den Kopf und sah ihr in die Augen. »Ist es denn so schlimm?«

»Ach, alles was ich habe, steckt doch in der Teestube«, schluchzte sie bitterlich. »Ich habe jahrelang gespart, um mir diesen Traum zu erfüllen. Es war vorher eine richtige Bruchbude, als ich sie übernommen habe. Und die Pacht war ja auch nicht hoch. Und jetzt …«

Ihr Stimme brach ab.

»Was – jetzt?«

»Das Haus ist verkauft«, sagte sie. »Es ist aus!« Es hörte sich an, als hätte sie einen Kofferdeckel zugeklappt, so endgültig. »Man hat mir angedeutet, dass alles einen anderen Zweck zugeführt werden soll, was immer das auch heißen mag.«

»Nein, nein!«, rief er. »So einfach wird das wohl nicht sein.«

»Ich fürchte, man wird das alles abreißen und irgendwann entsteht hier ein Supermarkt oder ein Parkplatz. Nach mir fragt doch keiner.«

»Man müsste dich abfinden!«

»Ich will nicht abgefunden werden«, funkelte sie ihn an. »Ich will meine Teestube behalten. Aber ich fürchte, es wird nicht gehen. Und wer sollte mir schon helfen wollen? Du trinkst deinen Tee, isst meine Mandelplätzchen und wirst vielleicht noch eine kleine Weile an mich denken. Und das war's.« Leichter Groll lag in ihrer Stimme, obwohl sie wusste, dass er den gar nicht verdient hatte.

»Vielleicht möchte ich dich wirklich wiedersehen.«

»Du weißt ja nichts von mir!«

»Dann möchte ich mehr erfahren«, drängte er sanft. »Aber ich muss leider los. Darf ich denn wiederkommen, Dörthe?« Er streckte zögernd seine Hand aus und berührte ihre Wange.

»Wann immer du möchtest«, sagte sie leise. »Ich freu mich auf dich.«

Simon stand auf. Als er bezahlen wollte, wies sie ihn zurück. »Von dir nehme ich kein Geld, Simon. Komm recht bald wieder.«

»Sobald ich kann«, sagte er. Dann küsste er ganz zart ihr Lippen. Sie wünschte, es wäre mehr gewesen und hielt noch eine Weile ihren Finger ab Mund. So stand sie traumverloren da, bis die Glocke erneute läutete und eine elegante Dame die Teestube betrat. Sie nahm Platz und bestellte sich einen Karamelltee.

Dörthe hielt Simons Tasse noch eine Weil in der Hand und hauchte einen Kuss auf das zarte Porzellan bevor sie die Tasse in die Spüle stellte. Danach kehrte sie in die Gastube zurück und brachte dem Gast den bestellten Tee und den Gewürzkuchen.

»Hübsch ist das hier«, sagte die Dame. »Haben Sie sich schon nach einer anderen Lokalität umgesehen?«

»Wie kommen Sie denn darauf?«

»Nun. Ich verhandle mit der Firma Möwenstern-Immobilien. Ich werde hier eine Boutique eröffnen!«

Dörthe stand wie vom Donner gerührt. Es hatte ihr die Sprache verschlagen. Plötzlich kochte Wut in ihr hoch.

»Da ist das letzte Wort noch nicht gesprochen!«

»Nun, Herr Simon Stendal war ja sicher schon hier und hat mit Ihnen gesprochen? Ich habe ihn ja vorhin gesehen, als er Ihren – ähm – Laden verließ.«

Dörthe wurde ganz schwindlig. Simon gehörte zur Immobilienfirma? Er hatte die Aufgabe, sie irgendwie hinauskomplimentieren! Aber es war ihm wohl, trotz seines Charmes wohl nicht gelungen, den rechten Anlauf zu finden.«

»Es tut mir leid, Herr Stendal hat nichts besprochen«, sagte Dörthe spröde. »Und es ist besser, wenn Sie jetzt gehen. Lassen Sie Ihr Geld stecken. Ich möchte es nicht!«

Die Dame streifte ihren Mantel über und Dörthe mit einem etwas verächtlichen Blick.

»Schauen Sie sich rechtzeitig nach einem Ersatz um«, sagte sie. Dörthe stand eine Weile wie betäubt. Dann ging sie zur Tür, drehte den Schlüssel um und geht an den Tisch zurück. Sie konnte nicht anders. Hemmungslos begann sie zu weinen. Ihr Schultern zuckten. Simon hatte so reizend, so ehrlich gewirkt und sie wirklich glücklich gemacht mit seinen lieben Worten. Er hatte Hoffnung geweckt und ihr Mut gemacht. Er war ihr Licht am Horizont gewesen, das nun so jäh erloschen war. Tief saß die Enttäuschung …

Nun möchte die endgültige Kündigung kommen. Vielleicht würde es ihr gelingen, die Schließung noch eine Weile hinauszuzögern. Doch schlussendlich sollte diese Immobilienfirma wohl doch den längeren Arm und Atem haben als sie, denn einen Prozess würde sie sich gar nicht mehr leisten können.

Zwei Tage später stand sie in der Küche als die Glocke anschlug. Sie streifte die Hände an der Schürze und ging nach vorn. Unter der Tür zur Gaststube stockte ihr Schritt.

Simon! Da stand er und lächelte sie unverfroren an. Einen Augenblick dauerte es, bis sie sich gefangen hatte.

»Dass du dich noch hereintraust?«, fuhr sie ihn an. »Sieh zu, dass du wieder verschwindest. Auf dein tolles Angebot kann ich pfeifen.!«

»Langsam, langsam!« Dörthe trommelte mit den Fäusten auf seiner Brust herum.

»Geh endlich wieder. Hau ab!«

»Dann nimm das!« Er reichte ihr einen Umschlag.

»Behalte dein Geld!«, fauchte sie ihn an. »Ich brauch da nicht. Ich mach den Laden zu und … und … « Dann brach sie wieder in Tränen aus, bis er ihr ein Papier unter die Augen hielt.

»Was ist das?«

»Ein neuer Mietvertrag«, sagte er. »Du ahnst ja nicht, welche Mühe ich hatte, mit Frau von Hagendorn, dieser Boutiquenschnepfe fertigzuwerden. Die Teestube darf doch nicht untergehen – und dich will ich nicht verlieren. Ich bring dir dein Glück zurück!«

Dörthe konnte es nicht fassen. Er zog sie an sich, und sie schmiegte sich ganz fest in seine Arme.

»Halt mich fest für alle Zeit«, flüstere sie. Er küsste die Tränen fort und endlich auch ihren Lippen.

An allem sind die Sterne schuld

Für Bennie ist Diana das süßeste Mädel der Welt. Doch findet er leider keine Gelegenheit, ihr endlich seine Liebe zu gestehen, denn nie stehen die Sterne günstig für ihn, weil Diana ohne ihr Horoskop keinen Finger rührt. Nun will Bennie nicht länger auf die Sterne warten …

»Also, sei mir nicht böse, aber am Samstag geht gar nichts«, sagte Diana und krauste die Stirn. »Für dieses Wochenende ist es sehr ungünstig auf eine Party zu gehen.«

»Aber Diana, ich bin Chefdekorateur geworden!«, rief Bennie. «Die ganze Abteilung kommt zu meiner Fete. So etwas gibt es doch nur einmal. Bitte, Diana, und außerdem …«

»Sorry«, sagte sie fast ein wenig schroff und zupfte eine blonde Locke aus der Stirn. «Mein Horoskop sagt …«

»Dein Horoskop – dein Horoskop!«, rief Bennie, griff sich an die Stirn und drehte sich um die eigene Achse. »Wie man sich nur in einen solchen Blödsinn verrennen kann?«

»Blödsinn sagst du?« Kriegerisch kreuzte sie die Arme über der Brust und sah ihn herausfordernd an. «Übrigens bist du Widder und kein Schütze. Das geht absolut nicht, denn wir würden uns wohl gegenseitig prügeln. Es fängt ja jetzt schon mit dir an, du … du …«

Sie drehte sich um und ging zu den Gondeln der Buchabteilung. Dort lief sie dem Abteilungsleiter Jensen direkt in die Arme. Bennie sah aus der Ferne, wie sich die beiden lebhaft unterhielten: Dieser geschniegelte Schnösel und sein geliebtes Mädchen! Nun ja, er liebte sie, aber sein war sie deshalb noch lange nicht.

Seit mehr als einem Jahr bemühte er sich bereits um Diana, hatte sich ihretwegen schon die verrücktesten Sachen einfallen lassen und hätte damit vielleicht Eindruck machen können, wenn nur die Sterne nicht gewesen wären.

Bennie konnte sich vorstellen, dass Diana morgens zuerst zur Zeitung griff, noch ehe sie die Augen richtig geöffnet, geschweige denn einen Schluck Kaffee genommen hatte. Dieses verdammte Horoskop nahm nicht nur Einfluss auf Dianas Leben, sondern es beherrschte es vollkommen. Einmal sagte das Horoskop, sie solle sich vor einem Ausrutscher und vor Glas in acht nehmen. Nie würde Bennie vergessen, wie sie den ganzen Tag über mit Spikebändern an den Schuhen im Schaufenster herumgekrabbelt war und dabei den Boden völlig ruiniert hatte.

Ein anderes Mal hatte ihr das Horoskop Gefahr in einem Tunnel prophezeit, woraufhin sie nicht die U-Bahn nahm, sich für sündteures Geld im Taxi kutschieren ließ und trotzdem zu spät kam, sodass sich die Gefahr nicht im Tunnel, sondern im taghell beleuchteten Büro des Abteilungsleiters entpuppte, denn dort bekam sie einen Rüffel verpasst.

Hier die Venus, dort der Jupiter, der von einem Haus ins andere abzustürzen drohte, wobei wieder der Mond mit dem Pluto im Clinch lag und Diana deswegen verbockt in der Kantine hocken blieb, bis die Sterne sich erholt hatten und sie wieder einen Fuß vor die Tür setzen konnte. Bennie fand es zum Auswachsen und äußerst merkwürdig, dass diese seltsamen Sterne in der Liebe, dem Glück und der Zweisamkeit so ganz und gar untätig blieben …

»Wüsste ich nur einen Weg, um dieses verdammte Horoskop herumzukommen«, sinnierte Bennie und blickte dabei tiefsinnig über den Rand der Tasse hinweg hinaus in den hübschen Garten.

»Tja, mein Junge, um die Liebe muss man eben kämpfen«, meinte Bennies Oma. Er liebte sie sehr, und schon als Kind hatte er der Großmutter mehr Sorgen anvertraut als seinen Eltern, denn Oma hatte immer einen verlässlichen Rat für ihren Liebling. »Wenn ich denke, was dein Großvater nicht alles angestellt hat, um bei mir ein Stein ins Brett zu kriegen«, fuhr die grauhaarige Dame fort und kicherte verschmitzt. »Einmal stand er geschlagene zwei Stunden im Regen und wartete auf mich. Ich habe ihn warten lassen und hinterher wegen seiner bösen Erkältung tagelang ein schlechtes Gewissen gehabt.«

»Ich würde ja noch länger im Regen stehen, wenn ich nur wüsste, wo ich auf sie warten sollte. Oma, ich bin schon ganz dösig von diesen Horoskopen. Das Schlimme daran ist, dass in jedem Blättchen etwas anderes steht und auf jeden von uns passen könnte, wenn man es auf sich auslegt.«

Die alte Dame sinnierte lächelnd und betrachtete Bennie. Wie er so vor ihr sah, mit gefurchter Stirn und vorgeschobener Unterlippe, wirkte er wie damals, wenn er bockig war, weil er etwas wollte und es nicht bekommen konnte.

»Man müsste halt an den Sternen etwas drehen können«, meinte sie nachdenklich. «Ich meine, man müsste sie eben, nun ja, günstig stehen lassen.«

Bennie lachte ungläubig auf. «Hast du vor, einen Redakteur von diesen Blättern zu bestechen?«, fragte er. »Oder wie willst du das anstellen?«

Oma wiegte den Kopf und blinzelte ihn verschmitzt an, wobei ihre grauen Augen listig funkelten. Sie stand auf, trat vor das große Blumenfenster und verschränkte die Hände hinter dem Rücken.

»Ich hab doch da mal im Seniorentheater so etwas Ähnliches wie eine Hexe gespielt«, entsann sie sich. »Schade, dass du es nicht gesehen hast. Herr Lüthers, der mich, ganz nebenbei bemerkt, noch immer sehr verehrt, also er fand, ich sei die beste Hexe gewesen, die es jemals gegeben hatte, denn …«

»Was haben denn die Sterne mit einer Hexe zu tun?«, fragte Bennie belustigt. »Willst du versuchen, Daniela mit Hexerei herumzukriegen?«

»Wahrsagerei«, erklärte sie bedeutsam. »Wenn sie an Horoskope glaubte, ist sie für astrologische Wahrsagerei sicherlich empfänglich. Und so könnte man die Sterne so stellen, dass alles gut wird.«

»Oma, du verstehst davon nichts!«

»Muss ich doch nicht«, verkündete sie strahlend. »Ich weiß doch, was du willst, und darauf kommt es an. Leg ihr doch mal unauffällig so 'nen Gutschein für eine kostenlose Beratung hin. Den kannst du doch mit dem Computer machen. Vor mir aus leg einer anderen Kollegin auch noch einen hin, damit es richtig echt wirkt.«

»Und dann machen wir etwas aus …«

»… und sie fällt darauf rein«, vollendete sie beide wie aus einem Munde und schüttelten sich vor Lachen.

»Also mir fällt ganz bestimmt etwas ein. Ich werde es so machen, dass sie dir direkt in die Arme laufen muss. Ja, ich mache es so, dass sie auf dich warten wird. Den Traummann werde ich ihr vorzaubern, und wenn sie daran glaubt, dann geht das alles klar, meine Junge.«

»Du bist nicht nur die beste Hexe, die es je gab. Du bist die allerbeste Oma auf der ganzen weiten Welt.«

»Nun übertreib mal nicht so«, schmollte die alte Dame. »Ich bin ja auch nur ein Mensch.«

»Aber was für einer!«, sagte Bennie und drückte sie ganz fest.

»Du, Diana guck mal, das wäre doch was für dich«, sagte Ines, die erst ein paar Wochen in der Firma war. Sie hielt einen Zettel hoch.

»Was ist denn das?«, fragte Diana. »Und wo hast du das her?«

»Lag hier auf meinem Platz. Ach, und dort auf deinem Platz liegt es auch. Es ist ein Gutschein. So 'ne Werbung, weißt du?«

»Zeig mal her«, verlangte Diana neugierig. »Ich meinem Tageshoroskop steht, dass ich heute mit einer außergewöhnlichen Überraschung rechnen kann.« Diana nahm das Papier. »Madame Clothilde liest in den Sternen«, begann sie zu lesen. »Sie ...«

»Na wenigstens liest sich nicht aus dem Kaffeesatz«, unterbrach Ines.

»Halt doch mal die Klappe!«, rief Diana ärgerlich. »Hör lieber zu, was da noch steht: »Sie berät sie in allen Fragen des Lebens und zeigte Ihnen den Weg in eine glückliche Partnerschaft. Gutschein für eine kostenlose Beratung.«

»So ein Krampf«, bemerkte Ines. »Sag bloß nicht, dass du hingehst? Solche Weiber ziehen dir das Geld aus der Tasche für nichts und wieder nichts, wie ...«

»Es ist kostenlos«, beharrte Diana. »Und außerdem verstehst du nichts davon, denn du läufst ohnehin blind durch die Tage und gibst nichts auf das, was die Sterne verraten.«

»Wie könnte ich auch«, spottete die Kollegin. »Da stand doch bei mir, ich soll mich vor einem Sturz vom Pferd hüten. Ich bin noch nie auf 'nem Gaul gesessen und habe auch nicht die Absicht, das jemals zu tun. Ja, vom Fahrrad bin ich geflogen ...«

»Siehst du!«, kreischte Diana und zeigte nach oben. »Symbolik ist das gewesen, verstehst du? Das Pferd war das Fahrrad! Man muss es nur richtig zu deuten wissen.«

»Wenn's nach deinen Sternen ginge, dürfte man so manchen Tag gar nicht erst aus dem Bett steigen. Wo kämen wir denn hin? Und die schwarzen Katzen würden auch alle ausgerottet sein. Aber den Freitag, den dreizehnten, den kannst du nicht abschaffen. Ach, lass mich doch mit diesem Humbug in Frieden!« Damit drehte sie sich um und ging pfeifend hinaus.

Nun war Diana ganz und gar aufgeregt und aus dem Häuschen. Sie hatte schon öfter vorgehabt, eine Astrologin zu besuchen. Allein die hohen Preise und ihr schmales Budget hatten das einfach nicht erlaubt. Nun aber war es kostenlos. Daher war Diana fest entschlossen, diese Chance zu nutzen. Doch vorher sollte sie sich telefonisch anmelden, und sie entschloss sich, das gleich zu tun. Also wählte sie die Nummer, die auf dem geheimnisvollen, vielversprechenden Gutschein stand.

»Hallo?«, meldete sich eine etwas dunkle Stimme.

«Ah, bin ich … ich meine, ist dort - ähm – Madame Clothilde«, stammelte sie und quetschte ihr Handy zusammen. Ganz nasse Finger hatte sie plötzlich bekommen, und die Knie waren wohl auch ein wenig weich.

»Ja, hier spricht Madame Clothilde, die Freundin der Sterne im Universum. Was kann ich für Sie tun?«

»Ich … da ist … ich meine, der Gutschein. Ich …«

»Verraten Sie mir Ihren Namen?«

»Diana Carlson.«

»Diana genügt. Ich muss mich konzentrieren. Ja, ja …, nun sehe ich Sie vor mir. Ihr Haar ist blond und ein wenig gelockt, und ich sehe direkt in graue Augen. Sie benutzen keinen Lippenstift. Aber … die Bluse, sie ist hellblau, ich sehe kleine Schmetterlinge. Und sie tragen eine … weiße Leinenhose … Stickereien am Saum …«

»Ja, ja, das bin ich!«, rief Diana. »Woher wissen Sie das

alles?«

»Die Sterne … ihre grandiose Macht! Oh, ich sehe eine Veränderung auf Sie zukommen. Ich sehe einen Mann …«

»Wer ist er?«

»Oh, o, jetzt ist die Verbindung unterbrochen. Sie müssten mich besuchen. Wenn Sie mir gegenübersitzen, kann ich Ihnen viele Dinge sagen, denn dann spüre ich Ihre Nähe. Wann können Sie zu mir kommen, Diana?«

»Heute Abend, wenn es recht ist«, krächzte sie. Ihr Hals fühlte sich staubtrocken an.

»Es ist mir recht, mein Kind. Ich erwarte Sie um zwanzig Uhr. Bis heute Abend!« Dann legte die geheimnisvolle Fremde auf und Diana lehnte sich mit dem Rücken an die Wand.

»Du bist ja ganz käsig«, bemerkte Bennie, der vor der Tür gelauert hatte und nun arglos tuend hereinschlenderte. »Schlimmes Horoskop?«

»Blödmann«, erwiderte Diana verärgert. »Ich gehe heute zu einer Astrologin.«

»Ehrlich?«

»Ja, ganz ehrlich«, plapperte sie eifrig. »Sie sieht einen Mann in mein Leben treten …«

»So einfach ein Kerl? Irgendeiner?«

»Natürlich nicht irgendeiner, sondern jemand, den die Sterne für mich bestimmen und mit dem ich dann todsicher glücklich werde.«

»Und wenn ich derjenige wäre?«

»Du?«, fragte sie und sah ihn an. »Ich glaube nicht, dass du es sein kannst, weil du nicht an die Sterne glaubst und sie immer gegen dich gewesen sind. Und da kann man nun leider nichts dagegen machen!« Ihm schien, als hätte ein wenig Bedauern mitgeklungen. Das machte ihn zuversichtlich.

Die Astrologin hatte sich viel Mühe gemacht, ihr Wohnzimmer in ein bengalisch beleuchtetes Gemach aus Tausendundeine Nacht zu verwandeln. Die Kristallkugel war aus Plastik, und die Sternenposter hatte Herr Lüthers in Anbetracht seiner Verehrung für sie besorgt. Ein paar Meter Uralt-Stoff aus einer Kiste am Speicher und eine schwarze Perücke, geliehen vom Theaterverein, machten das Bild nahezu perfekt. Fast unheimlich knisterten die Kerzen, die Bennies Oma überall aufgestellt hatte, und der süße Duft von Räucherkerzen würzte den Raum.

Und nun saß ihr Diana gegenüber. Ganz groß und rund waren ihre Augen, staunend eben, wie die eines Kindes, das auf etwas Wunderschönes wartet.

»Den Mann kann ich nicht deutlich erkennen. Aber er ist immer in ihrer Nähe. Ich fühle, dass ihm viel Liebe entströmt – tiefe Zuneigung und sprichwörtliche Treue …«

»Sagen Sie mir doch, wer er ist!«, flehte Diana und rang bittend die Hände. »Nur ein ganz kleiner Hinweis, ein klitzekleiner nur – bitte!«

»Lassen Sie mir Zeit für mein inneres Auge«, flüsterte Madame Clothilde. »Vielleicht mir ein winziger Hinweis offenbart …?«

Dianas Blick hing gebannt auf den ernsten Zügen mit den geschlossenen Augen. Leise zischten die Kerzen in den ruhigen Atem hinein, bis endlich Madame die Augen aufschlug und Dianas Hand ergriff.

»Sie werden ihm morgen begegnen!«

»Wann? Wo?«, rief Diana aufgeregt.

»Um dreizehn Uhr wird er vor Ihnen stehen. Punkt dreizehn Uhr ist er da, der Mann, den das Schicksal für Sie bestimmt hat! Nun aber bin ich erschöpft, mein Kind. Die

Sterne mögen Sie behüten.«

Diana ging und war ganz schrecklich aufgeregt. Sie glaubte, die ganz Nacht über kein Auge zugetan zu haben, stand schon sehr früh auf und machte ganz große Toilette, denn sie wollte ihrem Traummann natürlich gefallen ...

Der stand kurz vor eins hinter einer Büchergondel und belauerte die Uhr. Ab und an linste er hervor und vergewisserte sich, ob Diana auch wirklich mit der Dekoration beschäftigt war. Bennie war nicht weniger aufgeregt als Diana, die immer wieder auf die Uhr blinzelte und sich suchend umsah.Näher und näher rückte der Sekundenzeiger an die volle Stunde. Bennie setzte zum Sprung an, um pünktlich vor ihr zu erscheinen ...

»Hallo Diana!«

Jensen, es war dieser verdammte Jensen, der urplötzlich hinter der Gondel aufgetaucht war. Und das um Punkt Eins!

»Oh, Herr ... Jensen ..., Sie überraschen mich aber auch. Nein, das hätte ich nicht gedacht! Ach du lieber Himmel ...« Diana war atemlos.

»Sie scheinen ja ganz durcheinander zu sein? Zeit für ein Päuschen. Darf ich Sie einladen?«

»Herzlich gerne«, sagte Diana strahlend und zog Arm in Arm mit ihm ab.

»Herzlich gerneee!«, äffte Bennie nach und versetzte dem kunstvoll aufgebauten Bücherturm einen Tritt, der ihn wie ein Kartenhaus, nur nicht ganz so leise, zusammenfallen ließ.

»Sie sind wohl vom Affen gebissen?«, krakelte Frau Hübschen, das Urgestein hinter der Sammelkasse. »Da kriegt man ja einen Schlaganfall oder sonst was Schlimmes. Und sagen Sie nicht, das war ein Versehen.«

»War es auch ganz und gar nicht«, knurrte Bennie wütend. »Frau Carlson baut das wieder auf. Steht alles in den

Sternen.«

Damit drehte er sich um und ging in die Kantine. Die Eifersucht grummelte ihm schrecklich im Magen, denn Diana und dieser Schnösel waren in ein äußerst angeregtes Gespräch verwickelt. Bennie ging nicht eher bis Jensen aufstand und die Kantine verließ. Dann schlenderte er zu Dianas Tisch hinüber und betrachtete ihr verzücktes Gesicht.

»Nun sag mir bloß nicht, dass der dein Traummann ist?«

»Vom Typ her nicht so wirklich«, meinte sie. »Aber die Sterne sagen es. Sie haben ihn eben für mich bestimmt. So ist das eben, und da kann man nichts dagegen machen.«

Bennie gewann den Eindruck, dass sie mit der Wahl ihrer Sterne doch nicht ganz so einverstanden schien. Doch das war nur ein äußerst schwacher Trost …

»Das war der totale Reinfall, Oma. Du hättest mal sehen sollen, wie die beiden abgezogen sind.«

»Solche Pannen passieren eben. Da kann man …«

»Da kann man nichts dagegen machen – das sagt sie auch immer«, führte Bennie den angefangenen Satz zu Ende. Wie ein Tiger lief er auf und ab. »Man muss etwas dagegen machen können!«, rief er und warf die Arme hoch. »Aber was? Was soll ich machen?«

»Wir müssen das perfekter machen.«

»Perfekter? Und wie stellst du dir das vor, Oma?«

»Kinokarten«, sagte sie. »Du kaufst Kinokarten, und ich rede ihr die Uhrzeit ein, zu der ihr Traummann mit Kinokarten kommt. Das ist noch wirkungsvoller, wenn ich einen bestimmten Film benennen kann. Dann kann das für sie einfach kein Zufall mehr sein. So ist es doch logisch, oder nicht?«

»Eigentlich schon«, stimmte Bennie zu. »dass der Jensen für die gleiche Vorstellung Karten hat, wäre so zufällig wie ein Sechser im Lotto. Oma, du bist ganz einfach grandios. Komm her und lass dich küssen!«

»Junge, stell mich wieder auf dem Boden ab. Mir wird ganz schwindelig!«, rief sie, nachdem er seine Oma ein paar Mal im Kreis geschwenkt hatte.

So bereitete Bennie alles bis ins Detail vor. Es stimmten Uhrzeit, Kino und der Film. Und Oma hatte natürlich alles aus den Sternen gelesen. Doch als die große Stunde nahte, fingerte Bennie verzweifelt in seiner Jacke herum.

»Die verdammten Karten …«, murmelte er. «Wo sind nur diese verdammten Karten? Ich hatte sie dort vorhin noch? Also nein, das gibt es ja wohl nicht?«

Mit verzweifeltem und verbissenem Eifer suchte Bennie an allen möglichen Orten, ließ im Geiste Revue passieren, wo er sich überall aufgehalten hatte. Doch die Karten blieben verschwunden.

Und dann stand wieder Jensen auf der Matte, dieser Mensch, der mit den Sternen nicht zu tun haben sollte. Strahlend ging er auf Diana zu.

»Hallo Diana«, schmeichelte er honigsüß, und Bennies Hände wurden in die Hosentaschen zu Fäusten. »Ich habe da zwei Kinokarten …«

»Zwei Kinokarten!« jubelte sie, ließ das Buch fallen und fiel ihm um den Hals. »Zwei Kinokarten für *Ice Age*, stimmt's?«

»Jawohl, ganz genau! Wie schön, dass ich Ihren Geschmack getroffen habe!« Jetzt hätte ihn Bennie dafür erwürgen können.

»Und sie sind für die heutige Abendvorstellung im *Admiral-Palast?*

«Auch wieder richtig geraten, Diana!«

»Er ist es, er ist es, er ist es!«, rief sie und hüpfte wie eine Verrückte auf und ab, woraufhin Frau Hübschen missbilligend die Nase rümpfte und etwas von *völlig verdorbener Jugend* brummelte.

Und Bennie stand da, als hätte ihm jemand einen Kübel Eiswasser über den Kopf gegossen. Er war unfähig sich zu rühren, stand einfach mit offenem Mund da und musste hilflos mit ansehen, wie der Schnösel Jensen mit dem Mädel seiner Träume abzog.

Bennie rief Oma an und klagte lautstark sein Leid.

»Schrei nicht so«, beschwichtigte Oma. »Sei ein Mann!«

»Ich bin einer oder gibt es daran Zweifel?«

»Jag ihm die Karten wieder ab«, sagte Oma trocken. »Es sind deine Karten, und du hast doch die Quittung dafür. Also, auf zu dem Kino. Nimm ihm die Karten ab und geh mit Diana hinein.«

»Das kann ich nicht!«

»Weil du nicht willst!«

»Natürlich will ich!«, schrie er aufgebracht.

»Da tu es«, sagte Oma und legte auf.

Eine Weile war Bennie unschlüssig. Dann warf er sich in Schale und stand schließlich vor dem Kino. Von Weitem sah er Diana und Jensen schäkernd näher kommen.

»Was willst du denn hier?«, fragte Diana verwundert.

»Ja, was wollen Sie eigentlich hier?«, fragte der Abteilungsleiter, und das klang nun gar nicht so sehr verwundert.

Bennie baute sich vor seinem Konkurrenten auf und wuchs über sich selbst hinaus.

»Ich möchte meine Kinokarten wiederhaben«, verlangte er.

»Wieso – Ihre Karten …?«, stotterte Jensen verdattert. »Sind das denn Ihre Karten? Nun, sie lagen da so einfach auf dem Boden, und ich habe mir gedacht …«

»Wie?«, fragte Diana erstaunt. »Das sind gar nicht Ihre Karten, Holger … ich meine, Herr Jensen? Sie haben die nicht selbst gekauft?«

»Es sind meine Karten, und ich habe die Quittung. Du hörst ja, er hat sie gefunden?« Bennie kochte vor Empörung und sah Jensen mit vernichtender Verachtung an.

»Und die waren für uns beide bestimmt? Ich meine für mich und für dich, Bennie?«

»Ja, nur für uns zwei!«

Da löste sie sich aus Jensens Arm und trat zu Bennie hin. Ein wenig verlegen knetete sie ihre Hände und sah den un-glücklichen Verehrer fast ein wenig verzweifelt an.

»Tja, Herr Jensen, wenn das nun so ist … Ich meine, dann sind Sie ja gar nicht der Mann aus den Sternen.« Sie sah Benjamin an. »Aber dass du es bist, darauf wäre ich nie-mals gekommen«, wandte sie sich an Bennie. »Wir kennen uns doch schon lange, und ich habe nichts bemerkt. Dabei kribbelte es immer so konisch, wenn ich dich ansah. Ich glaube, ich war schon immer in dich verliebt.« Sie wandte sich wieder an Jensen, der ganz belämmert und verlegen vor ihr stand. »Ja, das ist schade, Herr Jensen. Das sind nun mal die Sterne dagegen und …«

»… da kann man nichts dagegen machen. So ist das eben«, sagte Daniel und küsste Diana.

»Ja«, hauchte sie. »So wollen es eben die Sterne, und man kann da wirklich nichts dagegen machen.«

Das Geheimnis der Roseninsel

Claude ist Schriftsteller und arbeitet an einem historischen Roman. Bei seinen Recherchen stößt er auf die Roseninsel im Lac de Cortoniere. Dort soll seine unglückliche Heldin Natalie de Lombarde gelebt haben und begraben sein. Claude fährt auf die Insel, findet ein geheimnisvolle Haus und eine Bewohnerin, die Natalie aufs Haar gleicht und sogar ihren Namen trägt ...

Sinnend stand Claude wieder einmal vor diesem Bild. Aus dem reich verzierten goldenen Rahmen blickten ihn dunkle Frauenaugen mit geheimnisvoller Schwermut an. Die geschwungenen Lippen lächelten in einer eigenartigen Mischung von Spott, Mitleid und vielleicht auch leisem Schmerz. Im lockigen Haar leuchtete ein prächtiges Diadem und wundervoll kastanienrot schimmerte die Haarflut, die über die nackten weißen Schultern floss.

Das Gemälde zeigte Natalie de Lombarde, eine junge Adelige, die in der Mitte des 19. Jahrhunderts gelebt und gelitten hatte. Von der Familie verstoßen, da sie einen Bürgerlichen geliebt hatte, lebte sie zurückgezogen auf der Roseninsel im Lac du Cortoniere. Dort waren ihre wunderschönen Gedichte entstanden, die in Claude eine eigentümliche Sehnsucht erwachen ließen. Claude wollte Natalie durch sein Buch wieder zum Leben erwecken ...

»Natalie!«, flüsterte Claude. Er streckte seine Hand aus. Die Finger streichelten zart über die alabasterweißen Wangen, fuhren liebkosend über die mattroten Lippen ...

»Haben Sie das Schild nicht gesehen oder können Sie

nicht lesen?«, klang eine barsche Stimme hinter Claude auf. Er fuhr herum und blickte in die zornigen Augen eines schnauzbärtigen Uniformierten. »Berühren verboten! Ich beobachte Sie schon länger. Sie kommen doch fast täglich und begrapschen dieses Bild. Bald einmal ist die Farbe ab!«

»Pardon, Monsieur!«, stammelte Claude verlegen wie ein Schüler, den man bei einem Streich ertappt hatte. »Ich wusste nicht ...«

»Was wussten Sie nicht?«, bellte der Museumswärter. »Da könnte jeder kommen!« Er kam mit seinem Gesicht auf Claude zu, kniff ein Auge zu und zielte mit dem anderen auf den jungen Schriftsteller. »Oder«, fuhr er gedämpft fort, »oder stimmt bei Ihnen da oben etwas nicht?« Er ließ seine Faust vor der Stirn kreisen. »Fehlt noch, dass Sie dieses Gemälde küssen.«

Oh ja, das hätte Claude gern getan, hätte diese wundervolle Frau in seinem Arm gehalten und ihre Lippen auf seinem Mund gespürt! Aber Natalie war schon weit mehr als hundert Jahre tot. Niemand kannte ihr Grab. Vermutlich lag es auf der geheimnisvollen Roseninsel im Lac du Cortoniere ...

»Nun machen Sie, dass Sie weiterkommen, Sie – Sie Spinner, Sie! Wenn ich Sie noch einmal hier bei einer Grapscherei erwische, bekommen Hausverbot! Zuvor aber, glauben Sie es mir, schlage ich Ihnen eigenhändig eins über Ihre Pfoten!«

»C'est bien«, murmelte Claude betreten und strebte schließlich eilig dem Ausgang zu. Wie immer, wenn er das Bild besucht hatte, war er danach völlig durcheinander. Er stolperte in Madame Roches kleines Café. Es lag am Place du Montgolfiere, wo der Espresso billig war und man für wenig Geld seine Sorgen mit Absinth ertränken konnte.

»Mon cher«, bemerkte Madame und schüttelte die grauen Locken. »Sie waren wieder im Museum, nicht wahr? Richtig mitgenommen sehen Sie aus. Trinken Sie einen Pernod, nein besser, nehmen Sie einen Absinth.«

Claude leerte das Glas in einem Zug und hielt es Madame hin.

»Schreiben Sie es bitte an. Ich bin pleite. Vielleicht bekomme ich bald einen Vorschuss auf mein Buch!«

Die zierliche Dame bog den Kopf zurück und lachte schallend.

»Da werde ich eher einen weißen Elefanten am Montmartre promenieren sehen«, sagte sie dann illusionslos und füllte mit einem nachsichtigen Lächeln Claudes Glas.

Vor Claudes Augen zogen Lavendelfelder vorüber und überschwemmten das Land wie ein tiefblaues Meer. Sanfte Landwellen verblassten fern am Horizont. Tief sog Claude den unvergleichlichen Blütenduft in seine Lungen, den der Fahrwind durch das offene Fenster ins Abteil wehte.

»André, schließ das Fenster«, befahl eine dicke Dame einem noch dickeren Herrn, dessen Lungen wie eiserne Rollladen rasselten, wenn man sie hoch und runter zieht. »André, ich fürchte, mir wird schlecht! André, wie das stinkt!«

Da stand Claude auf, murmelte eine Entschuldigung, trat auf den Gang hinaus, reckte den Kopf aus dem Fenster und ließ sich ungestört vom Lavendelduft verwöhnen.

»Saint Germaine sur Cortoniere!«, schnarrte blechern eine Stimme aus dem Lautsprecher, nachdem der Bummelzug mit quietschenden Bremsen angehalten hatte. Claude holte im Abteil seine Tasche von der Ablage.

»Diese Tasche stinkt«, sagte die dicke Dame angewidert. Ihr rundes Gesicht war inzwischen steingrau geworden.

»Es ist Camembert drin«, verriet Claude vergnügt. »Überreifer Camembert, der sicherlich schon Füße bekommen hat!« Dann lachte er glucksend und verließ den Zug.

Fröhlich pfeifend ließ er das winzige Bahnhofgebäude hinter sich und wanderte dem Dörfchen zu, dessen Häuser ihn blendend weiß aus der Ferne grüßten. Als er St. Germaine erreichte, konnte er, außer ein paar mageren Hunden und einigen zerrupften Katzen, kein Lebewesen entdecken. Er steuerte auf die kleine Bäckerei zu und drückte die Klinke. Abgeschlossen! Er ließ die Klinke einige mal rattern, bis sich oben ein Fenster öffnete und Claude eine Schritt zurücktrat.

»Pardon, wie komme ich am schnellsten zum Lac du Cortoniere?«, rief er hinauf.

»Am schnellsten mit einem Tritt in den Hintern!«, schrie das krebsrote runde Gesicht. »Ich habe geschlafen! Sie haben mich aufgeweckt!«

Claude hatte ganz vergessen, dass man in Südfrankreich mittags schläft und abends feiert. Natürlich arbeitet man zwischendurch auch ein wenig. Es ist fast ein Verbrechen, einen Südfranzosen beim Mittagsschlaf zu stören, denn der gilt als heilig.

»Oh, das tut mir leid, Monsieur. Ich komme aus Paris!«

»Parisiennes!«, schnaubte er versöhnlicher herunter. »Immer durch den Wald geradeaus, an der Kapelle rechts.«

»Und zur Roseninsel? Wie komme ich dorthin!«

»Schwimmen!«, knurrte der Mann und schlug das Fenster zu.

Seufzend machte sich Claude auf den beschriebenen Weg. Nach etwas mehr als einer Stunde öffnete sich der Wald wie ein Vorhang und gab den Blick frei wie auf eine Riesenbühne. Blank lag der Seespiegel vor Claude. Nur dort, wo die bunten Enten eine Spur hinter sich herzogen, glitzerte das Wasser wie gekräuselte Seide. Claude watete in den Schilfgürtel und stand schließlich mit den Füßen im Morast, der unter seinen Tritten schmatzte. Er merkte es nicht, denn dort drüben ragte wie ein magischer Hügel die Roseninsel aus dem See. Wie silbrige Schnüre hingen die Äste der Weiden in den See. Claude bog den Kopf zurück und beschattete die Augen. Kraniche zogen über den See hinweg und stießen ihre eigentümlichen Laute aus.

Nachdem Claude des Kopf gesenkt hatte, sah er ein Boot im Schilf und war mit ein paar Schritten bei ihm. Auf dem Grund war ein bisschen Wasser, die Bretter etwas angefault, doch sonst schien der Kahn brauchbar zu sein. Claude sprang hinein. Er fand nur ein Ruder. Es war ein recht mühseliges Vorwärtskommen und ging ordentlich in die Arme. Wieder und wieder tauchte das Ruder in die glitzernde Flut ein. Natalie – Natalie – Natalie, klatschte es aus dem Wasser, und Claudes Stirn wurde nass. Dann hatte er es geschafft, atmete tief durch und warf den Oberkörper keuchend nach vorn um ein wenig auszuruhen.

Eine seltsame Stille herrschte. Gab es keine Vögel auf dieser geheimnisvollen Insel oder schwiegen sie aus Furcht vor dem Ankömmling? Claude zog die Beine aus dem Boot und ging geduckt unter dem dichten Buschwerk weiter. Es roch nach Laub, Moos und säuerlichem Teichwasser. Libellen schwebten eine Weile glitzernd in der reglosen Luft und verschwanden dann blitzschnell im seidenblauen Himmel.

Durch den stillen Wald schlängelte sich ein Pfad den Hügel hinauf. Claude folgte ihm. Sein Hals fühlte sich staubtrocken an und in ihm glühte es wie ein Fieber. Vielleicht würde er bald vor Natalies Grab stehen und ihr ganz nahe sein?

Plötzlich schallte ihm wütendes Hundegekläff entgegen. Ein zottiges graues Etwas wuzelte über die Wiese auf ihn zu und zerrte aufgebracht an den Hosenbeinen. Claude strampelte wie ein Verrückter. Hatte er das Vieh vom einen Bein abgeschüttelt, hing es gleich darauf wieder am anderen.

»Röschen – Röschen!«, schallte eine angenehme Frauen-stimme den Hügel herunter. Eine schlanke Frau in einem weißen knöchellangen Leinenkleid tauchte zwischen den Bäumen auf. Sie trug einen Strohhut mit einem Bändchen unter dem Kinn. Ihr Gesicht lag im Schatten der Bäume.

»Verraten Sie mir, was bei diesem Vieh hinten und vorne ist«, keuchte Claude, »damit ich es gehörig in den Hintern treten kann!«

»Sie Grobian!«, schimpfte die Unbekannte. Ihre Altstim-me klang dabei nicht unangenehm. »Sie haben Röschen er-schreckt, Sie …«

Plötzlich brachte ihre Stimme ab. Die Fremde erstarrte in ihrer Haltung. Das Hündchen hatte aufgehört zu kläffen und leckte Claudes nackte Waden. Es war, als hielt die Welt den Atem an …

»Wieso sehen Sie mich so an?«, fragte Claude erschro-cken. »Ich bin kein Verbrecher. Ich bin …«

Nun trat sie ins Licht und Claude prallte zurück. Wie an-gezaubert stand er vor ihr. Der Strohhut war vom Kopf ge-rutscht und in den Nacken gefallen. Über die entblößten Schultern rann eine kastanienrote Haarflut und dunkle Au-gen sahen im verschleiert ins Gesicht.

Natalie! Das war Natalie, wie aus dem Gemälde entstie-gen! Sie trug zwar kein Diadem, kein Seidenkleid mit Spitze, aber es waren ihr Haar, ihre Augen und ihr Mund, dessen Lippen sich ein klein wenig wie staunend geöffnet hatten.

Beide waren sie wie verzaubert und sahen einander stumm an.

»Pardon!«, krächzte Claude. »Pardon, Mademoiselle, mein Name ist Claude Savignon. Ich wollte Sie nicht stören. Ich wollte nur …«

»Aber das macht doch nichts«, unterbrach sie ihn gefasst. Ihre Stimme kroch Claude tief unter die Haut. Er war vollkommen verwirrt und musste glutrot geworden sein. »Sie sehen sehr mitgenommen aus«, fuhr sie fort. »Röschen wollte Ihnen bestimmt nichts tun. Sie ist sehr lieb, aber … Sie haben bestimmt Durst? Vielleicht haben Sie auch Hunger? Kommen Sie, na kommen Sie nur.«

Sie hatte hastig gesprochen, sich umgedreht und ging ihm voran. Zwischen den Bäumen tauchte wie ein verwunschenes Schlösschen ein graues Steingebäude auf. Um den schlanken runden Turm rankten sich wilde Rosen, deren Blüten als blutrote Kaskaden bis beinahe zur Erde reichten. Ein betörender Duft schmeichelte den Sinnen und ließ Claude eine wohlige Wärme durch die Brust fließen.

Die Unbekannte wies auf die alte Steinbank mit einem Tisch davor. »Ich hole uns etwas zu trinken. Wein? Weiß, rot oder rosé?«

Claude konnte nur nicken. Er brachte kein Wort hervor. Unablässig folgten seine Blicke ihren weichen fließenden Bewegungen, ihrem gazellenhaften Wesen und dem Gang, bei dem ihre nackten Füße kaum den Boden zu berühren schienen. Er ließ sich auf die kühle Bank sinken. Das zottige Hündchen lag ihm zu Füßen. Es legte den Kopf schräg und hinter dem Haarvorhang blinzelten neugierige schwarze Kulleraugen.

»Ich heiße Natalie«, sagte die junge Frau, nachdem sie zurückgekehrt war und einfache irdene Becher auf den Tisch stellte.

»Natalie – und weiter?«, krächzte Claude. Ihr Haar schien die Sonne eingefangen zu haben, denn es schimmerte in vielen Tönen.

»Natalie Signoret – warum?«

»Nur so«, flüsterte Claude und wischte sich über die Augen. Nein, es war kein Traumbild! Oder doch? Scheu sah er hoch. Sie lächelte, und dieses Lächeln raubte dem jungen

Schriftsteller nahezu den Verstand. Er musste an sich halten, sie nicht in seine Arme zu reißen und ihr Gesicht mit wilden Küssen zu bedecken …

»Warum sind Sie auf die Roseninsel gekommen?«, fragte sie und hielt ihm den Becher zum Anstoßen entgegen. »Niemand kommt auf die Insel – niemand …« Es klang in einer seltsamen Weise schwermütig. Und diesen Ausdruck hatte sie nun auch in ihrem verschleierten Blick. Sie schlug die Augen nieder, saß wie ein Madonna vor ihm und legte die schlanken Hände in den Schoß.

»Ich – ich bin Schriftsteller«, bekannte Claude zögernd. »Ich – ich arbeite an einem Buch … Nein, ich suche hier nach einem Grab.«

»Ach das meinen Sie!« rief sie. »Es ist dort im Garten. Ich dachte immer, es sei ein Denkmal. Die Schrift ist schon ganz verwittert. Wer soll denn dort begraben liegen?« Sie plapperte munter. Die Traurigkeit war aus ihrer Stimme verschwunden.

»Das ist eine lange, eine sehr lange Geschichte«, antwortete Claude versonnen. »Und was tun Sie hier – so alleine – auf der Roseninsel?«

»Ich male«, sagte sie und wies zu den hohen Bäumen. »Dort steht meine Staffelei. Vielleicht werde ich ja einmal berühmt. Eigentlich bin ich von zu Hause ausgerückt! C'est ça!«

»Ausgerückt?«

»Würden Sie jemanden heiraten, den Sie nicht lieben? Jemanden, der obendrein fett ist, unangenehm riecht und schlechte Manieren hat? Das würden Sie bestimmt nicht tun, Monsieur!«

»Bestimmt nicht«, versicherte Claude.

»Na, sehen Sie«, meinte sie zufrieden. »Sie würden es auch nicht tun, wenn diese Person viel Geld hätte?«

»Nicht, wenn diese Person von oben bis unten vergoldet wäre«, sagte Claude. »Sie lieben bestimmt einen anderen Mann?«

Nun wurde sie plötzlich so rot wie die Rosen am Turm und schlug die Augen nieder. Plötzlich kicherte sie wie ein Schulmädchen.

»Was ist?«

»Es ist alles zu dumm«, sagte sie und stand auf. Sie drehte ihm den Rücken zu. »Nein, das kann ich Ihnen nicht erzählen, es ist viel zu verrückt.«

»Manchmal sind die Dinge eben verrückt«, versuchte Claude sie zu ermutigen. Aber sie war nicht bereit, ihm ihr Geheimnis zu offenbaren. »Ich habe auch so etwas Verrücktes erlebt.«

Sie schnellte herum. Ihre Augen funkelten.

»Erzählen Sie es mir, Claude. Bitte – ach, ich bin so neugierig.«

»Vielleicht ein andermal«, wich er aus.

»Das kenne ich«, sagte sie trotzig und mit einem Anflug von Enttäuschung. »Sie werden verschwinden. Sie werden niemals wiederkommen, und ich werde Ihre Verrücktheiten nicht erfahren.« Dann blinzelte sie ihn schelmisch an. »Meine Sache ist sehr unglaublich!«

»Meine auch«, beharrte Claude. Er schloss die Augen. Ihr Anblick machte ihn verrückt. Die Gefahr, sich nun völlig daneben zu benehmen, aus der Rolle zu fallen und schließlich die Beherrschung zu verlieren, zeichnete sich am Horizont seiner Seele ab. Da half nur noch die Flucht!

»Ich – ich muss – ins Dorf!«, stieß er hastig hervor. »Ich muss telefonieren. Hier gibt es doch kein Telefon, oder?«

»Nein! Wozu auch?«

»Sehen Sie«, sagte Claude erleichtert. »Deshalb muss ich – muss ich da – dort - rüber. Danke für den Wein!« Er ging

rückwärts und verneigte sich dabei ein paar Mal in fast alt-
modischer Art. »Ich werde für Röschen eine Haarspange
mitbringen!«, rief er, als er an den hohen Bäumen angekommen war. Dann drehte er sich um, nahm die Beine in die
Hand und flüchtete hinein ins kühle Dämmergrün.

Natalie sah ihm sinnend und wie traumverloren nach.
Dann drehte sie sich um und ging, von Röschen gefolgt, ins
Haus. Das Mobiliar war alt und stammte wohl aus dem letzten Jahrhundert. Natalie hatte das Haus für den Sommer billig mieten können.

An einer Wand mit verblasster Lilientapete stand eine
Chaiselongue mit geschwungener Lehne. Weinrot und fast
geheimnisvoll leuchtete der Samtbezug. Über dem Möbel
hing in einem vermutlich kostbaren Rahmen ein Gemälde.
Es zeigte das Portrait eines jungen Mannes. Nachtschwarz
schimmerte sein Haar, das nach der Mode seiner Zeit frisiert
war. Er trug eine königsblaue Uniform mit goldenen Tres-
sen und eine weiße Spitzenschärpe, die ein funkelnder Stein
schmückte. Das Herrlichste aber waren diese Augen, denn
sie leuchteten in einem tiefen Blau, welches schon zum Violett neigte. Der Mund war männlich herb und ein wenig
spöttisch verzogen.

Natalie hob ihre Blicke und presste die Hände vor die
Brust. Er war es, in den sie sich unsterblich verliebt hatte. Er
mochte vielleicht vor mehr als hundert Jahren gelebt haben-
.Unter dem Bild war ein kleines Messingschild angebracht.
Claude Saintclair stand in verschnörkelten Buchstaben dar-
auf zu lesen.

»Claude …« Wie oft hatte Natalie vor diesem Gemälde
gestanden und hatte seinen Namen geflüstert. Wie oft hatte
sie dieses Gesicht gestreichelt und es beinahe einmal geküsst. Es war verrückt, wie es nicht verrückter hätte sein

können …

Und heute war er gekommen, der Traum aus dem Bild. Es kam Natalie vor, als sei er seinem Rahmen entstiegen und zum Leben erwacht. Er hieß ebenfalls Claude und war das Ebenbild ihres Traumes …

»Ja, es ist verrückt«, murmelte Natalie. »Was sagst du, Röschen? Das Hündchen stellte sich auf die Hinterpfoten, tanzte trippelnd um sich selbst und bellte aufgeregt dazu. »Er ist es, Röschen. Er ist gekommen!« Sie jubelte und drehte sich dabei mit selig zurückgebogenem Kopf im Kreis. Dabei hielt sie die Hände über der Brust verschlungen, so als könnte sie ihr pochendes Herz beruhigen. Dann plötzlich hielt sie inne. Ein Anflug von Trauer schlich sich in ihren Blick. Was war, wenn er nicht mehr wiederkam? Wenn alles wirklich nur ein Traum gewesen war?

Sie dachte an Frédéric, den Bräutigam, den ihre Eltern für sie ausgewählt hatten, damit sie gut versorgt sei. Sie sah das feiste Gesicht, die schwammigen Lippen, die von einer grauen Zunge immer wieder genüsslich befeuchtet worden waren, wenn er sie nur ansah …

Natalie blickte wieder empor zu diesem schönen Männerbildnis. In ihr wuchs eine unermessliche Sehnsucht nach seinem Mund, nach seinen Armen, die sie festhalten und niemals wieder loslassen sollten. Natalie war egal, wer er war; ihr war gleich ob er zu den Reichen gehört oder ob er nur ein einfacher Mann war.

Die ganzen Morgen über kauerte Natalie im Ufergesträuch und ließ keinen Blick vom See. Glatt und ruhig lag er vor ihr. Darin spiegelten sich die watttigweißen Wolken, die ganz sacht südwärts segelten. Eine leises Raunen ging durchs Schilf. Sonst war es dämmrig und kühl wie in einer riesigen Kathedrale. Sonnenlicht pfeilte auf den Waldboden und malte dort lichte Kringel über die Farne und Moose.

Doch dann hörte Natalie einen leisen Ruderschlag im Schilf-gürtel. Sie duckte sich und hob nach einiger Zeit zaghaft den Kopf.

Er war es! Er kam! Sie musste jetzt ihr Herz ganz festhal-ten, um nicht aufzuspringen, ihm entgegen zu laufen und sich in seine Arme zu werfen. Ein Zittern überflog ihren Körper. Dann trat sie mutig aus dem Schilf hervor in den hellen Sonnenschein. Wie gestern war es, das sie sich so an-gezaubert einander gegenübergestanden hatten, beide zu kei-nem Wort fähig, beide gefangen in ihre eigenen Sehnsüch-ten …

»Sie sind also doch gekommen«, hauchte sie.

»Dachten Sie, ich würde mein Wort nicht halten?«, fragte Claude. Sie erschien ihm schon schöner als gestern in ihrem moosgrünen Kleidchen. Claude sah unter dem dünnen Stoff ihre kleinen festen Brüste. Heftig ging der Atem …

»Erzählen Sie mir heute Ihr Geheimnis?«, bettelte Nata-lie.

Er zog etwas Rotes aus seiner Tasche. »Ich habe Rös-chen eine Haarspange mitgebracht«, wich er aus. »Das arme Hündchen kann ja gar nicht sehen, was drum herum pas-siert.«

Claude kauerte nieder. Röschen hielt geduldig still. Schließlich stand das Haar als lustiger Schopf nach oben weg. Röschen begann zu hopsen und zu springen, wobei sie versuchte, die ungewohnte Schleife wieder loszuwerden. Unterdessen gingen sie schweigend zum Haus hinauf. Sie warfen sich scheue Blicke zu und wichen einander rasch wieder aus, wenn sich die Augen trafen.

»Hier auf der Roseninsel lebte einst ein unglückliche Frau«, begann Claude zögernd zu berichten. »Sie wollte den Mann nicht heiraten, den ihre Familie für sie erwählt hatte. Sie liebte einen Bürgerlichen. Daher verließ sie ihre Eltern, um einsam hier zu leben. Sie schrieb Gedichte. Ihr Schicksal liegt noch im Dunkel. Aber vermutlich starb sie hier und wurde auch hier begraben.«

»Und der Mann, den sie liebte? Was ist aus ihm geworden?«, fragte Natalie atemlos. Claude zuckte sie Schultern. Vielleicht haben sie zueinandergefunden – hier auf der Roseninsel? Vielleicht sind sie glücklich geworden …?

»Und was ist daran so verrückt?«

»Das«, sagte er, reichte ihr ein Foto des Gemäldes und drehte sich rasch um. Dann lauschte er in die Stille.

»Das – das bin – ja ich«, hörte er sie flüstern.

»In dieses Bild habe ich mich verliebt, Natalie. Es ist verrückt, aber …«

»Komm, Claude«, sagte sie. Er spürte ihre Hand. Natalie zog ihn ins Haus. Schließlich standen sie vor dem Bild über der Chaiselongue.

»Das – das bin – bin doch – ich?«, stammelte Claude. Er fuhr sich mit der Hand über die Augen, so als würde er dadurch ein Trugbild verscheuchen können. »Claude Saintclair, so war sein Name …«

»Es ist Natalies Geliebter«, flüsterte sie. »Bestimmt ist er das. Wie oft stand ich vor diesem Bild! Ja, so sollte er aussehen, diesen Mann wollte ich lieben. Und jetzt ist Claude zu mir gekommen …«

Sie wandte ihm ihr Gesicht zu. Claude erkannte Sehnsucht und Liebe in ihren dunklen Augen. Er hielt sie an den Händen.

»Und ich liebe Natalie. Ob sie – glücklich geworden ist?

»Sie wird glücklich werden mit Claude. Nicht nur auf der Roseninsel. Überall auf der Welt. Ein ganzes Leben lang!«

Claude beugte sich lächelnd zu Röschen und nahm ihr die Spange aus dem Haar.

»Warum tust du das, Claude?«, fragte Natalie verwundert.

»Röschen muss nicht alles sehen. Es könnte sein, dass wir sie verderben!«, flüsterte er, bevor er sie in seinen Arm nahm und sich ihrem Mund näherte und ein Kuss sie beide hineintrug in ein Land voller Sehnsucht, Geborgenheit und namenlosem Glück …

Ein bisschen Mozart ...

Laszlo ist Pianist und ist in Budapest beim Philharmonischen Orchester gut aufgehoben. Doch Laszlo ist jung und es lockt ihn die große Welt. In Paris, in der Stadt der Liebe und Boheme, versucht er sein Glück. Doch von all seinen Träumen bleibt vielleicht nur ein Job als Kaffeehauspianist, doch die Besitzerin erscheint ihm leider fast schmerzhaft unmusikalisch …

Mit geschlossenen Augen spielte Laszlo die letzten Akkorde. Noch eine Weile schienen sie im Raum zu schweben. Der junge Ungar legte seine Hände zurück und blickte Monsieur Deneuve erwartungsvoll an.

»Das war ganz – ähm – nett, Monsieur …?«

»Horodin, Laszlo Horodin, vom Budapester…«

»Also, es war nett gespielt, etwas hart …«

»Nett? Etwas hart?« Laszlo sprang temperamentvoll auf. »Das war die Militärpolonaise von Frédéric Chopin …«

»Ich weiß, wer das Werk verfasst hat, junger Mann«, fiel ihm Monsieur Deneuve mit einem amüsierten Lächeln ins Wort. »Aber …«

»Man braucht eine starke Rechte, Monsieur. Die Polonaise ist nicht das Wiegenlied von Brahms. Bei diesem Stück geht es darum, Akzente zu setzen. Es muss mitreißend klingen, militärisch sozusagen, verstehen Sie. Es ist mehr als eine Polka oder eine Mazurka. Es ist …«

»Vielen Dank für Ihre musikalische Grundeinführung, Monsieur – wie war doch gleich Ihr Name?«

»Horodin! Ich weiß, Sie sprechen das *H* nicht. Sie können es weglassen, falls es Ihnen Mühe macht. Aber ich sage Ihnen, in ganz Budapest gibt es keinen Pianisten mit einer so starken Rechten!«

»Dann hätten Sie diese mal in Budapest gelassen, Monsieur, …Orodin. Ich hege die Befürchtung, dass Sie hier die Saiten am Klavier damit zertrümmern. Und nun entschuldigen Sie mich bitte – die Zeit, Sie wissen?«

Rochiers Schritte verhallten in der Dekoration. Wütend knallte Laszlo den Klavierdeckel zu. »Saiten zertrümmern! Etwas anderes möchte ich Ihnen zertrümmern. Ihren unmusikalischen Schädel, Ihr verweichlichtes Gehör, Ihre verdammte bornierte Art, Ihre …«

»Hallo Kleiner, deine Vorstellung ist zu Ende!«, rief ein dicker Bühnenarbeiter, der sich schwitzend mit einem Kulissenteil abquälte. »Wir brauchen die Bühne für den Aufbau. Marsch, ab mit dir!«

Laszlo schäumte vor Zorn. Das hätte ihm mal jemand in Budapest sagen sollen! Keiner hätte es gewagt, ihm, dem großen Talent mit der großen Zukunft, eine derartige Unflätigkeit an den Kopf zu werfen. Diese Frechheit, ihn als *Kleiner* zu titulieren! Oder vielleicht doch?

»Budapest ist groß, die Welt ist größer«, hatte ein alter Bassist vor der Abreise zu ihm gesagt. »Viele von euch jungen Leuten sind mit geradem Rücken gegangen und mit einem krummen wieder heimgekehrt. Sie werden dir die Flügel stutzen, Laszlo.«

Ganz deutlich hörte der junge Pianist diese Worte in seinem inneren Ohr klingen. Er zuckte die Schultern und wandte sich resignierend ab. Vielleicht war doch etwas daran, an dem, was ihm der alte Musikus gesagt hatte? Vielleicht hatte er sein Spiel wirklich etwas übertrieben, vor allem, was die »Starke Rechte« anging? Laszlo kamen gelinde Zweifel. Aber sich unterkriegen lassen, das wollte er nicht.

Mit Laszlos Finanzen schrumpfte sein Mut. Ein paar Tage lang hatte es für ein Mittelklassehotel gereicht. Dann hatte er die Kurve gekriegt, das heißt, er hatte sie kriegen müssen, und war in ein karg möbliertes Zimmer gezogen, wie man sie hier im Viertel zu Dutzenden an Künstler und Studenten vermietete, denn sie waren billig.

Ein Bett, ein Schrank, ein Stuhl und ein Tisch. Mehr war da nicht. Wasser und Toiletten befanden sich auf dem Flur und an dessen Ende ein Bad. Die hochbeinige Jugendstilwanne war zwar ein wenig rostig, aber hübsch auf ihre Art. Die Armaturen waren das auch, hatten jedoch den Nachteil, dass sie nur zu tröpfeln verstanden und man auf eine volle Wanne bis zum nächsten Jahrhundert hätte warten müssen …

Alles in allem war das ziemlich frustrierend. In der Pension hatte wenigstens ein Piano in der Halle gestanden. Hier gab es nichts zum Üben und auch mit dem Hörgenuss war das so eine Sache, denn das alte Radio reagierte nur auf heftige Schläge, und das auch nicht immer.

Nach zwei Wochen bekam Laszlo einen schrecklichen Heimwehanfall. Er träumte von der Elisabethbrücke, von der Fischerbastei und sah sich, am Klavier sitzend, mitten auf dem Heldenplatz, umringt von einer schwarzen Menschentraube, die nach seiner starken Rechten schrie …

Von den Träumen blieben Schweiß auf der Stirn und ein knurrender Magen, blieb ein Blick auf die Seine, die grausilbern im faden Morgenlicht döste wie eine verschlafene Concierge. Laszlo hatte seine Geige mitgenommen. Er liebte dieses Instrument nicht sonderlich. Es war ihm von seinem Vater nahezu aufgedrängt worden, denn er war der Meinung, jedem anständigen Ungarn müsse eine Geige in die Wiege gelegt werden. Sie lag zwar nicht in der Wiege, doch die Übungsstunden mit Fräulein *Korospazstovelenhöterstvan* waren nicht weniger grauenhaft als ihr unaussprechlicher Name. Der Optik nach hätte er wohl ungefähr *»Mach-dich-vom-Acker-wenn-du-mich-siehst«* bedeuten können, oder wenigstens so ähnlich …

Jetzt musste sich die Geige wohl oder übel als Lebensretterin erweisen, denn sie sollte Laszlos einzige Einnahmequelle darstellen. Er packte sie am Hals, wie jemand der unter einer Hassliebe leidet und schleppte sie zum Montmartre. Es war gar nicht so leicht, ein lukratives Plätzchen zu finden und es sah ganz danach aus, als hätten hier alle heimatlosen Geigen dieser Welt Zuflucht gesucht.

Die Klänge verbanden sich zu einer eigenartigen Symphonie, erinnerten an spitze schrille Schreie alter Marktweiber, an das Gekrächze eines Kettenrauchers oder an das Wimmern eines hungrigen Säuglings. Jedes dieser Geräusche versuchte die Überhand zu behalten und Laszlo begriff, dass er spielen konnte, wie er wollte. Qualität war nicht gefragt; einzig wichtig war die Lautstärke und ein Platz, an dem einen die Leute fast überrennen mussten.

Jedes leise Klappern im Geigenkasten klang für Laszlo wie eine herrliche Melodie, ein Allegro für das geschundene Portemonnaie. Der Glanz der Münzen im Abendsonnenschein war prächtiger als der einer Königskrone, bedeutete er doch ein Baguette mit Salami, eine Café und eine halbe Flasche Wermut, die einen leidlich schönen Ungarntraum garantierte. Im Stillen war Laszlo seinem Vater dann doch noch dankbar und lernte die Tradition der Geige in der Wiege zu schätzen …

Blieben morgens noch ein paar Cent übrig, leistete sich der junge Pianist ein Croissant, das er in einer kleinen Bäckerei kaufte. Beim Madame Severin, dem kleine Café an der Ecke, bekam er den Morgenkaffee umsonst, weil er *Plaisier d' amour* so schön fiedelte und Madame immer ganz feuchte Augen bekam. Dort las er auch die Zeitung mit den Stellenangeboten. Computermenschen wurden unzählige gesucht. Warum war er nicht, wie Cousin Jando, Informatiker geworden? Hier hätte es ihm wenigstens weitergeholfen …

»Monsieur Laszlo, Sie sollten meine Nichte anrufen«, sagte Madame Serverins Stimme in Laszlos trübe Gedanken hinein. »Germaine besitzt ein schönes Café in Versailles, nicht so ein Ding, wie meines. Nein, ein großes, schönes Haus, sehr gepflegt. Sie sollten dort als Pianist arbeiten.«

»Pardon, Madame, ich träume jede Nacht, manchmal gut, manchmal weniger gut. Aber es ist morgens um Neun, und ich habe keine Zeit zum Träumen.« Laszlo lächelte ein wenig traurig, so wie die Sonne jetzt traurig in die alten Gassen hineinlächelte und zaghaft guten Morgen wünschte.

»Es ist wahr!«, beharrte Madame und ordnete wie zur Bekräftigung ihre blausilbern schimmernden Löckchen. »Germaine beschäftigt immer einen Pianisten. Germaine hat Stil, das müssen Sie wissen. Hier haben Sie die Telefonnummer. Rufen Sie an. Bestellen Sie einen Gruß von Tante Catherine.«

»Sie meinen wirklich …?«

»Jemand, der Fische in der Sonne verkauft, darf nicht zögern, Monsieur Laszlo. Und ganz nebenbei: Germaine ist außergewöhnlich hübsch und – ledig!«

»Ich möchte sie nicht heiraten.«

Madame wiegte den Kopf, wobei ihre Löckchen zitterten. »Sie wären ein zauberhaftes Paar. Glauben Sie mir, ich habe einen Blick für solche Dinge. Haben Sie Geld zum Telefonieren? Nehmen Sie mein Telefon!«

»Nun, vielleicht später. Es ist noch zu früh.«

»Es ist niemals zu früh«, beharrte Madame eigensinnig. »Rufen Sie an! Jetzt. Gleich. Sofort!«

Das Telefon stand auf der altmodischen Theke. Madame

begab sich in eine respektlose Distanz von einem knappen Meter und blickte Laszlo beim Wählen über die Schulter.

»Café Mon Plaisier, Sie sprechen mit Germaine Delon«, meldete sich eine angenehm klingende Frauenstimme.

»Ja, hier ist … ich meine, ja hier ist Tante Catherine. Nein, ich bin bei Tante Catherine und …«

»Sie wünschen bitte?« Die Stimme klang leicht belustigt.

»Tante Catherine hat gesagt …«

»Tante Catherine? Wie geht es ihr?«

»Oh, Sie steht neben mir. Möchten Sie mit ihr sprechen?«

Madame Severin nahm ihm den Hörer aus der Hand und warf Laszlo einen äußerst missbilligenden Blick zu.

»Hallo, mein Herz!«, rief sie. »Pardon, aber er ist ein bisschen ungeschickt, dieser Laszlo aus Budapest. Aber er spielt wundervoll Geige …«

»Klavier!«, warf Laszlo fast empört ein. »Ich bin Pianist und kein Geiger!«

»Er ist Pianist«, verbesserte sich Madame. »Ob er gut ist? Ich weiß es nicht. Ich habe ihn nur geigen hören. Er spielt immer *Plaisier d' amour* für mich, und ich muss immer an Onkel Jean denken, wenn …«

»Was ist mit der Stelle?«, bohrte Laszlo. Seine Hände waren ganz klebrig.

»Ja, was ist mit der Stelle?«, rief Madame. »Du suchst doch immer einen Pianisten, oder nicht. Ich meine, er könnte auch geigen, oder nicht?«

»Ich geige nicht in einem Café!«, rief Laszlo fast aufgebracht.

»Du hörst, er tut es nicht. Er will Pianist sein!«

»Ich bin Pianist«, beharrte Laszlo und nahm Madame den Hörer aus der Hand. »Jawohl, Pianist«, sagte er noch einmal. »Ihre Tante meinte, Sie hätten vielleicht eine Anstellung für mich. Haben Sie eine?«

»Oh, Sie überrumpeln mich ein wenig«, erwiderte die angenehme Stimme. »Wir sollten uns kennenlernen. Ich weiß ja nicht, wie Sie spielen und …«

»Göttlich!«, rief Laszlo. »Man sagt, ich würde göttlich spielen, am besten Chopin, aber auch Schuhmann und Schubert. Grieg liebe ich auch …«

»Kommen Sie am Donnerstagnachmittag gegen vier Uhr. Das Café ist donnerstags geschlossen.«

»Ich komme«, versicherte Laszlo. »Was soll ich spielen?«

»Vielleicht ein bisschen Mozart und dann mehr …?«, meinte Germaine und lachte leise. Es hörte sich an, als schlügen Porzellanglöckchen aneinander. Dann legte sie auf und Laszlo drehte sich um. Ein Leuchten war in seinen dunklen Augen getreten. In ihm klang noch immer diese wundervolle Stimme wie eine Saite im Klavier.

»So macht man das, Madame«, sagte er selbstzufrieden und schloss dann die Augen.

Laszlo betrat das Café *Mon Plaisier*. Er hatte das Empfinden, Marie Antoinette könne jeden Augenblick auftauchen, ihm entgegen schweben und ihn begrüßen. Jedenfalls was das Interieur atemberaubend und respekteinflößend. Lebendiges Rokoko.

Die junge Dame, die ihm entgegen kam, sah völlig anders aus. Sie trug ein einfaches Leinenkleid. Ein blonder Pferdeschwanz wippte ihm entgegen. Eine seltsame Caféhausbesitzerin, die so gar nicht zu dieser prächtigen Einrichtung passen wollte.

»Madame …?«

»Sind Sie der Klavierspieler?«

»Der Pianist«, verbesserte Laszlo und deutete eine Verbeugung an. »Soll ich gleich beginnen und Ihnen etwas vorspielen?«

»Ja, tun Sie das. Ich langweile mich schrecklich.«

Darüber wiederum wunderte sich Laszlo schrecklich, denn das verstand er nicht. Aber er ging kopfschüttelnd zu dem wundervollen Flügel. Beinahe zärtlich streichelte er ihn.

»Ein prächtiges Instrument. Es muss einen hervorragenden Klang haben?«

»Na ja«, meinte die blonde Dame. Sie wirkte doch sehr mädchenhaft. Laszlo hatte sich die Besitzerin eher etwas gediegener vorgestellt …

»Was möchten Sie hören? Chopin? Schubert oder Mozart?«

»Nun ja, etwas Peppiges halt, Monsieur!«

»Peppiges?«, fragte Laszlo verwundert. Er setzte sich, öffnete die Klappe und spreizte die Finger indem er sie ein paar Mal streckte und durchbog. Dann begann er mit dem *Grande Valse Brillante* von Chopin. Wie Perlen reihten sich die Töne aneinander. Die kleinen Pausen, in denen er zu neuem Schwung ausholte, waren sehr gekonnt. Laszlo gab alles, was er geben konnte. Nachdem die letzten Töne verklangen waren, sah er Madame erwartungsvoll an.

»Wie war es?«

»Nun, wem es gefällt«, meinte sie und drehte sich um. Laszlo spürte, wie ihm das Blut in die Stirn schoss, denn ein Kompliment war das nicht gewesen. Was ihn besonders reizte und auf die Palme brachte, war diese maßlose Gleichgültigkeit.

»Vielleicht etwas Flotteres?«, fragte er und begann den Minutenwalzer zu spielen.

»Das ist viel zu schnell!«

»Ist es nicht. Er gehört so rasant gespielt.«

»Hier dürfen Sie das nicht so schnell spielen, da fällt ja den Gästen die Tasse aus der Hand«, sagte sie.

»Ich soll Chopin nicht wie Chopin spielen?«, fragte Laszlo direkt entsetzt.

»Es dürfte etwas mehr nach Mozart klingen. Also so ähnlich vielleicht …« Sie trällerte eine Melodie.

»Klavierkonzert Nummer einundzwanzig«, stellte Laszlo fest. »Aber vollkommen verkehrt«, fügte er trocken hinzu und legte ein paar Akkorde an.

»Ja!«, rief sie. »Das ist es. Und wäre das auch ein Schlagzeug nett!«

»Ein …?«

»Nun, damit es peppig klingt, verstehen Sie. Es muss die Leute von den Hockern reißen. Lahmes Zeug wird genug geklimpert …«

»Geklimpert?«, rief Laszlo und sprang auf. »Sie nennen mein Spiel ein Geklimper?«

»Na ja, wenigstens ist es ein nettes«, sagte sie und lächelte ihn unbekümmert an. »Netter als das *Bim-bam-bim*, das der letzte Klimperer veranstaltet hatte, etwas, das Mütter ihren Kindern vorsingen, wenn sie partout nicht schlafen wollen.«

Wütend knallte der Ungar den Klavierdeckel zu und drehte sich um.

»Stellen Sie sich doch eine Musikbox in die Ecke. Sie … Sie …«

Aufgebracht drehte er sich um und lief hinaus. An der Tür streifte er eine Dame, genauer gesagt, rannte er sie beinahe über den Haufen. Dann lief er hinüber zu Bushaltestelle und erwischte das Gefährt noch eben so.

»Bim-bam-bim«, murmelte er verächtlich. »Bim-bam-bim!«

»Sagten Sie etwas Monsieur?«, fragte eine Dame, die sich besorgt zu ihm herüber beugte.

»Nein, nichts, gar nichts«, brummelte er und kam sich regelrecht getreten vor. Hatte doch dieser blasierte Monsieur

Rochier eine Wunde in seiner Musikerseele aufgerissen, so streute diese Caféhaustante auch noch Salz hinein. Der Schmerz war fürchterlich und wütete wie toll, als er Madame Severins Café betrat.

»Wann fangen Sie an?«, fragte Madame Severin gespannt.

»Überhaupt nicht!«, knurrte er. »Das musikalische Verständnis Ihrer Nichte verursacht mir Magenschmerzen, Madame. Ich werde mich nicht in die Niederungen geistloser Musik begeben. Lieber geige ich auf dem Montmartre bis die Saiten reißen! Sagen Sie das Ihrer Nichte, Madame!«

Daraufhin verschwand er in seinem Zimmer und drosch auf das Radio ein, obwohl es nichts für seine Enttäuschung konnte. Es gab ein paar jämmerliche Töne von sich und stellte schließlich krächzend seinen Dienst ein.

Am frühen Abend, nachdem der Zorn einer tiefsinnigen Melancholie gewichen war, begab sich Laszlo wieder zu Madame Severin. Er hoffte, es sich mit ihr nicht gänzlich verdorben zu haben, denn das würde ihm den Morgencafé gekostet haben.

Madame war gerade am Telefon. »Ach!«, rief sie. »Da kommt er gerade. Möchtest du mit ihm sprechen, mein Herz. Ja, aber natürlich wird er!« Sie hielt die Sprechmuscheln zu und winkte Laszlo heftig heran. »Germaine!«, flüsterte sie bedeutungsvoll.

In Laszlo keimte wieder die Schmach hoch, die sie ihm angetan hatte. Er riss Madame förmlich den Hörer aus der Hand. »Hören Sie«, sagte er und versuchte, seine Stimme ruhig klingen zu lassen. »Ich habe vergessen, Ihnen etwas zu sagen. Sie sind eine absolut unmusikalisches – äh – Wesen und vermutlich unfähig, eine Trommel von einer Mundharmonika zu unterscheiden. Ihr wundervoller Flügel ist bei Ihnen eine Verschwendung und käme dem gleich, einen Hektoliter Wasser in die Seine zu schütten. Sie haben diesen Flügel nicht verdient, Sie … Sie … Schreckgespenst aller Musiker auf Gottes Erdboden!«

Dann legte er auf und stützte sich auf die Theke.

»Das hätten Sie nicht sagen dürfen. Sie haben Germaine mit Sicherheit verletzt!« Man sah Madame an, wie sie um ihre Beherrschung ringen musste.«

»Sie hat es nicht anders verdient«, knurrte Laszlo. »Darf ich einen Vermouth haben. Bitte! Ich brauchte ihn jetzt!«

»Und ich brauche einen Likör«, ächzte Madame. »Nein, so etwas auch!«

Dann saßen sie beide da und hingen ihren Gedanken nach, die ganz gewiss in verschiedene Richtungen strebten und von denen es vielleicht besser war, sie nicht zu erahnen.

Eine Weile später klackerten Absätze auf dem Pflaster. Laszlo sah hoch und erblickte eine Dame. Ja, eine Dame, obwohl sie sehr mädchenhaft wirkte. Ihr helles Haar war zu hübschen Locken aufgesteckt, der Mund voll und rosig schimmernd und die Augen so grausilbern wie die Seine im Morgenlicht.

»Sie sind Monsieur Laszlo Horodin?«

»Ja, und was wünschen Sie?«

»Möchten Sie mir etwas auf dem Piano vorspielen?«

»Nicht noch einmal«, brummte er. »Jedenfalls heute nicht. Wer sind Sie überhaupt?«

Sie setzte sich und schlug ihre Beine übereinander und lächelte ihn an, so schön und so sonnig, wie nur eine wundervolle Frau lächeln konnte.

»Ich bin das unmusikalische Wesen«, sagte sie.

Laszlo sprang auf. Das Glas kippte; der Vermouth rann über den Tisch, tröpfelte aufs Pflaster.

»Sie sind …?«

»Germaine Delon«, erklärte sie. »Die Dame, der Sie begegnet sind, heißt Dodo. Sie ist zwar meine Freundin, aber leider wirklich ein unmusikalisches Wesen, um bei diesem Beispiel zu bleiben. Ich hatte Dodo gebeten, Ihnen etwas zu trinken anzubieten bis ich zurück sein würde. Ich konnte doch nicht ahnen, dass Dodo Sie examinieren würde. Eine dumme Geschichte.«

»Das ist es wirklich, eine dumme Geschichte«, gab ihr Laszlo zerknirscht recht. »Ich – ich war so aufgebracht. Ich konnte nicht anders. Bitte, verzeihen Sie mir, Madame.«

»Mademoiselle«, verbesserte sie. »Darauf lege ich großen Wert, Monsieur Laszlo. Darf ich Sie zum Essen einladen? Sie sehen schrecklich hungrig aus.«

»Bin ich aber nicht«, log Laszlo frech.

»Dann trügt eben der Schein. Ich lade sie trotzdem ein. Rufst du bitte im »La voile d'or« an, Tante Catherine.«

»Das – das ist – ist doch zu teuer«, stammelte Laszlo erschrocken, nachdem er die Speisekarte überflogen hatte. Germaine gab ihm keine Antwort. Sie bestellt auserlesene Köstlichkeiten. Immer wieder trafen sich ihre Blicke.

Schließlich flüsterte Germaine dem Ober etwas zu. Dann neigte sie sich zu Laszlo hinüber.

»Spielen Sie etwas, Laszlo!«

»Hier?«

»Warum nicht hier? Der Flügel gehört Ihnen. Spielen Sie, wonach Ihnen ist und vergessen Sie die Welt um sich herum. Bitte, tun Sie es für mich!«

Und Laszlo spielte. Er war überzeugt, noch nie so gut gespielt zu haben, denn in seiner Musik lagen alle Empfindungen seiner Seele, die seine feingliedrigen Hände auf die Tasten übertrugen und in eine Art Wirklichkeit verzauberten. Eine Weile war es ganz still im Lokal. Dann aber erntete Laszlo fast frenetischen Beifall, der für ein Lokal dieser

Klasse beinahe zu laut war. Langsam kehrte er zum Tisch zurück. Germaines Gesicht schien ihm entgegen zu schweben.

»Es war wundervoll«, flüsterte sie. »Unvergleichlich. Ich – ich weiß gar nicht was ich sagen soll. Sie bringen Herzen zum Schmelzen.«

»Bekomme ich die Stelle?«, fragte er atemlos.

»Ich glaube, ich werde Sie nicht mehr gehen lassen, Laszlo.« Sie nahm seine Hand und betrachtete sie eine Weile. Dann leuchteten ihre grausilbernen Augen in sein Gesicht. »Sie haben einen wundervoll starke Rechte«, sagte sie leise zu ihm. Ihre Finger streichelten seinen Handrücken; eine heiße Welle durchbebte Laszlos Körper. Er nahm Germaines Hand und hauchte einen zarten Kuss darauf, wobei er ihr in den Augen sah.

»Sie dürfen Sie behalten, diese starke Rechte«, flüsterte er. »Aber nur wenn Sie das wirklich wollen. Ich will immer nur für Sie spielen.«

»Ja bitte«, bat sie leise. »Spielen Sie Mozart – und vielleicht ein bisschen mehr …«

Als Regina ins Blaue fuhr

Regina, die hübsche Wirtin der *Fischermühle* ist mit dem Geschäft vollauf zufrieden. Mit ihrem Privatleben leider nicht, denn ihr Mann Tom übersieht sie einfach. Sie möchte vom ihm wieder als Frau wahrgenommen werden und hat es gründlich satt, nur für das Gasthaus zu schuften. Als es ganz danach aussieht, als würde die Kellnerin die Rolle der Geliebten übernehmen, reißt Regina der Geduldsfaden ...

Regina stand in der Küche und wischte sich mit dem Handrücken über die Stirn. Draußen brütete die Hitze über dem überfüllten Biergarten und hier drinnen sorgten brodelnde Töpfe und Pfannen für Saunaklima.

»Drei Schnitzel mit Pommes – neu!«, plärrte die dicke Annonceuse vom Ausgabefenster her in die Küche. »Wo bleibt das Kalb? Zwei Schnitzel mit Salat – neu! Vier mal Forelle blau! Zack – zack!«

Ihre Generalsstimme war nötig, um den Lärm zu übertönen, denn da schepperte das Geschirr, dort polterte die Spülmaschine und dazwischen zischte das Fett in den Pfannen auf, wenn etwas hineingeworfen wurde. Regina kam gar nicht zum Denken. Jeder Handgriff musste sitzen, denn hinter all dieser Hektik steckte eine unglaubliche Ordnung. Zwar standen die Fenster sperrangelweit offen. Kühlung aber brachte das den hitzeroten schwitzenden Gesichtern auch nicht. Die Salaterin klatschte Gurken, Tomaten und Kartoffelsalat auf die Teller und stöhnte dabei, während Regina auf die Schnitzel eindrosch, um sie dann blitzgeschwind zu panieren und in die Pfannen zu legen.

Und Tom stand quitschvergnügt am Zapfhahn und schäkerte mit der flotten Ulla! Es kochten nicht nur die Töpfe auf dem Herd. Regina kochte ebenfalls! Sie riss sich von der Arbeit los.

»Du könntest wirklich mal Nachschub aus dem Kühlraum holen«, keuchte sie abgehetzt. »Oder willst du Ulla lieber die Tabletts in den Garten schleppen?«

»Schon wieder eifersüchtig?«, fragte Tom grinsend.

»Quatsch nicht – mach hin!«, rief Regina erbost.

Es war kurz nach zwölf, und es herrschte Kaiserwetter. Der Parkplatz war voll und zwischen den alten Bäumen am Rande des Biergartens lagerten wenigstens ebenso viel Fahrräder wie bei der Tour des France. Es war ein Bombentag mit einem Bombengeschäft. Aber Regina hätte gern alles an die Wand geklatscht, die Schnitzel, die Würste, den Salat und Tom mit dieser unverschämten Ulla gleich hinterher, denn in Sachen Liebe lief es gar nicht bombig. Es lief nämlich nichts …

Am Abend, wenn der Biergarten um elf dichtmachte, wenn die letzten Gäste bierselig ihre Fahrräder heimwärts schoben und die Lieder in der Ferne verklangen, hockte Regina mit einem Pott Kaffee am Küchentisch und ihr gegenüber saß Tom und zählte die Tageseinnahmen.

»So ein Tag, so wunderschön wie heute …«, johlten sie draußen unten den Lampions. Und Regina hätte heulen mögen. Von wegen schöner Tag! Sie spürte jeden einzelnen Knochen, sie roch nach Essig und Frittenfett und war bemüht, ihre strähnigen Haare unter das Kopftuch zu stopfen und Tom anzulächeln.

»War ein Supertag heute, Schatz«, sagte Tom. Er reckte sich auf dem Stuhl und gähnte. Das steckte Regina an. Sie hielt sich die Hand vor den Mund. »Klasse Umsatz«, fuhr er vor und sperrte das Geld weg. »Wenn der Sommer so bleibt, können wir zufrieden sein. Das haben wir wieder toll hingekriegt, nicht wahr?«

Dann bekam sie einen Kuss auf die Wange, und er sagte, er sei hundemüde und ginge zu Bett. Regina trank gewöhnlich den Kaffee aus. Dann machte sie die Sicherheitsrunde, sperrte alles sorgfältig ab und stieg müde nach oben. Unter der Dusche spülte sie sich den Küchendunst von der Haut, tupfte ein bisschen Parfum hinter der Ohrläppchen und ging ins Bett.

Da lag sie nun, und neben ihr schnarchte Tom den Schlaf des Gerechten. Manchmal schlief Regina gleich ein. Aber oft lag sie auch wach, weinte ein bisschen und fragte sich, ob das wohl alles sein konnte?

»Mädchen, das ist eben so«, sagte Reginas Schwiegermutter, die ab und an zu Besuch kam. Sie rührte keinen Finger mehr und entschuldigte es damit, sich in der Wirtschaft das krumme Kreuz und die Magengeschwüre geholt zu haben. »Denk doch auch mal an das schöne Geld«, meinte sie und drehte den teuren Ring. Sie hätte davon Hunderte besitzen mögen und eine goldene Krone auf dem Kopf tragen können und wäre dennoch nie eine Dame gewesen.

»Weißt du Mama, ich pfeife manchmal auf das schöne Geld«, seufzte Regina. »Tom sieht mich gar nicht mehr richtig. Das Geschäft und immer wieder das Geschäft. Himmelherrgott, wo bin denn ich? Er guckt mich doch gar nicht mehr an. Und die Nächte, ach Gott …« Regina winkte ab.

»Na ja, wenn das so ist, dann wundert mich gar nichts mehr«, meinte Toms Mutter.

»Was meinst du damit?«

Sie bekam einen Knuff von ihrer Schwiegermutter. »Na, dass keine Kinder kommen«, flüsterte sie.

»Tom will noch keine«, erklärte Regina verstimmt.

Es war Ruhetag. Regina verbrachte ihn damit, die Vorräte zu überprüfen, vorzukochen, zu planen und die Speisekarten für die Woche zu schreiben. Tom war in die Stadt gefahren, um zu entspannen, wie er sagte. Und nun saß Regina mit ihrer Schwiegermutter beim Kaffee und betrachtete ihre rissigen Hände. Sie waren alles andere als schön. Auch war schon so manche heimliche Träne draufgetropft.

»Du gehst auf die Dreißig«, bemerkte Ilse, so hieß Toms Mutter. »In deinem Alter hatte ich das schon hinter mir.« Regina fasste es ein wenig als Vorwurf auf.

»Ich kann nicht hexen«, erwiderte sie ärgerlich. »Und schließlich gehören zwei dazu, oder nicht?

»Wahr ist das, sehr wahr«, bestätigte Ilse tiefsinnig und rührte in ihrem Kaffee, als würde sie darin nach der Weisheit suchen. Dann hob sie den Kopf und sah Regina an. »Ich habe das auch schon so erlebt. Aber da bin ich ihnen sogar einmal durchgegangen.« Sie ließ ihren Worten ein hinterhältiges Kichern folgen.

»Das ist nicht wahr«, sagte Regina und setzte sich kerzengerade.

»Doch, und ich habe mitten im Geschäft die Schürze ausgezogen und bin weggerannt. Ach du grüne Neue, du hättest meinen Mann sehen sollen! Noch nie habe ich ihn so laufen sehen. Aber dann«, schloss sie zufrieden und lächelte dabei, »dann ist auch alles gut geworden und, na ja, dann ist Tom entstanden.«

»Du meinst …?«

»Ich meine gar nichts!«, fuhr sie dazwischen. »Ich will nicht, dass es heißt, ich hätte dich zu einer Gemeinheit angestiftet.« Dann stupste sie Regina in die Seite. »Obwohl«, meinte sie augenzwinkernd, »obwohl, er hätte einen kleinen Dämpfer verdient, der dumme Kerl, der dumme.«

Regina war mit einer geduldigen Natur gesegnet. Wäre dies anders gewesen, würde sie die Küchenschürze längst an den Nagel gehängt haben. So wie die flotte Ulla, hatte sie selbst einmal hier kellneriert, allerdings mit dem Unterschied, dass es dabei um ein richtiges Praktikum gegangen war. Damals hatte Ilse noch geherrscht und ein überaus strenges Regiment geführt. Ilse war eine seltsame Natur. Wer sie nicht genau kannte, musste sie für einen Drachen gehalten haben, der zwar kein Feuer speite, doch vor dem man sich in Acht nehmen musste.

Als es zwischen ihr und Tom zu knistern begann und er ihr einmal im Bierkeller in einem Anfall unwiderstehlicher Leidenschaft die Bluse aufgeknöpft hatte, war Ilse dazu gekommen und hatte Tom dermaßen eine geklebt, dass er über zwei Bierfässer kugelte und zwei Tage hinkte. Sie hatte das nicht Reginas wegen und schon gar nicht um der Bluse willen getan, sondern allein deshalb, weil die innere Ordnung durcheinandergeraten war und oben aus dem Zapfhahn nur Luft zischte. So war Ilse ...

Also hatte Tom schon immer einen Hang fürs weibliche Personal gehabt. Doch bei Regina hatte er lange und hartnäckig baggern müssen. Es wurde nichts Halbes und nichts Ganzes, bis Ilse schließlich die Faust auf den Tisch krachen ließ und meinte, es müssen Nägeln mit Köpfen gemacht werden.

Auf diese Weise beendete Regina ihr Praktikum und avancierte zur Juniorchefin der *Fischermühle*. Unter Ilses Regiment und dank ihres Talents, zog sich Ilse bald zurück und reichte das Zepter an ihre Schwiegertochter weiter. Sie tat das so gründlich, dass sie sich nur noch selten blicken ließ und den Ruhestand mit Reisen verbrachte.

Anfangs sagte Tom seiner Regina hundert Mal und

mehr, wie sehr er sie liebte und die knappe Zeit gehörte der Liebe und der Leidenschaft. Irgendwann sackte die Flamme etwas zusammen und flackerte so vor sich hin. Mittlerweile war es so dürftig geworden, dass Regina vergeblich nach ein bisschen Glut im Aschenhaufen stocherte.

Doch der Hang fürs weibliche Personal war Tom geblieben und Regina registrierte ihn mit zunehmender Eifersucht. Gut, diese Ulla war auch tatsächlich eine Augenweide für jeden Mann. Die Blusen, die sie zu tragen pflegte, ließen tief blicken, und das schwarze Röckchen saß unverschämt knapp und präsentierte ein Hinterteil, das vielen Männern den Puls in ungesunde Höhen trieb.

Bei Tom äußerte sich das mit einem Glitzern in den Augen, welches Regina nur allzu gut kannte. Wenn dann der Schnaps beim Einschenken auch noch überlief und die Theke ein Bierschaumberg zierte, dann war es so weit.

Und dann stand Regina mit panierten Händen da und ließ Tom nicht aus den Augen, während jemand *Feuer* schrie, weil die Pfanne zu stinken anfing.

Es war manchmal nicht auszuhalten! Gern hätte Regina oft einfach losgeheult. Doch das ließ das 'Bombengeschäft' nicht zu und außerdem hätte es beim Personal einen schlechten Eindruck hinterlassen. Am Abend dann, wenn sie vor dem Kaffeepott hockte und er das Geld zählte, war der Zorn verraucht und machte der allabendlichen Hoffnung wieder Platz. Die Sehnsüchte starben jedoch stets den Tod der Resignation. Spätestens, wenn Regina den Duschhahn zudrehte und Toms Schnarchen hörte.

»Ich werde die Ulla rausschmeißen!«, verkündete Regina eines Abends und sah Tom herausfordernd an. Sie forschte in seinen Zügen. Aber er zog nur die linke Augenbraue hoch, und sie wusste, das hatte nichts zu bedeuten.

»Die Ulla ist doch eine Kanone und macht Umsatz«, sagte er.

»Denn du dann in den Ausguss laufen lässt, weil dir die Biergläser überlaufen, wenn du ihr Stielaugen machst …«

»Ich würde – waaas?«, rief er empört. »An der ist doch nichts dran.«

»Na, ich weiß nicht«, gab Regina unverhohlen spitz zurück. »Wie die norddeutsche Tiefebene sieht sie nicht aus.«

»Du willst mit mir streiten, ha? Kannst du haben. Ich geh in mein Bett, damit du es weißt.«

»Da tue ich auch«, gab Regina giftig zurück. »Deinetwegen werde ich kaum auf dem Küchenstuhl übernachten. Und morgen, damit du es weißt, morgen fahre ich in die Stadt!«

»Morgen geht das nicht!«

»Alles geht«, meinte Regina mit erzwungener Gelassenheit. »Nur die Frösche hüpfen. Ich mache mit Ilse eine Fahrt ins Blaue, damit ich mal auf andere Gedanken komme. Du kannst dich ja mit Ulla amüsieren und sie zum Schnitzelklopfen anstellen. Oder noch besser – geh mit ihr zum Anstechen in den Bierkeller!«

Damit lief sie wütend aus der Küche und rannte in den Garten hinaus. Sie legte ihr Gesicht an den Stamm einer Kastanie und heulte ein bisschen. Als sie hineinkam, war er verschwunden, und sie war sich sicher, ihn am nächsten Tag sitzen zu lassen.

Am anderen Morgen kam Regina in einem flotten Sommerkleid herunter und trug zum ersten Male seit langer Zeit wieder ihr schönes braunes Haar offen. Ein Hauch von Maiglöckchenduft umwehte sie. Und Tom, der gerade in sein Brötchen beißen wollte, blieb der Mund offen stehen.

»Was soll denn das?«, fragte er und schien den Streit vom Vorabend schon wieder vergessen zu haben. Das erboste Regina erst recht.

»Ich mache mit Ilse eine Fahrt ins Blaue!«

»Der Wagen ist kaputt!«

»Macht nix, ich nehme den Bus«, meinte sie heiter und lächelte ihn sonnig an.

»Du kannst mich doch nicht sitzenlassen?« stammelte er. »Ich weiß doch gar nicht … Und die Menükarte …? Und …«

»Liegt alles in der Küche. Es kann sein, dass die Rinderlende nicht reicht. Dann musst du halt …«

»Das kannst du mit mir nicht machen!«

»Doch«, beharrte sie.

»Wenn du – wenn du das machst, dann …«, stammelte er keuchend, »wenn du das fertigbringst, dann gehe ich mit Ulla in den Bierkeller!«

»Na schön«, meinte sie und ihre Augen glitzerten. »Dann gehört mir der nächstbeste Kerl, der mir am Zielort in die Finger fällt, damit du es weißt, du – du Bierkellercasanova!«

Und weg war sie. Für einen Augenblick sah es so aus, als wollte ihr Tom nachlaufen. Doch dann sank er auf den Stuhl zurück und schob das angebissene Brötchen zur Seite. Er seufzte schwer und blickte sich um. Sein Blick war kummervoll, und es schien sich im Geist ein Chaos vor seinen Augen auszubreiten.

»Also weißt du«, stöhnte Regina, »ich bin völlig fertig. Er mit dem Bus, dann mit dem Zug, er hatte übrigens Verspätung und jetzt noch der Fußmarsch zu dir.«

»Hab dich nicht so«, sagte Ilse knapp. »In der Wirtschaft rennst du mehr herum.«

»Vielleicht, aber ich merke es nicht so. Also: Wann geht es los und wohin fahren wir?«, wollte Regina wissen. Nervös trat sie von einem Fuß auf den anderen.

»Setz dich erst mal und trink einen Schnaps. Du siehst ja

ganz käsig aus«, sagte Ilse ruppig und mütterlich zugleich. »Wir fahren um halb Zwei am Bahnhofplatz los. Und wohin wir fahren, kann ich dir nicht sagen, denn sonst wäre es ja keine Fahrt ins Blaue, du Knalltüte. Lass dich einfach überraschen. Die machen das immer sehr nett. Besonders Pippo ist prima. Du lachst dich schief bei seinen Witzen!«

»Hah, hah, haaah«, machte Regina missmutig und zog ein Gesicht. »Und die falschen Schuhe habe ich auch an.« Damit streifte sie einen Pumps ab. Sie war an diese hochhackigen Schuhe nicht mehr gewöhnt.

»Na, du hast vielleicht eine Laune!«, staunte Ilse. »Ich warne dich: Versau mir bloß mit deinen Ehefrust nicht den Tag! Sei froh, dass du mal rauskommst und genieße es. Lass einfach deine Seele baumeln.«

Das mit der Seele war an sich nicht Ilses Sprache. Bestimmt hatte sie es irgendwo aufgeschnappt.

»Ich baumle schon«, sagte Regina und gab sich Mühe zu lächeln. Es sah aus, als hätte sie in eine Zitrone gebissen. Dann trank sie den Likör, den ihr Ilse hingestellt hatte und brachte dies mit dem Gedanken an Tom in Zusammenhang, der Ulla schmachtend anhimmelte und dabei den Schnaps verschüttete.

Ilse trug ein lilafarbenes Kostüm. Es war ein bisschen zu lila und auch ein bisschen zu eng. Ilse meinte, es mache schlank und außerdem bliebe ewig jung, wer Lila trägt. Der Hut war wohltuend weiß und mit ein bisschen Tüll garniert und saß gekonnt schräg, wie die Schwiegermutter behauptete.

Der Bus war voller alter Damen und Herren. Die Herren saßen still und mit gelockerten Krawatten da und sagten meistens nur *ja*, wenn sie etwas gefragt wurden.

Regina stellte fest, dass Ilse überraschend viele Freundinnen hatte. Ein Fremder hätte meinen können, sie hätten einander nach halbjähriger Abwesenheit wiedergesehen, so dramatisch war die Begrüßung. Es schmatzte hier und schmatzte dort, bis eine der Damen schließlich entzückt aufschrie und mit dem Finger auf Ilse wies.

»Ach Gottchen, Ilse, du hast ja schon wieder einen neuen Hut!«

Der Reisebegleiter war entweder ein sehr jugendlicher Fünfziger oder ein ziemlich angestaubter Dreißiger. Genau konnte es Regina nicht ergründen. Jedenfalls war er sehr bemüht, die Ausflugsgesellschaft launig zu unterhalten.

»Ach Pippo!«, rief eine Dame. »Erzähle doch bitte noch einmal den Witz von dem Kamel und der Bierdose. Der ist doch immer wieder schön!«

Und Pippo, wie man ihn sinnigerweise nannte, kaulauerte, was das Zeug hielt. Die Damen quietschten und kreischten hemmungslos vergnügt. Regina war überzeugt, sie taten es auch dann, wenn Pippo hundert Mal den gleichen Bart-Witz ins Mikrofon gekeucht hätte.

»Na, du machst ein Gesicht«, stellte Ilse mit einem Seitenblick auf Regina fest. Sie saß ganz verkrampft da und blickte abwesend aus dem Fenster. »Lach doch einmal ein bisschen, Menschenskind!«

»Ob wohl die Rinderlende reicht?«, murmelte Regina. »Hoffentlich holt er die Lende dann nicht beim Schlachter Baumeister? Die lassen immer so viel Fett dran. Das geht ins Geld, wo doch Lende so teuer ist und wenn …«

»Also, das kann dir doch, zumindest heute einmal, völlig Wurscht sein!«, grollte Ilse. »Hoffentlich willst du während der Fahrt nicht auch noch 'ne Speisekarte entwerfen.«

»Die Speisekarte!«, kreischte Regina und sprang auf. »Ich habe die vom Dienstag hingelegt. Heute ist … was haben wir heute überhaupt für einen Tag?«

»Donnerstag«, knurrte Ilse.

»Dann hat er die Karte mit den Bouletten. Ach du liebe Zeit, und es sind keine Bouletten da. Gulasch mit Nudeln steht donnerstags auch drauf.«

»Es ist ein Kreuz!«, rief Ilse. »Tom wird doch ein paar Nudeln kochen können?«

»Aber kein Gulasch«, widersetzte sich Regina kläglich. »Und Bouletten kann er auch keine braten. Oh Gott und der Wirsingkohl! Tom weiß doch gar nicht, dass ich immer Rahm dran mache ...«

»Wenn du nicht still bist, lass ich dich rausschmeißen!«, sagte Ilse gefährlich leise. »Ich hab mir das Wirtshausgesülze lange genug angehört.«

Da wurde Regina ganz still und ging in sich. Pippo erzählte sehr laut hinter vorgehaltener Hand einen schweinischen Witz, der eine lüsterne Entrüstung auslöste und nach mehr von dieser Sorte verlangte.

»Ja, ja!«, kreischte Pippo. »Wer mit der *Windrose* reist, der wird richtig verdorben.« Sein japsender Lacher riss sämtliche Insassen mit. Nur Regina nicht. Sie hockte da, war ganz blass und hatte schon das dritte Papiertaschentuch in winzige Schnipsel zerrupft.

»Ich hätte das nicht machen dürfen«, flüsterte Regina in einem stillen Augenblick. »Es war verantwortungslos, ihn sitzenzulassen.«

»Nun mach aber halblang«, versuchte Ilse zu trösten. »So schlimm wird es nicht werden. Aber er weiß wenigstens, was er an dir hat.«

»Das weiß er ganz bestimmt. Aber er kann es halt nicht zeigen«, versuchte Regina zu entschuldigen. »Eigentlich ist er ja lieb. Aber der Stress ...«

»Steig irgendwo aus, nimm dir ein Taxi und fahr wieder heim«, riet Ilse beleidigt. »Bei dir ist Hopfen und Malz verloren! Und fang mir bloß nicht zu heulen an!«

So wurde die Fahrt fortgesetzt. Plötzlich bekam Regina einen derben Knuff in die Seite.

»Du, guck mal«, sagte Ilse verwundert. »Kommt dir die Gegend nicht bekannt vor?«

»Ja – ja – das ist doch das Feuerwehrhäuschen von Ülzehagen«, stammelte Regina verwirrt und richtete sich auf.

»Und was kommt nach Ülzehagen?«

»Wiedenhagen«, sagte Regina kleinlaut. Sie wurde richtig käsig im Gesicht.

»Mir schwant Übles!«, stöhnte Ilse und ließ sich zurücksinken. »Und was liegt so schön idyllisch am Ortsrand?«

»Die *Fischermühle*«, ächzte Regina. »Ich glaube, mir wird schlecht.«

Der Bus hielt direkt auf das geheime Ziel zu.

»Jetzt fällt es mir ein!«, schrie Regina. »Für heute war ein Bus gemeldet. Es ist dieser Bus, es ist unser Bus! Beim Bäcker Liedenkamp sind die Apfelkuchen bestellt! Jemand muss die Kuchen holen! Halt, haalt!«

»Willst du wohl stille sein!«, fauchte Ilse und drückte Regina in den Sitz zurück. »Du wirst eine Panik auslösen. Aber ich sage dir, du hast diese Weiber noch nicht panisch erlebt. Flüchten wirst du müssen, jawohl flüchten, sag ich dir.«

Und dann rollte der Bus auf den Parkplatz. Unter der Linde lag und stand, wie üblich, der Fahrradhaufen. Am Schankhäuschen standen die Leute Schlange. Und Regina hatte patschnasse Hände.

Dann sah sie Tom. Er war aus dem Haus getreten und tappte auf dem Bus zu. Das Haar pappte fettig und feucht in der Stirn; die Schürze war ein Chaos aus Panade, Fett und Ketchup und von den Fingern triefte der Bierschaum. Er stand da als ein Bild des Jammers.

»Oh Gott, sieht der scheiße aus«, sagte Ilse und legte die

Hand an den Mund. »Das ist ja – Notstand ist das, richtiger Notstand!«

Regina schluchzte und glaubte Tom nie mehr geliebt zu haben, als in den Augenblicken dieser anrührenden Hilflosigkeit. Sie sprang aus dem Bus. Schließlich stand sie vor ihm. Sein Blick war fassungslos.

»Du?« Sein Mund blieb offen stehen.

»Die Fahrt ins Blaue«, meinte sie etwas kläglich. »Na ja, da bin ich halt wieder.«

»Und ich bin der erste Kerl am Zielort, weißt du noch. Aber jetzt …«

»Jetzt zieh ich meine Schürze an. Hol du die Apfelkuchen. Und mach hinne!«

Er nickte, und in seinen Augen war wieder dieser schöne Glanz, den Regina immer geliebt hatte. Sie ging auf das Haus zu, während er die schmutzige Schürze ablegte.

»Und das mit dem ersten Kerl am Zielort?«, fragte Tom. »Hast du das vergessen?« Nun zog er die linke Braue hoch und Regina wusste, das hatte etwas zu bedeuten.

Dann drehte sie sich um und streckte die Hand nach ihm aus.

»Okay«, sagte sie. »Du bist der Erste. Mein Versprechen halte ich. Jetzt geht es ja nicht. Aber heute Abend, das schwöre ich dir, heute Abend bist du dran!«

Die Reise nach Paris

Reiseleiter Daniel ist, vorzugsweise bei älteren Damen, äußerst beliebt. Für seinen Chef hat er damit sein »Publikum« und fühlt sich in gewisser Weise abgestempelt. Eine ungewöhnlich junge Dame in der Reisegruppe fasziniert ihn sehr. Doch Daniels guter Ruf scheint sein Verhängnis zu werden …

Eine Fahrt nach Paris, Eiffelturm, Molin Rouge, Montmartre, das übliche Programm; das übliche Publikum: vorwiegend ältere Damen, allein oder in Grüppchen. Also eine Reise ohne besondere Erwartungen.

»Ihre Reiseunterl…«

Daniel hob den Kopf, und das Wort blieb ihm im Hals stecken. Ein helles Augenpaar, blonde Locken, ein frischer Mund. Keine Jerseyhose, keine bonbonrosa Strickjacke, keine bläulichen Ringellöckchen.

»Anja Berenz, hier bitteschön«, sagte die junge Dame. Daniel fand sie außergewöhnlich hübsch, er fand sie einfach zauberhaft. »Habe ich etwas an mir, was Ihnen die Sprache verschlagen hat? Ich nehme an, Sie sind der Reiseleiter?« Ihre Stimme klang frisch, unbekümmert und aufgeweckt.

»Ja, ja, klar doch …«, stammelte Daniel. Gewöhnlich war er nie um Worte verlegen und fand für jedes Töpfchen ein Deckelchen. Aber diesmal nicht. »Da… Daniel«, stotterte er und glaubte sogar, ein bisschen rot geworden zu sein, obwohl er eigentlich nie errötete. »Ich heiße Daniel.«

»Du oder Sie?«

Nun verschlug es ihm die Sprache völlig. Nicht, weil er etwa nicht gewandt war im Umgang mit Worten, sondern weil ihm das noch nie passiert war. Freilich gab es eine Menge unter Daniels Klientinnen, die sich liebend gern auf diese plump vertrauliche Weise mit Daniel verbrüdern wollten. Und sei es nur deshalb gewesen, um der Platznachbarin eins auszuwischen.

»Ich sag einfach du zu dir«, nahm sie ihm die Entscheidung ganz locker ab. »Das macht alles einfacher. Also, ich bin die Anja!«

Und schon hielt er ihre Hand in seiner. In ihren Augen lag ein Funkeln. Daniel nahm es als eine Verheißung hin.

»Okay, auf eine schöne Fahrt, Anja«, brachte er endlich hervor, und es gelang ihm sogar, seiner Stimme einen Anflug von »Heidewitschka-Stimmung« zu verleihen. Dafür war Daniel bekannt …

Zum ersten Mal empfand er richtige Vorfreude auf diese Reise. Eigentlich hasste er Paris. Fragte man ihn danach, so ließ Daniel kaum ein gutes Haar an der Stadt der Liebe. Ihm war alles zu teuer, alles zu schlecht, und er warnte sogar vor dem Espresso, denn man liefe Gefahr, bei dessen Üppigkeit das Tässchen zu verschlucken …

Und jetzt, da er das Mikrofon in die Hand nahm, glaubte er ein zartes Händchen zu spüren, und sein Blick tauchte ein in die bezauberndsten Augen, die er jemals erblickt hatte.

»Meine verehrten Damen und Herren, liebe Reisegäste, ich heiße Sie alle im Namen unseres Unternehmens hier an Bord herzlich willkommen!« So begann sein Monolog immer. Und er klang immer gut gelaunt, heute jedoch noch um eine Idee launiger. »Ich freue mich natürlich sehr, auch wieder vertraute Gesichter zu sehen. All jenen, die zum ersten Mal mit uns reisen, bitte ich, sich immer vertrauensvoll an mich zu wenden. Meine Stammgäste wissen ja, dass auf mich unbedingt Verlass ist!«

Beifall brandete auf und war für Daniel nicht ungewöhnlich. Doch er hatte nur Augen für Anja, die leider in der zehnten Reihe saß und deren hübsches Gesicht zeitweise von Frau Pellmanns scheußlichem Hut verdeckt war, den sie niemals abnahm und wohl auch noch bei ihrem eigenen Begräbnis tragen würde …

»Wir erreichen in Kürze den Rasthof«, verkündete Daniel. »Zeit für ein Päuschen. Aber seien Sie bitte in einer halben Stunde wieder am Bus und lassen Sie nicht, wie beim letzten Mal, wieder Sachen im Restaurant zurück.«

Daniels Blick suchte Anja. Sie war an der Mitteltür ausgestiegen, während im Bus noch ein wildes Wühlen und Drängeln im Gange war.

»Meine Börse!«, schrie Frau Pellmann, »meine Börse ist weg. Daniel kommen Sie, meine Börse ist weg. Vorhin hatte ich Sie noch.«

Daniel schob sich zwischen den Reisenden hindurch. Es roch nach Lavendel, nach Anisbonbon und ein bisschen nach Mottenkugeln.

»Ja, dann muss der Geldbeutel doch noch da sein!«, schnaubte Daniel, sah aus dem Fenster und Anja in der Raststätte verschwinden.

»Diese Frau neben mir«, flüsterte Frau Pellmann und ruckelte an ihrem Hut. »Sie war noch nie dabei. Ich habe ihr von Anfang an nicht getraut. Sie müssen diese Person durchsuchen, hören Sie?«

»Ja, aber hier liegt ihre Börse, Frau Pellmann. Sie saßen wohl die ganze Zeit über darauf.«

Daniel hetzte zur Raststätte. Sein Blick suchte wieder nach Anja.

»Ach Daniel, Hallo, Hallöchen!«, rief eine Dame aus der

Rommé-Runde, die immer mit von der Partie war. »Wir haben Ihnen ein Plätzchen reserviert.«

Daniel ging abwesend an den Damen vorbei. Dann sah er Anja. Sie saß im Raucherabteil. Mit ein paar Schritten war er bei ihr.

»Sie – ich meine – du rauchst?«

»Nicht wirklich«, gab sie Auskunft. »Aber das bisschen Rauch ertrage ich leichter als die Gespräche zwischen angebranntem Gulasch und schlampig gemachter Hausordnung, unverschämten Seitensprüngen und sonstigem Tratsch.«

»Darf ich? Ich meine, darf ich dich zu einem Kaffee einladen?«

»Danke, aber ich habe schon«, sagte sie lächelnd und wies auf ihre Tasse.

»Ja, ja, natürlich«, stammelte Daniel und kam sich unsagbar dämlich vor.

»Dann setz dich doch wenigstens«, meinte sie nun lachend. Das klang so herrlich silberhell, dass es Daniel tief unter die Haut ging. Kein Zweifel, es hatte ihn erwischt, und zwar ganz gewaltig.

Eben suchte er nach ein paar Worten, kramte in seinem Hirn herum, nur um etwas zu sagen, das einigermaßen ein Sinn ergeben sollte. Da …

»Daniel – Daniel!«

Nicht Frau Pellmann war es, die so schrie. Es war Frau Jürgens von den Kartenspielerinnen. Erbarmungswürdig sah sie aus mit verrutschter Perücke und verschmiertem Lippenstift. »Helfen Sie Daniel!«, keuchte sie außer sich. »Frau Lüthjes ist in der Toilette eingeklemmt. Sie muss dem Tode nahe sein, die Ärmste. Nun kommen Sie doch schon!«

Sie war zwar ungeheuer mager, entwickelte aber schlimme Kräfte, als sie Daniel von Stuhl zerrte und in Richtung Toiletten schleifte. Drinnen und draußen hörte man Schreie und wildes Pochen.

»Ruhe!«, brüllte Daniel und augenblicklich senkten sich die Köpfe. Auch das Pochen verstummte.

»Sie hat die Klinke zwei Mal gedrückt. Da ist das Geld durchgefallen und hat die Tür gesperrt«, jammerte Frau Jürgens. »Und niemand von uns hat Kleingeld, weil wir doch alle schon waren.«

Daniel warf ein paar Münzen ein. Gleich darauf sank ihm Frau Lüthjes in die Arme. Daniel hatte alle Mühe, ihr Gewicht abzufedern. Er war unsagbar wütend. Aber er lächelte, weil er es musste. Und zum ersten Male hasste Daniel nicht nur Paris, sondern auch seinen Job und vielleicht sogar die ganze Reisegesellschaft. Natürlich mit Ausnahme von Anja, denn sie trug schließlich keine Schuld daran, dass aus dem Flirt nichts geworden war.

Aus lauter Frust hielt Daniel einen langen Vortrag über den richtigen Umgang mit Toilettenautomaten und brachte, als erheiternde Note, die Geschichte von der Geldbörse ins Spiel, auf der man Stunden sitzend verbracht hatte, vielleicht um sie auszubrüten …

Bei der zweiten Rast bekam Daniel das liebe Gesicht gar nicht zu sehen, so sehr er sich auch die Augen nach Anja ausguckte. Es stellte sich heraus, dass sie ein paar Meter abseits der Raststätte in den Wald gegangen war. Und das, obwohl Daniel diesmal von keiner Störung gepeinigt worden war.

Er, der galante Charmeur, hatte erstmals echte Schwierigkeiten, die *Heidewitschka-Stimmung* aufrecht zu erhalten. Er verfiel darauf, sich mit alten Kalauern zu begnügen. Aber Frau Pellmann fand, das sei immer wieder schön. Das Schlimmste für Daniel war, dass Anja dabei säuerlich lächelte. Er würde ihr erklären müssen, dass dies eigentlich nicht seine Art war. Er würde ihr sagen müssen, dass es nicht an ihr lag, dass …

Je mehr er darüber nachdachte, umso konfuser wurden seine Versuche, die Gesellschaft bei Laune zu halten. Schließlich setzte er sich, öffnete eine Flasche Bier und trank sie mit drei Zügen aus.

Dass es bei der Zimmerverteilung Trouble gab, war nicht ungewöhnlich. Doch diesmal war es besonders heftig. Anja hatte zuerst den Schlüssel für ihr Einzelzimmer bekommen. Noch ehe er ihr sagen konnte, dass er ein zauberhaftes Café kannte, fiel eine sehr große Dame mit der Wucht eines Taifuns über ihn her.

»Ich werde nicht mit der Meier'schen in einem Zimmer schlafen. Sie schnarcht!«, zeterte sie und Daniel duckte sich vor der schwingenden Handtasche.

»Ich schnarche nicht. Keinesfalls tue ich das!«

»Das hörst du nicht, wenn du schläfst. Ich weiß es von deinem Mann, dass du schnarchst. Ihr habt getrennte Schlafzimmer.«

»Haben wir nicht. Das ist eine gemeine Verleumdung, du …«

»Meine Damen!«, rief Daniel genervt. »Wir werden eine Lösung finden. Ich bitte um Geduld.«

Kaum war das eine Problem gelöst, so taten sich neue Abgründe auf, denn Frau Pellmann weigerte sich hartnäckig im Hochparterre Quartier zu beziehen.

»Das letzte Mal hat es nachts um drei am Fenster gekratzt«, sagte sie. »Wer weiß, welches Gesindel da draußen umherschleicht? Da kann man die Läden noch so verrammeln. Nein, da schlafe ich nicht. Nicht ich!« Als Punkt drückte sie auf ihren Hut.

Es dauerte, bis sich eine beherzte Dame fand, die mit Frau Pellmann tauschte. Doch diese war Frau Hansen nicht recht, weil sie der Meinung war, jene beherzte Dame nähme zu viel Knoblauch zu sich.

Und als Daniel endlich allein in der Halle stand, war Anja längst weg. Zwar versuchte er es mit einem zaghaften Klopfen an ihrer Zimmertür, obwohl er keinen plausiblen Grund dafür hätte nennen können. Aber sie war nicht da.

Endlich, zum Abendessen, sah er sie wieder. Sie trug ein zauberhaftes Kleid. Federleicht schien es ihre Figur zu umschmeicheln. Hatte sie Rouge aufgelegt, oder erglühten ihre Wangen seines Anblicks wegen?

Jetzt rasch nach vorn. Jetzt oder nie!

Daniel schoss um die Ecke und knallte genau gegen einen Kellner, der ein riesiges Tablett balancierend, aus der Küchentür kam. Es regnete Nudeln mit Soße und hagelte die spärlichen Fleischstücken, untermalt von grünem Salat, Tomaten und Gurken. Daniel und der Kellner hocken in diesem bunten Teppich, der aus dem Menü für wenigstens zehn Leute bestand.

Nicht nur, dass der Totenstille ein wildes Gekreische folgte. Nein, damit nicht genug. Es folgte der Küchenchef und ihm eine Kaskade französischer Schimpfwörter, die kaum in einem Wörterbuch zu finden waren.

Und Anja? Sie hockte auf ihrem Stuhl und glückste vor Lachen. Und Daniel war nicht einmal wütend auf sie

Wie eine Heerschar hilfreicher Engel umschwirrten Daniel die Damen, tupften, machten und trösteten, und er renkte sich den Hals aus nach dem geliebten Gesicht. Es verschwand zwischen beringten Fingern, baumelnden Ketten und wehenden Schals. Endlich riss er sich los und stürmte hinaus. Er musste sich doch umziehen, denn so garniert konnte er Anja doch nicht um ein Rendezvous bitten.

Als er geschniegelt und gebügelt in den Speisesaal zurückkehrte wurde er mit bewundernden Ausrufen empfangen. Doch der Platz, an dem Anja gesessen hatte, war leer und als Erinnerung an den dramatischen Auftritt klebte eine Gurkenscheibe an Frau Pellmanns Hut.

Daniel betrachtete diesen Abend als gelaufen. Lustlos hockte er in der Lobbybar. Dort wusste er sich von den segensreichen Einladungen seiner Schäfchen verschont, denn diese suchten gewöhnlich ihre Stammlokale auf, in denen es für sie immer wieder – ach so schön war, weil dort alle Marcels und Pierres von ganz Paris zu treffen waren …

Daniel hatte in Erfahrung gebracht, dass Anja das Haus verlassen hatte. Wenn sie es also verlassen hatte, musste sie es irgendwann wohl auch wieder betreten. Also wartete Daniel. Heiter und in echt Pariser Laune trudelten Daniels Damen nach und nach ein, und er bekam, wie schon oft, zu hören, dass er unendlich viel versäumt hatte. Es war ihm egal. Nur Anjas Rückkehr wollte er nicht verpassen.

Wie gerädert erwachte er im Dämmergrau des Pariser Morgens im Sessel, hatte einen schalen Geschmack im Mund und war dennoch schlagartig wach. Der Rezeptionschef flüsterte ihm in altbekannt diskreter Art laut zu, dass die Dame noch nicht zurück war. Daniels Magen krampfte sich erschreckend zusammen. Fürchterliche Bilder krochen vor seinem geistigen Auge empor. Eine Leiche in der Seine – ein Sturz vom Eiffelturm – Polizeisirenen, was auch immer, es war entsetzlich.

Und dann auf einmal stand sie da! Sie sah ein bisschen zerrupft aus. Aber sie lächelte.

»Hallo Daniel«, sagte sie.

»Es ist halb fünf!«

»Ich weiß«, sagte sie. »Und ich bin auch ganz schon kaputt. Paris ist doch sehr anstrengend. Aber es ist herrlich!«

»Aber …« Er wollte sie fragen, wo sie, um alles in der Welt, gewesen war. Ihre Gelassenheit aber warf ihn um und nahm ihm die Worte.

»Ich bin hundemüde«, sagte sie, hielt sich die Hand vor den Mund und gähnte. »Stadtrundfahrt gestrichen. Ich habe schon sooo viel gesehen.«

Und weg war sie. Daniel stand mit offenem Mund da und sah ihr nach. Die Falten ihres Kleides umschmeichelten die tollen Waden. Dann rollte die Aufzugtür zu.

Daniel fasste einen jähen Entschluss. Nachdem die Stadtrundfahrt von einer französischen Reiseleiterin absolviert wurde, war seine Anwesenheit nicht unbedingt nötig. So würde er im Hotel bleiben und vielleicht endlich Gelegenheit haben, mit Anja wenigstens ein paar fruchtbare Worte zu wechseln.

»Ach, Daniel, wie schön, dass auch Sie die Stadtrundfahrt nicht machen!«, rief Frau Pellmann, gerade als Daniel sich verkrümeln wollte. »Da können Sie uns doch durch die Markthallen führen. Das haben Sie doch beim letzten Mal fest versprochen, oder nicht?«

Sechs Damen umringten Daniel und schnatterten wie eine Gänseherde auf ihn ein. Er konnte sich an ein *festes Versprechen* nicht erinnern und kramte sein Hirn nach einer Ausrede durch. Es fiel ihm einfach keine ein.

Anja Adieu! Es blieb ihm nichts anderes übrig als die hartnäckige Damenriege im hoteleigenen Kleinbus zu den berühmten Markthallen zu karren, wo er alle Mühe hatte, seine Schäfchen zwischen Kohlköpfen, Karotten und luftgetrockneter Salami unter einem Hut zu halten.

Als er schließlich und endlich mit dem Bus wieder am Hotel landete, sah er Anja. Sie sah umwerfend aus in ihrem zitronengelben Kleid mit dem breiten schneeweißen Gürtel. Vor dem Hotel stand sie. Es spielte der Wind mit ihrem Haar, und sie sah sich unschlüssig um.

Jetzt oder nie! Daniel knallte den Rückwärtsgang ein und

krachte, gefolgt von einem vielstimmigen Aufschrei, gegen den Briefkasten, der dummerweise beharrlich hinter dem Bus stand. Es war ihm egal. Er stürzte aus dem Vehikel und lief los.

Mitten drin stockte sein Schritt, denn auch Anja war losgelaufen und flog einen jungen Mann mitten in die Arme. Er sah verdammt gut aus, schwenkte Anja einmal im Kreis und küsste sie dann direkt auf den Mund. Daniels Mund blieb ungeküsst und offen stehen. So blickte er ihr nach, wie sie Hand in Hand mit ihrem Eroberer davon schlenderte. Daniel wurde essigsauer. War es Wut, war es Enttäuschung oder war es Eifersucht, was in ihm wühlte? Wahrscheinlich war es von allem etwas. Auch ein dreifacher Pernod spülte das Gefühl von Bitterkeit nicht hinunter. Und doch war sein Herz nicht bereit, Anja Vorwürfe zu machen …

Beim Abendessen pirschte sich Daniel an Anjas Tisch heran. Sie hatte einen gewählt, der direkt an einer Säule stand und keinen großartigen Ausblick versprach, weswegen sie dort auch alleine geblieben war.

»Hast du … ähm … ich meine, war der Tag schön gewesen?« fragte er stammelnd.

»Herrlich«, sagte sie, und sein Blick suchte in ihrem Gesicht nach etwaigen Spuren eines Abenteuers. Sie wirkte total unbekümmert. »Es ist halt gut, wenn man jemanden weiß, der sich in Paris auskennt.«

»Ich war in den Markthallen«, sagte Daniel vernichtet, obwohl im die Frage nach diesem »Jemand« wie Feuer auf der Zunge brannte.

»War es amüsant?«, erkundigte sie sich.

»Überhaupt nicht!«

»Warum bist du dann hingegangen?«

»Ich bin Reiseleiter«, sagte Daniel fast entrüstet.

»Aber doch kein Kindermädchen«, sagte sie. »Man kann

es auch übertreiben. Wer hockt sich denn schon die halbe Nacht in eine Lobbybar, nur um die Rückkehr der letzten Nachtschwärmer abzuwarten. Das ist doch irre!«

»Na wenigstens hast du keinen Reiseleiter gebraucht und warst in guter Gesellschaft«, gab er bissig zurück, den er hatte ja nur ihretwegen gewartet.

»In allerbester sogar«, bestätigte sie, und in ihren schönen Augen blitzte der Schalk. »Bist du eifersüchtig? Wenn du das bist, musst du in mich verliebt sein. Los, gib es schon zu!«

Ihre Direktheit warf ihn beinahe um. Er starrte sie an.

»Du kannst es ruhig zugeben, weil ich auch …«

Weiter kam sie nicht, denn Frau Pellmanns Hut schob sich dazwischen.

»Daniel, in meinem Zimmer ist Ungeziefer«, beschwerte sie sich. »Und die Schranktür quietscht andauernd. Ich konnte kein Auge zu tun. Es ist ihr Pflicht, für Abhilfe zu sorgen.«

»Ölen Sie die Tür und bringen Sie die Viecher um, verdammt!«, rief Daniel entnervt und sprang auf. Es herrschte Totenstille. dass Daniel die Beherrschung verloren hatte, war gelinde gesagt, eine schlichte Sensation. Sie würde in der Firma eine Lawine von Beschwerden nach sich ziehen!

»Ist schon gut«, sagte Frau Pellmann, Wort für Wort betonend, und sog hörbar Luft durch die Nase ein. »Mit Ihnen werde ich nicht mehr reisen. Nicht mehr mit Ihnen! Nie wieder!« Der Punkt kam wieder mit einen Druck auf den Hut und Daniel saß da wie ein begossener Pudel.

»Könnten wir nicht heute Abend …?«

Daniel sprach zu einem leeren Stuhl. Anja war weg. Frau Pellmann sah ihn lauernd an. »Die junge Dame ist weg«, sagte sie hinterhältig grinsend. »Sie wurde von ihrem Verlobten abgeholt.«

»Woher wollen Sie denn wissen, ob es ihr Verlobter war?«, fragte Daniel gallig.

»Na ja, so wie der sie geküsst hat? Ist ja auch egal. Mit Gästen dürfen Sie ja ohnehin nichts anfangen, weil das verboten ist. Aber was kümmert es mich? Mit Ihnen bin ich fertig!«

Dann hockte Daniel im leeren Speisesaal und wurde schließlich von den hektischen Kellnern verscheucht, die endlich Feierabend machen wollten.

Daniels Stimmung war ganz, ganz tief unten. Auch nicht das blumige Friedensangebot Frau Pellmanns vermochte sie zu heben. Wie konnte Anja nur so unbekümmert sein. Spürte sie denn gar nicht, wie er litt und sich quälte.

Nicht, dass es ihn nicht schon einmal erwischt hätte. Nein, die Liebe eines Reiseleiters hat viele Gesichter. Aber diese Gesichter verwehen fast immer wie die grausilbernen Nebel über den Seine. Diesmal war es heftiger, ganz heftig sogar. Amor schien seine Pfeilspitze in das Elixier der Hartnäckigkeit getunkt zu haben …

Eigentlich sollte man annehmen, dass ein Mann nach so vielen Misserfolgen zur Aufgabe bereit war. Daniel war es nicht. Vielleicht half es, ein trauriges Gesicht zu machen, um ihre Aufmerksamkeit auf sich zu lenken?

Es half nichts, denn als er sich durch den Gang an ihr vorbei pirschte, bot sie ihm Tabletten gegen einen verkorksten Magen an. Und den hatte er nun wirklich nicht. Er brauchte etwas für den Knick in seiner Seele und ein wenig Balsam für seine männliche Eitelkeit. Aber das sah sie einfach nicht.

»Meine Oma war auch so fürchterlich«, raunte sie ihm zu und wies mit den Kopf auf den Hut von Frau Pellmann, die vor ihr saß und ihre Nachbarin mit der Litanei von einem uneinsichtigen Reiseleiter beglückte. »Und der Hut ist auch zu nichts nütze. Bist du jetzt in mich verliebt oder nicht. Das muss ich wissen!«

Sie überrannte ihn wieder mit der ungestümen Spontaneität und zog ihn am Schlips zu sich herunter, ganz nah an die lockenden Lippen heran. »Der Fremde war nur mein Brüderchen und studiert in Paris. Und jetzt sag schon, ob du mich liebst!«

»Ja – ganz toll«, hauchte Daniel.

»Sie gestatten«, sagte Anja zu Frau Pellmann und zog ihr den Hut vom Kopf. Sie hielt ihn vor ihr Gesicht und küsste Daniel ganz atemberaubend. Das dauerte von Kilometer hundertdreißig bis Kilometer hunderteinundvierzig. Dann ging ihnen die Luft aus und Frau Pellmann bekam ihren Hut zurück. So war er schließlich doch zu etwas nütze gewesen …

Isabella braucht einen Mann

Isabella fühlt sich als kleine Assistentin in einem kleinen Modehaus wie eine graue Mücke unter vielen Schmetterlingen. Sie sehnt sich danach, so bunt und schillernd zu sein wie ihre Kolleginnen. Dann wirft ihr das Schicksal einen Ball zu, der ihr Leben verändern kann. Doch dieser verheißungsvolle Ball hat ein Häkchen …

»Sie sind entlassen – fristlos!«

Aus den bläulichen Kringeln von Isabellas Zigarette formte sich ein feistes Gesicht mit Tränensäcken und kleinen engstehenden Augen. Von breiten schwammigen Lippen war dieser Ausspruch gekommen.

Ein Gefühl von Abscheu überkam Isabella, wenn sie an Signore Saletti dachte. Er war Abteilungsleiter der Firma Giretta-Moden und Isabellas Chef – gewesen. Vor einer halben Stunde hatte er sie entlassen, weil sie sich gegen seine lüsternen Übergriffe zur Wehr setzen musste. Es hatte Isabella nie nennenswert gestört, dass er ihre wirklich tolle Figur mit seinen Blicken regelrecht verschlang und sich dabei genüsslich die Lippen leckte. Auch seine bisweilen etwas anzüglichen Bemerkungen konnte sie ertragen. Indem er sie heute Morgen – es mochte an der Hitze gelegen haben – in den knackigen Po kniff, war er einen Schritt zu weit gegangen. Isabella hatte ihm sozusagen reflexartig eine Ohrfeige verpasst, die er mit dem Rauswurf quittierte.

Und nun saß Isabella in einem Straßencafé, vor ihr dampfte ein Cappuccino, der Himmel war hitzeweiß und Isabellas Gemüt war so grau wie das Wasser im Hafenbecken. Erst vor Kurzem hatte sie ein tolles Apartment bezogen. Bei dem Gedanken an die fällige Miete wurde ihr richtig schwummerig.

Grübelnd in Gedanken versunken, bemerkte sie zunächst das blonde Mädchen gar nicht, das einfach am Tisch Platz genommen hatte. Erst ein Schluchzen weckte Isabella aus den nicht gerade rosigen Zukunftsvisionen.

»Auch Kummer?«, fragte sie mitleidig und winkte dem Ober. Die Kleine sah so aus, als würde sie einen Grappa vertragen können. Isabella bestellt zwei.

»Sie hat mich entlassen«, klagte die kleine Blonde und schniefte. »Einfach so, weil sie dachte, ich hätte etwas mit ihrem Mann angefangen.«

»Und? Haben Sie?«

»Aber nein – niemals!«, rief das Mädchen. Die hübschen Augen blitzten leidenschaftlich vor Empörung. »Ich gebe zu, er sieht verdammt gut aus. Aber Sex mit ihm? Nein, nie und nimmer?« Heftig schüttelte sie den Kopf. »Oh, ich könnte ihr sonst etwas antun für diese Gemeinheit. Wissen Sie, wie das ist, wenn man auf der Straße sitzt und nicht weiß, wie man die Miete bezahlen soll?«

»Es weiß niemand besser als ich«, bekannte Isabella mit einem Anflug von Galgenhumor. »Ich bin ebenfalls rausgeflogen. Nicht, weil ich etwas mit meinem Chef hatte, sondern weil ich mit ihm nichts haben wollte, verstehen Sie? Aber wer ist diese Frau, von der Sie reden?«

»Signora Monti!«

»Die Frau von dem Modezar Monti? Aber er ist doch der Boss!«

Das Mädchen lächelte fast mitleidig und zuckte die Schultern.

»Nur nach außen hin«, erklärte sie dann. »Ihr gehört die Firma, und er hat bei der Heirat ihren Namen angenommen.

Sie hat das Sagen und ist wahnsinnig eifersüchtig.«

Isabella lächelte etwas verträumt. »Welche Frau wäre das nicht, wenn sie einen solchen Mann hätte? Er ist gefährlich schön, wenn man den Fotos in den Illustrierten glauben darf.«

»Sie ist alt«, fuhr Isabellas Leidensgenossin mitleidslos fort. »Ihn lockte nur das Geld und deshalb bedauere ich ihn kein bisschen. Es geschieht ihm recht, dass er jetzt ohne Assistentin sein wird. Und wie ich die Signora kenne, wird er es lange bleiben.«

»Sie waren also seine Assistentin?«, fragte Isabella. Eine ganz vage Hoffnung flimmerte hoch. Sie war noch sehr dünn. Aber Isabellas Temperament gab ihr rasch Form und Gestalt. »Und der Job ist unbesetzt?«

»So ist es. Wer eingestellt wird, kommt an ihr nicht vorbei. Glauben Sie mir, sie ist schrecklich. Gäbe es geschlechtslose Wesen, so wären die wohl alle bei der Monti angestellt.«

»Ich werde mich bewerben!«

Das Mädchen sah Isabella direkt entsetzt an, so als habe sie eben ihr eigenes Todesurteil gefällt.

»Schlagen Sie sich das aus dem Kopf«, riet die Blonde. »So wie Sie aussehen, würde es die Monti von vornherein mit einem Scheidungsgrund zu tun haben. Wer füttert schon einen gefangenen Fisch noch mit fetten Häppchen?«

»Nur wenn man etwas versucht hat, kann man ruhigen Gewissens sagen, dass es Pech war«, folgerte Isabella. »Es wird mir schon etwas einfallen, der Eifersucht zu begegnen. Dafür kann sie ja nichts – oder?«

»Versuchen können Sie es. Wenn aber …«

»Wenn und Aber ist dummes Gelaber, das sagte schon meine Oma und heiratete einen Sardinenfischer«, meinte Isabella flockig leicht. »Kann ich die Telefonnummer haben?

Ach was, ich gehe selbst hin.«

Isabella legte einen Geldschein auf den Tisch. »Heben Sie den Rest auf. Wenn ich Glück habe, verknallen wir es auf der Avenida Roma!«

»Zu Signor Monti?«, fragte die Empfangsdame ungläubig. Ihre an sich hübschen Augen verunzierte eine hässliche Hornbrille. Das blonde Haar war so bieder frisiert, dass es kaum einen Mann elektrisieren und den Puls in die Höhe treiben konnte.

»Sagen Sie einfach seine neue Assistentin stünde vor der Tür«, antwortete Isabella mutig. Die Hornbrille der Dame rutschte ein Stück in Richtung Nasenspitze. Ein Woge der Verlegenheit und Überraschung widerspiegelte ihr Gesicht.

»Aber ich weiß nicht, ob …«

»Melden Sie mich an. Danach sind wir beide schlauer«, meinte Isabella. »Ich nehme es auf meine Kappe. Nun machen Sie schon – bitte!«

Es klang wie ein Befehl. Während die etwas farblose Dame mit zitternden Fingern eine Nummer tippte, trat Isabella etwas zurück.

»Ich bringe Sie zu Signor Monti«, sagte die Empfangsdame schließlich. Als sie hinter dem Tresen hervortrat, sah Isabella, dass ihre Figur regelrecht formlos war. Selbst das tollste Kleid hätte sie kaum attraktiver gemacht.

»Was verschafft mir diese ungewöhnliche Ehre?«, fragte Signor Monti, als ihm Isabella gegenüberstand. Lucia hatte nicht übertrieben. Er war rassig und so gefährlich schön wie es nur ein Südländer sein konnte. Sein Blick war dunkel und geheimnisvoll und seine vollen erotischen Lippen hätte wohl jede Frau gerne auf ihrem Mund gespürt. Isabella blieb die Luft weg. Rasch fasste sie sich wieder.

»Ich hörte davon, dass sie momentan ohne Assistentin

sind«, ging Isabella auf ihr Ziel los. »Verzeihen Sie, dass ich mich so formlos vorstelle. Aber ich dachte, es könnte eilig sein.«

»Es ist eilig«, bestätigte er. Ein Lächeln spielte um seinen Mund. Es hätte wohl jede Frau in Versuchung geführt. Doch Isabella blieb kühl. Sie musste diesen Job haben. Nur darum ging es. Dieser Mann war interessant, aber für Isabella tabu. Vor ihrem geistigen Auge sah sie Signora Monti als Cherubim mit dem Flammenschwert Wache halten.

»Es ist wirklich eilig. Ich habe nächste Woche einen wichtigen Termin in Mailand und keine Begleitung. Was können Sie überhaupt? Was haben Sie bisher gemacht?«

Fast unbeschwert listete sie ihre Kenntnisse auf. Ihre Gestik war sparsam, das Minenspiel kühl. Nur Sachlichkeit konnte zum Erfolg führen. Isabella blieb freundlich und unverbindlich. »Sie scheinen sich für diese Tätigkeit zu eignen. Ich nehme an, es gibt Referenzen? Nun, die können Sie nachreichen. Zunächst werde ich Sie bei Signora Monti anmelden. Meine Frau trifft Personalentscheidungen.«

Minuten später stand Isabella vor Signora Monti. Sie war eine kühle Schönheit. Das dunkle Haar war zu einem schweren Knoten im Nacken gewunden und ließ sie wie eine Primaballerina wirken. Kunstvoll und geschickt war das Gesicht geschminkt. Die hochgezogenen und strichschmal gezeichneten Brauen ließen sie erhaben wirken. dass sie älter war, als Signor Monti, verstand sie geschickt zu kaschieren.

»Mein Mann hat mir bereits berichtet«, sagte sie. Ihr perfekt gepudertes Gesicht zeigte keine Regung. Nur in den Augen glühte ein unbestimmbares Feuer. Isabella hielt diesen taxierenden Blicken stand. »Vorab eines, damit wir uns gleich richtig verstehen: Ich dulde keine Affären. Ich nehme an, Sie sind verheiratet? Eine ledige Dame stelle ich meinem Mann keinesfalls als Assistentin zur Seite. Sie sind doch verheiratet?«

»Natürlich bin ich verheiratet!«, schoss es heraus. Isabella hatte nicht einmal überlegt.

»Kinder?«

»Eines«, log Isabella unüberlegt.

»Ein Risikofaktor. Es könnte krank werden, und Sie …«

»Ich habe eine Großmutter, die das Kind beaufsichtigt.«

»Sie sind also glücklich?«

Isabella nickte und würde noch glücklicher sein wollen, wenn sie den Job fest in der Tasche hatte. »Lorenzo würde sich riesig mit mir freuen, wenn ich hier arbeiten könnte. Er lässt mich nicht gerne aus den Augen, wenn Sie verstehen, was ich meine? Er stammt aus Sizilien und ist sehr eifersüchtig.«

»Ich stamme auch aus Sizilien«, sagte Signora Monti. Sie lächelte dabei hintergründig. Es sah ganz nach Warnung aus. »Ich möchte Ihnen einen Vorschlag machen, Signora Perluzzi. Wir geben heute Abend eine kleine Party in unserem Garten. Sie und Ihr Mann sind herzlich eingeladen. Bringen Sie ihn einfach mit. Dann werden wir unser Gespräch fortsetzen – und ich treffe eine Entscheidung.«

Wieder saß Isabella in jenem Straßencafé. Ich bin wahnsinnig, mich einfach zu verheiraten, dachte sie. Ich brauche einen Mann! Es gab Männer in Isabellas Leben. Zum Heiraten war nie einer dabei gewesen. Und plötzlich fixierte sie den jungen Mann, der dort drüben neben der Campari-Reklame saß. Er sah aus, wie jemand, der nichts zu tun hatte. Die Beine von sich gestreckt, hielt er das gebräunte Gesicht mit geschlossenen Augen der Sonne entgegen. Isabella sprang auf.

»Hallo – Sie?«

»Wer – ich?« Der junge Mann ruckte hoch. Seine dunklen Augen blickte Isabella verwundert an. Verwirrt fuhr seine Hand über das nachtschwarze Haar.

»Können Sie für 'ne Weile meine Mann spielen? Ich meine, Sie sollen nur so tun, als wären Sie mein Mann. Glauben Sie mir, es ist unheimlich wichtig für mich.«

Er schüttelte sich kurz und sah sie noch verwirrter an. Dann begann er laut zu lachen. Isabella zerrte verzweifelt an ihm herum.

»Hören Sie mit diesem Lachen auf. »Es ist wirklich sehr ernst. Mein Leben hängt sozusagen davon ab.«

»Nun, so schlimm wird es wohl nicht sein!«

»Nein – ehrlich. Ich brauche einen Mann. Dringend.«

»Jetzt gleich? Hier sofort – vor allen Leuten?« Er knöpfte sein Hemd auf.

»Doch nicht so!«, rief sie. Er schien nicht zu kapieren, und sie wurde wütend. In ihren Augen zuckten Blitze. Sie fuchtelte mit den Armen, bis er sie schließlich festhielt.

»Also? Ich warte. Also wenn nicht hier – wo dann?«

Mehr oder weniger in Stichworten stammelte sie ihre Situation. Ob sie nun einiges durcheinanderbrachte oder nicht, war ihr egal. Hauptsache, er würde ihren Mann spielen. Er musste ihn spielen!

»Und das Honorar?«

»Darüber reden wir später. Wie heißen Sie eigentlich?

»Lorenzo!«

»Das passt, mein Mann heißt auch Lorenzo!«

»Moment mal, ich denke Sie keinen? Wie kann er dann Lorenzo heißen? Also ganz normal scheint das nicht?« Er grinste sie total schräg an. Für Isabella war das gar nicht lustig. Sie schubste ihn vor sich her wie einen störrischen Esel, der den Stall verweigert.

»Machen Sie schon. Wir sind eingeladen. Haben Sie Smoking oder so etwas? Mit diesen Jeans wird das nichts.

Und diese fürchterlichen Schuhe. Außerdem sind Sie nicht rasiert.«

»Na«, meinte er und lachte hell auf, »unsere Ehe fängt ja prächtig an!«

Einen Smoking hatte Isabella nicht auftreiben können. Doch in der dunklen Hose und dem sommerlich gestreiften Jackett sah Lorenzo umwerfend gut aus. Signora Luppi hatte ihr die Sachen mit verwundertem Gesichtsausdruck geliehen.

»So geht das«, meinte Isabella zufrieden, trat ein paar Schritte zurück und begutachtete ihn. »Und denk daran: Du bist Sizilianer und wahnsinnig eifersüchtig!«

»Okay, eifersüchtig. Und was noch?«

»Nun ja, charmant eben. Und wahnsinnig verliebt. Das musst du mir zeigen.«

»Jetzt gleich?«

»Später. Aber keine Zungenküsse. Eher solche wie im Film. Wir dürfen nicht zu spät kommen. Die Monti sieht aus wie eine Frau, die Pünktlichkeit liebt. Und – dass du nicht mit ihr flirtest! Das könnte sie misstrauisch machen. Und benimm dich anständig! Nicht, dass du zu viel erzählst. Und lass dich nicht ausfragen. Und …«

»Ich glaube es reicht!«, beendete Lorenzo das Thema. »Du redest wie meine Mutter. Sie sagt auch immer …«

Isabella hörte nur mit halbem Ohr hin. Sie war so fixiert auf den Job, dass ihr alles andere unwichtig und überflüssig vorkam. Sie schob Lorenzo wie einen Karren vor sich her, schimpfte, mahnte und gestikulierte. Ein Außenstehender hätte sie durchaus als flitterndes Pärchen verstanden.

Die Villa der Montis lag an einem Berghang über dem Stadtrand. Der Blick glitt weit hinaus übers Meer, das wie fein gekräuselte Seide im Sonnenlicht schimmerte. Ein köstlicher Duft würzte die Luft mit Orangen, Zimt und einem Hauch Vanille. Ein steifer Diener mit maskenhaftem Gesicht empfing sie und führte sie in den prächtigen Garten. Dort traf man auf die Montis. Er stand, ein Glas in den Händen drehend neben ihr. Signora Monti trug ein unwahrscheinlich duftiges Kleid und war wie immer perfekt geschminkt. Ihre gepflegte Schönheit gab diesem Garten etwas Exotisches. Man hätte ihn sich ohne diese Frau nicht vorstellen können.

»Oh!«, rief sie nun erfreut. »Familie Perluzzi. Wie schön, dass Sie gekommen sind. Treten Sie nur näher. Wo ist denn der liebe Kleine? Warum haben Sie ihn nicht mitgebracht?«

»Welcher liebe Kleine?«, fragte Lorenzo etwas dümmlich.

»Nun, Ihr Gattin sagte doch …«

»Na, eben der Kleine!«, zischte Isabella und knuffte Lorenzo in die Seite. Sie hatte total vergessen, ihm zu erzählen, dass sie sich neben dem Ehemann auch noch ein Kind untergejubelt hatte. »Unser Sohn eben.«

»Unser …? Ja, wo ist er nur, der liebe Kleine?« Lorenzo sah sich suchend um und bekam wieder eine Knuff von seiner »Gattin«.

»Er ist bei der Großmutter!«, zischte sie fast eine Spur zu laut, denn Signora Monti blickte etwas misstrauisch von einem zum anderen. Sie durfte nichts bemerken. Sie durfte es einfach nicht!

»Ach ja, er ist bei der Großmutter. Bei meiner Mutter.«

»Bei meiner!«, platzte Isabella heraus.

»Er ist bei meiner Mutter!« konterte Lorenzo eigensinnig. »Ich muss es doch wissen. Du weißt, ich dulde keine Widerreden. Widersprich mir also nicht!«

»Welch ein Mann!«, rief die Signora wohlgefällig und winkte nach dem Diener. Er reichte ein Tablett mit Getränken. Isabellas Augen schossen Blitze.

»Wie alt ist denn der Kleine?«

»Nun ja, er ist etwas – nun – etwas so groß«, antwortete Lorenzo verlegen und breitete seine Hände etwas aus. »Ja, ungefähr so groß ist er.«

»Unsinn«, sagte Isabella, »Glauben Sie ihm nicht, Signora. Er ist schon so groß und kann richtig laufen.« Sie hielt ihre Hand ein Stück weit über die Knie. »Und sprechen kann er auch schon.«

»Ja, und am besten kann er altes Luder sagen«, mischte sich Lorenzo ein. »Er sagt das manchmal zu Signora Moretti, wenn sie Wäsche von der Leine stiehlt. Manchmal sagt er auch alte Hexe zu ihr. Aber nur, wenn er richtig wütend ist. Sie sollten ihn mal erleben, wenn er ...«

»Nun ist aber gut!«, rief Isabella. Sie war wütend und verzweifelt und hätte Lorenzo auf der Stelle erwürgen können. »Mein Man ist eben Sizilianer, Signora. Das Temperament, verstehen Sie?«

Huldvoll verzeihend nickte Signora Monti. Sie warf ihrem Mann einen lächelnden Seitenblick zu, den er amüsiert erwiderte. Schließlich nahe er ihre Hand und hauchte einen Kuss darauf.

Lorenzo schien sich dieser Stellung bewusst zu werden, denn wie ein angriffslustiger Stier guckte er Signor Monti an und begann ihn zu umrunden.

»Nun zu Ihnen, Signore«, begann er mit dem gefährlichen Unterton eines Türstehers vor der Disko. »Wagen Sie es nicht, mit Isabella etwas anzufangen.« Er wandte sich Isabella zu. »Du erinnerst dich an deinen letzten Chef? Dem habe ich, wie du weißt, die Flügel gestutzt. Er war drei Wochen im Hospital *San Sebastian*. Jawohl, drei Wochen war er dort.«

Isabella dreht sich in der Magengrube etwas um. Sie

glaubte, der Rasen unter ihren Füßen müsste sich jeden Augenblick zu einem schwarzen Loch auftun.

»Sie bekommen den Job, Signora Perluzzi«, sagte Signora Monti und streifte ihren Gatten mit einem siegesgewissen Seitenblick. »Und Sie beiden, meine Lieben, kommen morgen in mein Büro. Dann machen wir den Vertrag. Aber bringen Sie den lieben Kleinen mit. Ich möchte gerne hören, wie er schimpfen kann. Und nun bitten wir zu Tisch.«

»Das ist mein Sohn Mario«, sagte Lorenzo und schob einen kleinen, ziemlich schmutzigen Junge vor. Er hatte Lorenzos Augen und trotzig vorgeschobene Lippen. Argwöhnisch betrachtete er Isabella.

»Ist sie auch wieder so eine, die gleich davonläuft?«, fragte er. Dann stemmte er die Hände in die Hüften und blickte seinen Vater an. »Er hat nämlich Probleme mit den Frauen. Sie laufen immer weg. Läufst du auch wieder weg?«

Isabella blickte Lorenzo etwas hilflos an. Der sah zu Boden und scharrte mit dem Fuß im Sand.

»Vielleicht ist er ein bisschen dumm«, meinte der Kleine. »Vielleicht liegt es daran, dass er nicht richtig küssen kann? Deshalb ist ihm meine Mutter wohl auch weggelaufen. Sie ist auf und davon, sagt die Großmutter, weil …«

»Mario!«, rief Lorenzo wütend und flehend zugleich. Er sah Isabella an. Sein Blick war dunkel und voll Traurigkeit. Es rührte Isabella unsagbar an. Das Wasser drückte es ihr in die Augen. »Ja, seine Mutter hat mich verlassen. Sie ist gegangen. Einfach so und ohne viel Worte. Ihn hat sie dagelassen. Na ja …« Er zuckte die Schultern und nicht nur seine Augen waren feucht geworden. Der große starke Mann schluchzte kurz und herb auf, riss sich jedoch sofort wieder zusammen.

»Also, wie soll das nun weitergehen?«, drängte der Junge.

»Hat er dich schon mal geküsst?«

»Nicht richtig«, sagte Isabella verlegen. »Nur so wie im Film.«

»Dann kann das auch gar nicht richtig wirken.«

»Außerdem küsst man sich nicht so einfach. Man muss sich lieben.«

»Aber wenn man jemanden küsst, dann liebt man ihn auch. Aber er traut sich wieder mal nicht. Er ist ein Feigling!«

»Ist er das wirklich?«, fragte Isabella leise und sah Lorenzo an. »Ich glaube, mein Honorar wird jetzt fällig.«

»Ach, lass das Geld doch stecken«, tat er ab. »Es war doch alles ganz nett. Und wenn du wieder mal 'nen Mann brauchst, bin ich zur Stelle. Für dich tue ich alles, Isabella!«

»Dann tu doch alles«, verlangte sie leise. Ihre Augen waren nun einander ganz nahe; es näherten sich die Lippen und berührten sich zart.

»Und jetzt küss sie ganz richtig, damit sie nicht wieder wegläuft. Mach schon, du Feigling!« Mario umtanzte die beiden richtig aufgebracht. Und dann küsste sie Lorenzo. Seine Lippen waren wie der Garten der Montis, wie das unendliche Meer und wie das ganze Paradies. «So«, sagte der Junge befriedigt. »Jetzt habt ihr euch geküsst und müsst euch lieben. Sie darf nicht mehr weglaufen, sonst sperr ich sie im Hasenstall ein!«

»Soll ich dir vorher auch 'nen Kuss geben, du kleiner Kuppler?«

»Ja, aber keinen ganz echten. Bloß einen wie im Film.« Dann zwängte er sich zwischen beide und zerrte sie mit sich hinein in eine neue wundervolle Zukunft.

Lady Catterfields Nichte

Pierre studiert Medizin und hat einen Ferienjob: Er kutschiert den etwas versnobten Monsieur de Longeville durch Cannes und Umgebung. Dort lernt er die bezaubernde Lucy kennen, die Nichte der millionenschweren Lady Catterfield, und um ihr zu imponieren, stürzt sich Pierre in ein heilloses Chaos …

Sie sah einfach hinreißend aus, so umwerfend, dass Pierre das Glas mit seinem Martini umstieß, der hier auf der Flaniermeile so sündhaft teuer war und er sich ihn deshalb eigentlich gar nicht leisten konnte. Während der teure Martini auf das Pflaster tröpfelte, schaffte es Pierre nicht, auch nur einen Moment seinen Blick von diesem süßen Geschöpf loszureißen, das dort am Tisch sah und in seliger Selbstvergessenheit den sicherlich ebenfalls sündenteuren Eisbecher löffelte. Genüsslich schien sie jetzt eine Erdbeere am Gaumen zu zerdrücken, als sich die Blicke begegneten. In diesem Moment erstarrten sie beide wie zum Standbild in einem Film. Schließlich wischte sich das Mädchen eine blonde Haarsträhne aus dem geröteten Gesicht und schickte einen himmelblauen Blick in Pierres dunkle Augen, bevor sie den Kopf senkte.

Ein ebenso wohliges wie aufregendes Kribbeln lief wie eine Armee emsiger Ameisen prickelnd vom Pierres Hals an über den Rücken hinab. Der Martini hatte seinen letzten Tropfen getröpfelt, und Pierre dachte an sein schwindsüchtiges Portemonnaie, denn bis zum Ersten war es noch ein paar Tage hin …

Da fegte, wie ein Stoßseufzer aus Pierres Herzen, eine Windbö über den Platz, riss der Schönen das Halstuch weg und wirbelte es wie einen Glücksbringer direkt in Pierres Hände. Sekundenlang befühlte er die Weichheit, genoss den Hauch eines unvergleichlichen Duftes und hob dann endlich den Kopf. Sein Blick tauchte wieder ein in diese wundervollen Augen, schöner und heller als der ganze Himmel über Cannes und dem glasklaren Meer. Piere gab seinem Herzen einen Ruck und erhob sich.

»Ihr Tuch, Mademoiselle«, sagte er und hatte eigentlich mehr sagen wollen. Aber es ging einfach nicht. »Es ist doch Ihr Tuch, oder nicht?«

Diese Frage war dämlich, das wusste Pierre. Aber was hätte er sagen sollen, nachdem ihm nichts Besseres eingefallen war?

»Merci«, flüsterte sie mit beinahe kindlich zarter Stimme. Pierre hörte einen leichten englischen Akzent, der ihn in die nächste Frage rettete.

»Sie sind Engländerin?«, fragte er und zog sich einen Stuhl herbei.

»Ja«, antwortete sie. »Aus Highwoodsdale.«

«Aha, also aus Highwoodsdale«, bestätigte Pierre eifrig und seine Stirn bekam eine Furche, obwohl er so tat, als sei ihm dieser Ort bestens bekannt.

»Ich komme aus Paris!«

»Aha, aus Paris«, sagte sie bedeutungsvoll.

»Ja, ja«, versicherte er und glaube zu sehen, dass sie plötzlich ein wenig erschrak und ihr Blick zum Eingang des palastähnlichen Hotels glitt, das dem Café gegenüberlag.

»Ich heiße Pierre.«

»Lucy«, sagte sie etwas zerfahren und stand auf, denn eine sehr bunt gekleidete Dame mit sehr großer Sonnenbrille und giftgrün wehendem Schal, versuchte die Straße zu überqueren. »Ich, ich muss gehen. Meine Tante …«

»Das ist Lady Catterfield!«, stellte Pierre entsetzt fest.

»Ja, Lady Catterfield«, bestätigte Lucy, nahm ihr Handtäschchen und beeilte sich zu gehen.

»Sehe ich Sie wieder, Lucy?«

»Vielleicht«, zirpte sie. »Heute Abend, dort wo die Fischer sind?«

Und dann flatterte ihr buntes Kleidchen davon, braungebrannte, schlanke Waden, ein flüchtiges Winken, und das Zauberbild verschwand hinter der schnatternden gestikulierenden Lady Catterfield, die in einschlägigen Kreisen den heimlichen Ruch eines entnervenden Schreckgespenstes innehatte. Doch man ertrug sie, denn sie war reich, wahnsinnig reich sogar.

Pierre war es nicht. Wie sollte er vor Lucy bestehen können? Nun gut, er war eben nicht reich. Aber er konnte wenigstens so tun, als sei er es …

»Eine halbe Stunde gab ich dir frei«, erinnerte Lady Catterfield erregt. Wenn sie das war, konnte ihre Stimme so nadelspitz klingen, dass sie jeden Nerv zum Zittern brachte. »Nicht eine Minute länger. Wer war dieser Mann?«

»Ich weiß es nicht.«

»Wie – du weißt es nicht?« Die Lady, die schon über siebzig war, doch die dessen zum Trotz immer wieder den Fünfzigsten feierte, wirkte nun äußerst ungehalten. »Ich möchte kein Gerede ertragen müssen, meine Gesellschaftsdame werfe sich jedem – ähm – Kerl an den Hals!«

»Aber ich …«

»Schweig!«, befahl die Lady und verzog ihr Gesicht zu einem liebenswürdigen Lächeln, denn Madame Deneuve, Frankreichs Grande Dame schwebte vorüber und neigte lächelnd das edle Haupt. »Wann ist das Barbecue bei den Armands?«, fragte die Lady schließlich fahrig, nachdem sie der Deneuve neidvoll nachgeblickt hatte.

»Gegen acht, Mylady«, antwortete Lucy ergeben und dachte an den jungen Mann auf dem Platz. Er war verschwunden. Doch der leere Stuhl schien eine magische Kraft auszuüben.

»Mon dieu!«, seufzte nun die Lady auffällig akzentuiert. »Was zieht man nur an? Nun komm schon und hilf mir nachdenken. Die Comtesse trägt sicherlich wieder Dior? Daher werde ich Dior auf gar keinen Fall tragen. Mon dieu, diese entsetzliche Qual!«

Die Lady plapperte an Lucys Gedanken vorbei, denn Lucy erinnerte sich an ihre Flunkerei, an die Sache mit der Tante. Es war ihr einfach so herausgerutscht, so ungewollt und plötzlich. Lucy hätte sich ohrfeigen können. Aber es war passiert.

Eigentlich hätte es ihr egal sein können. Doch das war jedoch es nicht, denn dieser Junge mit seinem nachtschwarzen Haar und den kirschdunklen Augen, hatte mit seinen Blicken direkt in Lucys Herz getroffen, sehr tief und sehr heftig, denn diesen Stich verspürte sie noch immer. Beinahe hätte sie den Eisbecher umgestoßen, der so schrecklich teuer gewesen war und der eigentlich nicht auf Lucys Gehaltsliste stand …

Die Windbö musste der Himmel geschickt haben. Doch als dieser schöne Mensch vor ihr stand, hatte Lucys Stimme versagt, war einfach weggeblieben. Er hatte nicht viel gesagt, aber seine Stimme hatte wie sanftes Sandpapier geklungen, so prickelnd und streichelnd, so unsagbar schön.

Und dann diese Lady Catterfield, dieses personifizierte Unheil, das sich immer im falschen Augenblick wie ein Tornado näherte und alles in seinen Sog zerrte, auch die Momente wirklichen Glücks …

Das waren Augenblicke, in denen Lucy die Lady auf den Mond schießen oder in die Sahara hätte verbannen können, obwohl sie ihr ein ordentliches Gehalt zahlte, welches allerdings mit dem breiten Gürtel der Reichen und Schönen nicht mithalten konnte.

Dort wo die Fischer sind! Das war eine Ecke, die Lucy liebte, denn dort gab es diese Reichen und Schönen nicht, denn die paar Laternen brachten nichts zum Funkeln und Glitzern. Dafür war der Glanz umso schöner, der über dem Meer lag, besonders dann, wenn es ruhig war, wenn es wie gekräuselte Seide schimmerte und flüsternd die Steine an der Mole umspielte.

Oh, wie hasste Lucy diese Grillabende, dieses Geschnatter zwischen klirrenden Armreifen, baumelnden Ohrringen aus Diamanten und Gold oder aus Glas und Trompetenblech! Es wurde wohl nirgendwo schamloser und hinterhältiger gelogen, geheuchelt und gespöttelt als auf diesen Einladungen, und wären die geistigen Morde Wirklichkeit geworden, so läge wohl am Ende ein Schlachtfeld vor, das dem von Waterloo alle Ehre hätte machen können …

Lucy nahm sich ganz fest vor, einfach auszuwachsen. Schwer würde das nicht sein, denn ihre kleine Person war weniger als ein Gänseblümchen im Orchideengarten der Eitelkeit. Schlimmstenfalls konnte es passieren, dass die Lady einen Ohnmachtsanfall mit hinreichend bekanntem Geschick inszenierte. Das war zum letzten Male geschehen, als sie einem Mitglied des Hauses Windsor direkt vor die Füße kippte, nachdem der Earl einen Schritt zurückgetreten war und Lady Catterfield nicht mehr auffangen konnte …

Mochte sie in die Arme sinken, wem immer sie konnte oder wollte, für Lucy stand fest, dass sie gleich nach dem ersten Gläschen Champagner verschwinden würde.

Der Himmel mochte diesen überspannten Monsieur de Longeville zu jener Einladung gesandt haben, auf den die Lady seit Längerem ein heimliches Auge geworfen hatte und der ihr diesmal galant den Hof machte und ihr damit schmeichelte, indem er sie auf Ende vierzig und keine Stunde älter schätzte. Ihm verdankte es Lucy, unauffällig verschwinden zu können.

Das weiße Sommerkleidchen leuchtete durch die lauwarme Nacht. Fast lautlos auf leichten Sandalen lief Lucy durch ein paar verwinkelte Gassen und stand schließlich atemlos vor der Mole. Wie ein vom Mondlicht versilberter Pfad schien sie im Meer zu verschwinden, das wie ein Spiegel in den Horizont reichte. Es war niemand zu sehen. Aus einem der hohen Fenster mit den grünen Holzläden drang Akkordeonmusik hinaus auf Pflaster, und es bewegten sich im Takt dazu zwei umschlungene, wiegende Schatten im Kerzenschimmer des Zimmers. Lucy ließ sich auf der Mole nieder, zog die Knie ein und legte ihren Kopf darauf. Wie heiß ihr Gesicht war, fast wie fiebrig. Und das Herz schlug heftig durch den dünnen Leinenstoff. Lucy schloss die Augen und seufzte. Wer er wohl sein mochte? Vielleicht ein Student? Oder ein Kellner, vielleicht auch ein Fischer, einer der letzten seines Standes?

Schritte näherten sich. Lucy wollte den Kopf wenden. Sie tat es nicht, ganz fest hielt sie nun ihr Herz, ihr zitterndes atemloses Herz.

»Ein schöner Abend!«

Ja, es war seine Stimme, seine Tonfärbung, die Lucy aus Tausenden heraus gehört hätte. Endlich sah sie ihn an und erschauderte. Er trug einen tadellosen Anzug, schneeweiß mit interessanter Paspelierung. Das lockere Halstuch machte ihn noch eleganter, noch verwegener. Und erst diese Schuhe, die bestimmt ein Montagsgehalt gekostet haben mochten! Also, ein Fischer war er nicht, und wie ein armer Student sah er auch nicht aus. Mit beinahe auswegloser Verzweiflung betete Lucy, er mochte nicht zu den Reichen und Schönen gehören, denn dann konnte alles nur ein Spiel bleiben und vielleicht ein Hauch von einem schönen Traum …

»Nun, hat Sie die Tante gehen lassen?«, fragte Pierre und ließ sich neben ihr nieder. Die Art und Weise, wie achtlos er mit dem noblen Anzug umging, verstärkte Lucys Ahnungen.

»Ich musste ein wenig flunkern«, log sie.

»Ich auch«, gestand Pierre. »Sie haben eine seltsame Tante und ich einen schrecklichen Onkel.«

»Ach ja?«

»Monsieur de Longeville, Sie haben sicherlich von ihm gehört?«

»Und ob«, erwiderte Lucy, und es hörte sich an, als habe man einen Sargdeckel zugeklappt. »Ein charmanter Herr«, fügte sie düster hinzu.

»Finden Sie?«, fragte Pierre.

»Er ist reich, nicht wahr? Dann haben Sie ja keine Sorgen, nicht wahr?«

»Die haben Sie doch auch nicht, Lucy, mit einer so begüterten Tante, oder?«

Lucys Herz plumpste abwärts. Noch vor einer halben Stunde war sie wild entschlossen gewesen, den peinlichen Irrtum aufzuklären. Aber sie konnte dem Neffen von Monsieur de Longeville nicht beichten, welch armes Würstchen sie war und dass sie nur von den Brosamen der Lady lebte? Nein, das ging wirklich nicht! Es war unmöglich!

»So wie ich Sie einschätze, geben Sie sich nicht mit einfachen Dingern ab. Ich meine – nun ja, Sie hätten es doch leicht und bekämen zehn an jeden Finger, wenn nicht mehr?« Zwiespältig sah Lucy ihn an.

»Man ist wählerisch«, meinte er und befühlte das schmale

152

Bärtchen auf der Oberlippe, wobei er sich mit Grauen daran erinnerte, dass er sich bei dieser Prozedur beinahe in die Lippe geschnitten hätte. »Nun, Sie sind ja kein armes Mädchen, keines von diesen Schmetterlingen, die von einer Blüte zu anderen tänzeln, oberflächlich und …«

»Leicht zu haben, wollten Sie sagen, nicht wahr?« Ihre Stimme zitterte vor Empörung. »Auch reiche Mädchen können leichtsinnige Geschöpfe sein, und manche von ihnen sind ebenfalls leicht zu haben. Ich meine – nun, es ist eben alles relativ …«

»Sehr relativ«, bestätigte er und rückte näher. Sie rückte ab, ließ es aber dann doch geschehen, dass er seine Hand auf ihre nackte Schulter legte, wobei sie ein Gefühl unsagbar schöner Schwäche empfand und sich ein Seufzer von ihren Lippen löste.

»Ach du liebe Zeit!«, rief sie plötzlich.

»Was ist denn?«

»Sie dürfen es Ihrem Onkel nicht sagen, dass wir zusammen waren. Er könnte es meiner Tante erzählen, und sie ist doch, sie ist doch so furchtbar prüde, sie ist, nun ja …«

»Schrecklich?«

»Ja, ganz furchtbar schrecklich«, hauchte sie erlöst und sah ihn an. In seinen Augen funkelte das Mondlicht, sein Mund, herb und männlich, leuchtete sie an und kam immer näher.

»Wir werden beide schweigen, denn es ist unser Geheimnis«, flüsterte er, bevor er sie küsste.

»Ich – ich war noch nie, nie so verliebt«, stammelte Lucy atemlos, als er sich und Lucy eine Pause gönnte.

»Und – ich – ich auch nicht …« Seine Worte erstickten unter den langen Küssen, die Lucy hingebungsvoll und leidenschaftlich erwiderte. Dann machte sie sich plötzlich frei und sah ihn an.

»Ich befürchte nur«, sagte sie ganz nüchtern, »es wird eine Katastrophe mit uns werden!«

»Das allerdings befürchte ich auch, Lucy«, meinte er tiefsinnig und suchte ihre kleine Hand.

Pierre erwachte mit dösigem Kopf und erinnerte sich, dass die kleine Lucy plötzlich weggelaufen war. Und wenn er sich nicht allzu sehr getäuscht hatte, musste sie geschluchzt haben. Das hatte ihm einen verzweifelten Kummer eingebracht, der ihn vier Pernod in einer kleinen Kneipe kostete, die er jetzt wiederum mit einem dicken Kopf bezahlte. Und dann ließ ihn auch noch der alte de Longeville, dieses Scheusal, zu sich rufen. Er wirkte aber, im Gegensatz zu anderen Tagen, heute ziemlich aufgeräumt.

»Nun, mein Lieber, haben wir ein bisschen über die Stränge geschlagen?«, fragte Monsieur launig.

Ich vielleicht, dachte Pierre gallig, *ob du das geschafft hast, alter Knabe, weiß ich nicht!*

»Ich möchte heute mit Lady Catterfield einen Ausflug nach Nizza unternehmen«, eröffnete Monsieur de Longeville. »Vielleicht bleiben wir sogar über Nacht – wer weiß?« Seine wässrigen Augen funkelten hinter den dicken Brillengläsern, die ihn so hässlich machten wie einen Frosch.

»Oh – o!«, stöhnte Pierre und dachte siedendheiß an die Nichte der Lady Catterfield. »Ich kann nicht. Ich habe …«

»Vielleicht Durchfall?«, argwöhnte Monsieur.

»Ja, schrecklich schlimmen Brechdurchfall!«, log Pierre. »Peinlichen Brechdurchfall. Sie sehen, ich kann nicht fahren. Es tut mir leid, Monsieur, wirklich leidtut es mir.«

»Nehmen Sie eine Aspirin oder sonst etwas und gehen Sie zu Bett. Wer Pernod nicht verträgt, sollte ihn nicht trinken. Hoffentlich sind Sie morgen wieder auf dem Damm, denn ich weiß nicht, was wir vorhaben.«

Dieses wir löste beispiellose Panik aus und Pierre durchkramte sein Hirn nach allen möglichen Krankheiten, die seine Verfügbarkeit unmöglich machen konnten. Mühsam beruhigte er sich und besann sich darauf, den ganzen Nachmittag über Zeit zu haben, sich ein schlimmes, ein womöglich ansteckendes Leiden auszudenken. Es musste ihm etwas einfallen, denn der Nichte wollte er nicht begegnen, jedenfalls nicht auf diese Weise, denn eine katastrophale Blamage wäre ihm so sicher gewesen wie das Amen in der Kirche.

Kurz, nachdem sich Lucy in ihr kleines Zimmer geschlichen hatte, in die Beikammer neben dem pompösen Räumen der Lady, ratterte auch schon die Klinke wie eine Gewehrsalve.

»Bist du da, Lucy? Ich weiß, dass du da bist! Öffne sofort, hörst du?« Die Lady war schrecklich aufgeregt, woraus Lucy schloss, dass es auf dem Barbecue wieder zu einem Eklat gekommen sein musste und ihre Brötchengeberin die Abwesenheit bemerkte hatte. Lucy wischte sich über das verheulte Gesicht und beschloss, sich schlafend zu stellen. Doch ihr Schweigen reizte scheinbar zu noch heftigerem, ungeduldigerem Rattern, so schlimm, dass der Türstock zu zittern begann.

»Ich – ich schlafe doch schon«, wisperte Lucy, was ihr mit der verweinten Stimme auch nahezu perfekt gelang. «Ich bin sooo müde, Mylady.«

»Du machst auf!«, tönte es schrill. «Sonst komme ich über den Balkon und schlage, weiß Gott, das Fenster kaputt!«

Lucy wurde heiß und kalt, denn sie wusste, die Gnädige konnte ernst machen. Sie hatte es bewiesen, indem sie einmal einem Zimmerkellner einen Cognacschwenker ins Kreuz geworfen hatte, weil er mit dem verkehrten Getränk gekommen war ...

Rasch war Lucy den Morgenrock über, sperrte die Tür auf und huschte zur Bettkante. Die Lady stand, in einen seidenen Nachtrock gehüllt und mit Schwanenpantöffelchen bekleidet, im schummrigen Licht und trug einen Turban, dem Beweis dafür, dass sie ihre Perücke bereits abgelegt hatte.

»Morgen musst du frisch sein«, sagte sie. »Wir reisen nach Nizza. Ich möchte dort einige Einkäufe tätigen und frage mich, wer das alles tragen soll, wenn du nicht mitkommst?«

Lucy kannte diese Einkaufstouren, mit denen es bisweilen eine groteske Bewandtnis hatte, denn die Lady hatte einen Sport daraus gemacht, den von ihr ungeliebten Damen die Sachen vor der Nase wegzukaufen, selbst dann, wenn sie diese Dinge weder brauchte noch liebte und sie gleich hinterher wieder wegwarf.

»Monsieur de Longeville, dieser unvergleichlich bezaubernde Gentleman, hat mich eingeladen«, sagte sie voller Wonne. «Vielleicht bleiben wir sogar über Nacht!«

»Oh du lieber Himmel!«, rief Lucy und legte die Hand vor ihren Mund. Vom Scheitel bis zu den Fußzehen war dieser Schreck gezuckt, und dieser Schreck hieß Pierre. Ihm wollte sie nicht begegnen, jedenfalls nicht auf diese Weise. Ihr Lügengebäude würde auffliegen wie ein zerfleddertes Federkissen. Und das Schlimmste daran war, dass sie Piere danach wohl niemals wieder küssen würde ...

»Ich – ich kann nicht«, ächzte Lucy.

»Wie – du kannst nicht?«

»Ich fürchte, ich werde unwohl sein, Mylady. Und Sie wissen doch ...«

»Ich weiß, dieses bisschen *Frau-sein*, macht dich unausstehlich! Gottlob hatte ich nie diese schlimme Last.

Nimm eine Aspirin und leg dich ins Bett. Es muss mir halt ein Ladenboy die Sachen tragen. Recht ist es mir nicht, aber lieber als dein Gejammer.«

Dann schloss sich die Tür, um sich gleich darauf wieder zu öffnen. Der Turban guckte zurück ins Halbdunkel. »Vielleicht lädt er uns zu sich auf sein Schlösschen an der Loire ein? Wer weiß«

Und jetzt war Lucy wirklich richtig schlecht. Sie bohrte ihr Gesicht in Kissen und begann wieder zu weinen. Sie heulte, weil sie sich so dumm vorkam und vor allem deshalb, weil es in der Welt so ungerecht zuging.

Die Herrschaften waren weg. Sowohl Lucy als auch Pierre überlegten, was man mit dem freien Tag anfangen konnte. Und weil ihnen nichts Besseres einfiel, als zur Mole zu gehen, kamen sie gleichzeitig dort an und war daher keine allzu große Überraschung.

»Warum bist denn du gestern plötzlich weggelaufen?«, wollte Pierre wissen. »Habe ich mich vielleicht unanständig benommen? Sag mir jetzt bloß nicht, ich hätte die Küsse erzwungen, denn …«

»Nein, nein«, fiel sie ihm hastig ins Wort. »Ich bin eine dumme Gans, ich weiß. Ich war halt so schrecklich glücklich und habe es nicht mehr ausgehalten, verstehst du?«

»Und ich habe meine Gedanken in Pernod ertränkt, von dem mir jetzt noch schlecht ist. Mein Onkel ist nach Nizza gefahren. Ich wollte nicht mitkommen.«

Lucy grinste ihn an. »Ich weiß«, sagte sie dann bedeutungsvoll. »Meine Tante ist mit von der Partie. Auch ich habe mich gedrückt.«

»Na wunderbar!«, rief Pierre. »Dann hole ich den Wagen und wir fahren ein Stück über Land, dorthin wo wir ganz alleine sind.«

»Oh ja!«, jubelte Lucy. »Wir könnten doch in dieses wundervolle Weinlokal gehen. Von dort aus hat man einen so schönen Blick über das Meer. Es ist gar nicht so schrecklich teuer, wenn man bedenkt ...«

»Nein, es ist wirklich nicht sehr teuer«, sagte Pierre großspurig und ihm wurde richtig schlecht, als er nun die Ziffern auf der Speisekarte vor seinem geistigen Auge aufmarschieren sah. »Es ist ja nicht so, dass man es nicht hätte ...«

»Eben!«, fiel ihm Lucy erleichtert ins Wort.

»Bis gleich«, sagte Pierre. »Du wartest hier. Nicht weglaufen, hörst du?«

»Aber nein, gewiss nicht«, versprach sie und wurde ganz kribbelig.

Das Gefühl, mit ihm über Land zu fahren, war herrlich, war ganz unvergleichlich. Köstlich waren der Hummer, das zart gebackene duftende Brot und der goldgelbe Käse. Vom tiefroten Wein bekam Lucy einen kleinen Schwips, der sie kichern ließ.

Aber dann!

Ein Donnerschlag, denn die Lady und der froschäugige Monsieur waren wie Gespenster aus dem Nichts aufgetaucht und standen wie Rachegötter aus dem Hades vor den selig Verliebten.

»Mit meinem Wagen ..., und von wegen Brechdurchfall ...« keuchte Monsieur de Longeville.

»Mit meinem Schal ..., und von wegen unwohl sein. Lucy, du bist gekündigt!« schnaubte die Lady außer sich. Aber es fiel ihr nicht ein, einfach umzukippen. Sie bewies Nerven.

»Und Sie, Pierre, Sie fliegen hinterher. Sie waren mein Chauffeur. Sie sind es gewesen!« Monsieur machte einen Punkt, indem er mit der Hand auf die Tischplatte klatschte und den Wein überschwappen ließ. Dann nahm die Lady galant seinen Arm und entschwebte mit ihm zum Terrassengarten.

Lucy und Pierre sahen einander an. Ihre Blicke waren bekümmert und beschämt, und das Schweigen war ganz fürchterlich, denn es bedurfte keiner Erklärungen …

»Weißt was«, begann Piere, »ich habe mein Zelt dabei, und ich kenne eine Stelle am Meer, an der uns keiner stört. Ein bisschen Geld habe ich auch noch.«

»Ich habe auch noch so viel«, zirpte Lucy und ließ zwischen Daumen und Zeigefinger einen ganz schmalen Spalt. »Wenn wir uns einschränken …?«

»Worauf warten wir noch?«, fragte Pierre und bot ihr den Arm. Und so entschwebten sie beide, vorbei an der Lady und an dem Monsieur, schwebten in die grenzenlose Freiheit der Glückseligkeit, die nur die Macht der Liebe zaubern kann und die den Augenblick in eine Ewigkeit verwandelt …

Oleander vom Lago Maggiore

Leonies Großmutter besitzt ein Oleanderbäumchen und pflegte es mit großer Liebe und Hingabe. Als es einmal zu kränkeln beginnt und die Großmutter traurig wird, ahnte Leonie ein Geheimnis, das sich mit dem Bäumchen verbindet. Dann lädt sie Leonie zu einer Reise an den Lago Maggiore ein, zu einer Reise in die Vergangenheit und ins Glück …

»Findest du nicht, mein Kind, dass mein Oleander wieder ganz wundervoll blüht?«

»Ja, er blüht wirklich herrlich, Omi«, stimme Leonie zu und sah der alten Dame zu, wie sie liebevoll, ja fast zärtlich eine welke Blüte abknipste. »Das Bäumchen wird von Jahr zu Jahr schöner. Wie du das nur machst?«

»Ach ja«, seufzte Rosalie. »Mein Oleander braucht viel Aufmerksamkeit. Letztes Jahr war mir richtig bange, denn er hatte entsetzlich viele Schildläuse. Du liebe Zeit, was habe ich alles angestellt, um das Viehzeug wegzukriegen! Aber nun …«

Sie lächelte und fuhr sich über ihr silbern schimmerndes Haar, das sie nicht weniger pflegte als ihren Oleander. Seit einigen Jahren war sie Witwe. Sie hatte an der Seite von Leonies Großvater Johannes, der ein bekannter Biologe gewesen war, ein sehr schönes Leben gehabt.

Manchmal, wenn Rosalies Blick auf den weißen Blüten ruhte, glaubte Leonie zu ahnen, dass sich mit dieser Pflanze ein Geheimnis verband. Doch eine unbekannte Scheu hielt sie davon ab, die Großmutter danach zu fragen.

Leonie studierte Kunst und Geschichte und war bei ihrem Vater aufgewachsen, der sie allein erzogen hatte, nachdem Leonies Mutter in jungen Jahren verstorben war und er nicht wieder geheiratet hatte. Selbstverständlich hatte Rosalie großen Anteil an der Erziehung ihrer Enkelin gehabt. Sie hingen beide mit inniger zärtlicher Liebe aneinander und hatten keine Geheimnisse voreinander, bis auf jenes, das sich vielleicht in den duftenden Blüten des weißen Oleanders verbarg.

Einmal, an einem trüben regnerischen Tag, traf Leonie die alte Dame ganz traurig im Wintergarten an. Sie saß in ihrem Korbstuhl und betrachtete ihr Bäumchen.

»Ich weiß nicht, was es hat«, klagte sie niedergeschlagen. »Es hat über Nacht ein paar gelbe Blätter bekommen. Läuse hat es keine.«

»Es hat vielleicht einen Zug bekommen«, vermutete Leonie. »es ist ja plötzlich so lausig kalt geworden. Der Oleander braucht viel Sonne.«

»Ja, viel Sonne braucht er, und einen blauen Himmel, und vielleicht auch den See …«

»Den See?«, erkundigte sich Leonie neugierig geworden und zog den zweiten Korbstuhl herbei. Rosalie hielt ein gelbes Blatt in den Fingern und betrachtete es versonnen. Dann hob sie den Kopf und hatte, wie es Leonie schien, einen feuchten Schimmer in ihren silbergrauen Augen.

»Ja, den See, den Lago Maggiore«, sagte sie versonnen. »Von dort habe ich nämlich den Oleander mitgebracht. Er war so winzig klein, und ich habe gar nicht geglaubt, dass er einmal so schön und so groß werden könnte.«

»Du warst am Lago Maggiore?«

»Oh ja, mein Kind«, sagte Rosalie. Ein Leuchten trat in

ihre Augen. »Ich war dort, und ich war so herrlich jung, weißt du. Wundervolles Tessin! Ach, dieser Duft, diese Blüten, der See und die Berge …«

Rosalie schloss die Augen und sog diesen fernen Duft ganz tief ein. Als sie ihre Augen wieder öffnete, glaubte Leonie eine ganz tiefe Liebe auf dem Grund dieser Augen zu sehen. Eine Liebe, so schön und so geheimnisvoll wie der weiße Oleander vom Lago Maggiore.

»Erzähl mir von dort, bitte, bitte!« Leonie nahm Rosalies Hände und sah die geliebte Omi mit bettelnden Blicken an. »Wann warst du dort? Und warum? Wie lange bist du geblieben?«

Rosalie lachte ein leises klingelndes Lachen und bog dabei den Kopf ein wenig zurück. Sie tätschelte Leonies Hand und schüttelte dabei ein wenig den Kopf.

»So viele Fragen auf einmal. Ja, das ist die Jugend. Die Jugend …, ach ja …, diese Jugend von damals …« Ihre Stimme schwebte der Erinnerung nach, die Leonie nun auf ihrem Gesicht ablesen konnte. »Es war so schön«, flüsterte sie. »Und nun ist das Bäumchen krank geworden.« Sie stand auf und sah durch die Scheiben hinaus in den Garten. Wie Tränen rannen die Regentropfen am Glas herab. Plötzlich drehte sie sich um und sah ihre Enkelin wie erwachend an. »Ich möchte ins Tessin reisen«, sagte sie einem plötzlichen Entschluss folgend. »Möchtest du mich begleiten, Leonie? Nur ein paar Tage, ja?« Nun waren es ihre Augen, die bettelten. Augen, in denen beinahe eine fast wilde Sehnsucht schimmerte.

»Wenn dir so viel daran liegt, Omi?«

»Oh ja, mein Kind!« Sie trat ein paar Schritte auf Leonie zu. »Oh ja, es liegt mir sehr viel daran. Wir reisen bald! Ja, wir fahren schon morgen! Ach, du liebe Zeit, dann muss ich packen. Ich möchte gleich packen. Hilfst du mir dabei?«

Leonie wunderte sich über diesen ungewohnten Eifer, denn allgemein pflegte Rosalie alles genau zu planen und war kein Mensch der schnellen Entschlüsse. Das Geheimnis vom Lago Maggiore schien sich zu verdichten und zog Leonie immer mehr in seinen Bann.

Der Lago Maggiore empfing sie im hellen Sonnenschein. Glitzernd wie ein großer Edelstein leuchtete der See zwischen den Bergen und Wäldern. Seine Ufer waren gesäumt vom blendenden Weiß der Häuserwürfel, die fast wie liebevoll verstreut in den bunten Gärten lagen.

Locarno! Eine heitere Stadt, die sich wie eine Primadonna in Musik und Fröhlichkeit badete. Lachende gebräunte Gesichter, sorglos und fernab von den bitteren Dingen des Lebens, getragen von der mitreißenden Leichtigkeit des Seins unbeschwerter Südländer.

»So groß ist alles geworden«, sagte Rosalie staunend. »Sieh nur, dort wo jetzt die vielen weißen Schiffe liegen, dort war damals ein ganz kleiner Hafen mit einer winzigen Mole«, fuhr sie zu plaudern fort. Ihre Blicke wanderten suchend über die braunroten Ziegeldächer hinweg und blieben schließlich etwas ratlos auf Leonies Gesicht haften.

»Nun, es verändert sich alles, Omi«, bemerkte Leonie. »Denkst du nicht, wir sollten uns um ein Quartier bemühen? Es scheint mir alles ziemlich voll zu sein?«

»Im *Casa Romeo* werden wir etwas bekommen. Da bin ich mir sicher. Ich denke, wir gehen dort hinauf, vorbei an der kleinen Kapelle. Komm nur mit. Ich kenne mich aus, mein Kind.«

Leonie folgte der Großmutter, deren Schritte jedoch nach einer Weile langsamer wurden. Schließlich blieb Rosalie stehen und sah sich um. Dann fragte sie einen Passanten etwas auf Italienisch.

»Questa?«, fragte sie schließlich staunend und hob ihren Blick zu einem großen weißen Haus mit weißen Arkaden, an denen himmlisch schöne Kletterpflanzen rankten.

»Si, Signora, si, la *Casa Romeo*!«, antwortete der kleine Mann gestikulierend.

»Ich wusste gar nicht, dass du Italienisch sprichst?«, fragte Leonie verwundert.

»Nun, gemessen an den Kenntnissen, die dein Großvater hatte, ist das bei mir eher bescheiden zu nennen«, antwortete Rosalie. »Das Haus ist ja dreimal, nein, zehnmal größer als damals. Es hat bestimmt hundert Zimmer oder mehr. Ach du lieber Himmel. Wir müssen es versuchen!«

Sie betraten die kühle Halle. Palmen und Philodendren tauchten sie in dämmriges Grün. Zaghaft trippelte Rosalie zur Rezeption und fragte etwas, das Leonie nicht verstand. Rosalie war unterdessen rot geworden wie ein Schulmädchen und zupfte an ihrer Bluse herum. Dann wartete sie eine Weile in scheinbar drängender Ungeduld.

»Rosalie! Ist es denn möglich?«

Ein schlanker Mann im schneeweißen Anzug eilte durch die Halle heran. Leonie erkannte, dass sein angegrautes Haar wohl einmal von tiefem Schwarz gewesen sein möchte. Noch immer war er schöner Mann.

»Lorenzo«, sagte Rosalie. Sie stand da, so klein, so verschüchtert und doch so strahlend. Wie Sterne leuchteten ihre Augen und schimmerten feucht. »Ach, Lorenzo …«

»Du bist wiedergekommen, Bella mia«, sagte der Mann fast atemlos. Dann nahm er Rosalie in seinen Arm. Da wusste Leonie, dass Großmutter diesen Mann einmal sehr geliebt haben musste und das auch noch heute diese Liebe ferner Tage aus ihren Augen strahlte. Was sie einander sagten, war ein Schwall südländischer Begeisterung, neben dem sich Leonie ganz klein vorkam und deshalb ein paar Schritte zurücktrat.

»Das ist meine Enkeltochter Leonie«, stellte Rosalie schließlich vor. »Und das ist Lorenzo di Sorinella. Lorenzo ist ein richtiger Conte, Leonie. Wir haben uns vor vielen Jahren hier getroffen, und …«

»Ich glaube, ich weiß nun, woher dein Oleander stammt, Omi«, sagte Leonie lächelnd, nachdem Rosalie betreten zu Boden geblickt hatte.

»Ja, Lorenzo hat ihn mir geschenkt«, gab Rosalie zu. »Aber jetzt weiß ich, dass mein Oleander wieder gesund wird und dass ihm nichts fehlt. Lorenzo hat uns eingeladen, seine Gäste zu sein. Ach, wie ist es herrlich, wieder hier zu sein, nach all den Jahren …«

Lorenzo di Sorinella war der Besitzer dieses schönen Hauses, das wohl damals nur eine ganz kleine Pension gewesen war. Er führte Rosalie und Leonie persönlich auf die Zimmer.

»Eco!«, rief er und breitete die Arme über dem Lago Maggiore aus, der sich vor den blütenumrankten Arkaden wie eine märchenhafte Bühne auftat und Leonie atemlos machte. »Eure Suite – für euch ganz allein, die schönste Suite im *Casa Romeo*!«

Später kam Lorenzo und holte sie beide zum Abendessen ab. Auf der Terrasse, etwas abseits von den übrigen Gästen, erwartete sie ein phantasievoll mit Blumen und Früchten gedeckter Tisch. Aus den Windlichtern schimmerte Kerzenschein und ließ den roten Wein in den Karaffen wie Rubin funkeln. Ein Bild, das die Seele streichelte …

Über den Gipfeln leuchtete Abendsonnenschein und überhauchte die Berge und den See mit einem rosigen Schein. Und aus dieser Abendglut tauchte ein bildschönes Männergesicht vor Leonie auf. Wie angezaubert standen sich nun zwei Menschen einander gegenüber.

»Das ist mein Enkelsohn Silvio«, stellte Lorenzo vor. »Mein ganzer Stolz! Mein Sohn Leonardo, Silvios Vater, leitet unser Hotel in Ascona. Später wird Silvio einmal Herr über das *Casa Romeo* sein!«

»Und ganz der Großvater«, sagte Rosalie fast andächtig, während sie den jungen Mann musterte. Leonie überkam eine merkwürdige Scheu, eine Befangenheit, die sie nie vorher so gespürt hatte. Ihre Hand zitterte ein wenig, als sie das Glas hob und über den Rand hinweg in diese Männeraugen blickte. Es waren Augen, so blau wie der Sommerhimmel über dem See, überschattet von schweren dunklen Wimpern. Sie hoben sich wie ein Vorhang und diese Blicke traf Leonie mitten ins Herz. Ein leises Prickeln spürte sie dabei zwischen ihren Schulterblättern, nicht warm, nicht kalt, doch unsagbar schön.

Silvio betrachtete Leonie schweigend, und sie hätte es sich nicht vorstellen können, wie es gewesen wäre, hätte er jetzt zu sprechen begonnen? Vielleicht wäre der Zauber des Augenblicks verflogen so wie die zarten Nebel, die das abendliche Ufer säumten …

Rosalie und Lorenzo unterhielten sich leise. Manchmal kicherten sie wie junge verliebte Leute, und manchmal legte Lorenzo seine Hand auf Rosalies Hand und ihre Blicke versanken tief ineinander, schienen sich wie ein unsichtbares Band zu verschlingen und ließen ein Lächeln um die Lippen spielen, hinter dem wohl all der Zauber einer alten Liebe verborgen lag.

»Du hast Lorenzo sehr geliebt, nicht wahr, Omi?«, fragte Leonie zaghaft, als sie beide später auf der großen Terrasse vor ihrer Suite standen. Rosalies Hände ruhten auf der steinernen Balustrade und ihre Augen blickten versonnen hinaus auf den nächtlichen See. Wie ein Silberstreif lag das

Mondlicht über dem dunkelblauen Wasser.

»Oh ja«, sagte Rosalie und drehte sich um. Wie unsagbar zärtlich und jung ihr Gesicht in diesem Augenblick war und wie schön es die Erinnerung machte! »Ich habe ihn über alles geliebt, Leonie. Und ich glaube, ich lieb ihn noch heute!« Sie gab sich einen kleinen Ruck und fuhr mit etwas nüchterner Stimme fort: »Du darfst nicht glauben, ich hätte Großvater nicht ebenso oder weniger geliebt! Oh nein, er war ein wundervoller Mann und ich hatte ein so reiches, ein so schönes Leben an seiner Seite. Lorenzo habe ich mir als Traum behalten, in all diesen Jahren. Er war als weißer Oleander bei mir. Er hat mich getröstete, als mich dein Großvater verlassen musste …«

»Und warum bist du damals nicht bei ihm geblieben?«, fragte Leonie mit belegter Stimme.

»Ach Kind!«, seufzte Rosalie und streichelte die Hand ihrer Enkelin. »Ich war ein Aupair-Mädchen, hatte damals einen Einjahresvertrag für die Schweiz und habe ich *Casa Romeo* als Hausmädchen gearbeitet. Es gehörte Lorenzos Eltern.«

»Du hättest bleiben sollen.«

»Vielleicht«, gab Rosalie versonnen zu. »Ich habe es nicht getan. Vielleicht weil ich dumm war? Vielleicht deshalb, weil mir der Mut fehlte? Oder meine Liebe war nicht groß genug. Es ist Vergangenheit, mein Kind. Und so wie es ist, so ist es gut.«

»Du hast dich immer nach ihm gesehnt.«

»Quatsch«, meinte Rosalie etwas trocken. »Ich hatte doch meinen Oleander! Er hat mir genug Arbeit gemacht, und ich musste immer achtgeben, dass er mir nicht eingegangen ist. Ich habe ihn durchgebracht!«

Ja, sie hatte ihn durchgebracht. dass sie sich auch damit ihre Liebe bewahrt und sie über die Zeit hinaus gerettet hatte, sagte sie nicht. Das war immer ihr Geheimnis gewesen, tief in ihrem Herzen verborgen und zugesperrt mit dem goldenen Schlüssel der Erinnerung. Manchmal hatte sie diesen Schlüssel vielleicht verlegt, hatte aber immer das Glück gehabt, ihn wiederzufinden. Und nun hatte sie es endlich gewagt, ihn hervorzuholen und das kleine Kästchen aufzuschließen. Wie war der Traum von einst in dieser Verborgenheit gewachsen! Er war so schön und so groß wie der Oleander daheim in Rosalies Wintergarten. Er hatte ein paar gelbe Blätter bekommen, die sich leicht abzupfen ließen. Aber nie hatte er reicher und schön geblüht, niemals vorher köstlicher geduftet als jetzt, nachdem ihn die Sehnsucht hervorgeholt hatte, diesen heimlichen Traum.

»Er hat mich eingeladen, Omi. Silvio hat mich zu einer Bootsfahrt eingeladen! Himmel, was soll ich anziehen?«

»Ach, du großer Gott!«, flehte Rosalie und schlug die Hände zusammen, wobei sie flehend zum Himmel blickte. »Eine Bootsfahrt auf dem Lago Maggiore zusammen mit einem wundervollen Mann! Und da quält sich das Kind mit Kleiderfragen herum! Zieh etwas an, irgendetwas Buntes. Und dann lauf los und versäume nicht die Zeit. Genieße jeden Augenblick, Leonie, jeden einzelnen Augenblick, denn morgen ist er schon Vergangenheit. Und dann bleibt dir vielleicht auch nur ein Oleander und der Ärger mit den Schildläusen!«

»Omi, du sagst das so ...« Leonies Stimme brach ab. Sie blickte verlegen auf ihr Schuhspitzen.

»Na, wie sag ich es denn, meine Kleine? Meine Haut ist ein bisschen schrumplig geworden, und ich bin sicherlich schlecht beim Hundertmeterlauf. Aber hier, in meiner Brust, da ist noch alles ganz lebendig. Mein Herz hat das Alter nicht blind werden lassen. Nein, sag nichts, mein kleiner

Kindskopf. Lauf los, lauf nur!«

Leonie zog ein weißes Leinenkleid an und schlüpfte in sommerliche Sandalen. Ihr blondes Haar hielt sie mit einem bunten Tuch zusammen. Dann lief sie leichtfüßig hinunter zum Hafen und kam atemlos dort an. Durstig atmete sie vom schnellen Lauf, durstig bis hinein in die Seele.

Silvio stand am Kai. Er trug ein offenes Sommerhemd. Glitzernd leuchtete die goldene Kette auf seiner Brust, und er reichte ihr seine Hand. Es war ein fester Griff. Mit einem Schwung holte er sie in sein weißes Boot und führt ein paar Atemzüge waren sich ihre Lippen ganz nah …

»Wohin soll ich dich fahren, Leonie?«, fragte Silvio. Seine Stimme war fast wie ein Streicheln. »Weißt du, der Schweizer Teil ist der kleine Teil des Sees. Fahren wir zur italienischen Seite? Oh, ja, wir fahren zur Isola Bella! Magst du?«

»Wohin du willst, Silvio, es ist mir gleich!«, rief Leonie. Silvia startete den Motor und das schnittige Boot schoss hinaus auf den See und ließ zog einen weißen sprühenden Schweif hinter sich her.

»Nicht so schnell!«, rief Leonie. Der Fahrtwind riss ihr fast die Worte von den Lippen und Silvio lachte wie ein Junge, dem es Vergnügen bereitete, ein kleines Mädchen zu ängstigen.

»Halte dich fest an mir!«, rief er fröhlich.

»Halt du mich fest!«

»Dann müsste ich das Steuer loslassen!«

»Oh nein, bitte nicht.« Sie legte ihre Arme um seinen Hals und ihren Kopf auf seine Schulter und entsann sich der Worte Rosalies. Sie wollte ihn genießen, diesen Augenblick.

Hand in Hand bummelten sie durch den herrlichen Schlosspark der Insel, die wie eine Perle im See lag. Unzählige Touristen bevölkerten das Eiland. Es war laut und quirlig. Aber hier im Park gab es stille Ecken. Kamelien und Oleander blühten um die Wette.

»Italiener!«, sagte Lorenzo ein wenig spöttisch.

»Du bist doch auch einer!«

»Irrtum – ich bin Schweizer«, verbesserte er.

»Und wo, bitteschön, liegt der Unterschied?«, erkundigte sich Leonie belustigt.

»Genau zwischen Emmentaler und Parmesan«, erklärte Lorenzo. »Ich bin Emmentaler, und diese Leute sind Parmesani!«

»Emmentaler ist löchrig«, bemerkte Leonie.

»Und Parmesan ist ungenießbar, wenn du ihn nicht reibst«, beharrte Lorenzo eigensinnig.

»Und ich – was bin ich?«, fragte Leonie. Da blieb er stehen und hielt sie ein Stück weg von sich.

»Du – du bist, nun, du bist wie der weiße Oleander vom Lago Maggiore«, sagte er ihr dann leise ins Ohr. »Oder wie rote Rosen aus Locarno.«

Da riss sie sich los und begann zu laufen. Silvio lief ihr nach und erreichte sie am Boot. Atemlos standen sie einander gegenüber.

»Warum läufst du fort von mir?«, fragte Silvio.

»Ach, vielleicht weil ich dumm bin«, sagte sie. »Ich weiß es nicht. Ich …«

»Du bist eben ein deutscher Romadur«, meinte Silvio und zog sie lachend in seine Arme.

Der See war still geworden, die Gassen in Locarno wurden ruhiger und der Himmel begann in vielen Farben zu leuchten. Leonie schlenderte neben Silvio her. Es gab sie noch, die kleine Mole. Doch lag sie nicht, wie damals, dort am Hafen, sondern fernab in einer stillen Bucht, in der ein paar alte Boote träge schaukelten.

»Ich komme gern hierher«, sagte Silvio. »Es ist unser

letzter Abend. Morgen fährst ihr weg, und ich ...«

Sie setzten sich auf den Steg. Irgendwo spielte jemand auf einer Mandoline und drüber, am anderen Ufer blitzten die ersten Lichter auf.

»Ich komme wieder«, versprach Leonie.

»Das glaubte ich nicht«, stritt er ab. »Nein, du sagst es nur. Und es wird so sein, wie es zwischen Lorenzo und Rosalie gewesen ist. Sie haben sich nicht wiedergesehen.«

»Oh doch, sie haben sich wiedergesehen!«, widersprach Leonie.

»Ja, aber erst nach so vielen Jahren.«

»Das war gut so«, flüsterte Leonie. »Denn sonst gäbe es uns doch nicht. Sonst könnten wir nicht hier sitzen und miteinander träumen.«

»Wir träumen den gleichen Traum«, sagte Silvio. »Warum leben wir ihn nicht, Leonie? Oder willst du, dass dir auch nur ein kleiner weißer Oleander bleibt, den du dein Leben lang pflegst und um den du bangst?«

Leonie schloss die Augen und lauschte in sich hinein. Sie dachte an Rosalie und an all die Jahre mit dem weißen Oleander, an all die Liebe, die nur im Verborgenen geblüht hatte.

»Ja, schenk mir einen weißen Oleander«, bat Leonie. »Aber ich werde ihn nicht mitnehmen. Ich will bei ihm bleiben und ihn hier pflegen, will zusammen mit ihm wachsen, denn er braucht bestimmt viel Sonne, vielleicht auch die Berge, den See und den Himmel ...«

»Und ganz viel Liebe wird er brauchen, Leonie, ein ganzes Herz voll Liebe«, flüsterte Silvio an ihrem Ohr. »Dann wird er eines Tages prächtig blühen, dein weißer Oleander von Lago Maggiore ...«

»Und er wird niemals Schildläuse haben«, hauchte Leonie, bevor seine Lippen ihren Mund berührten.

Rosen aus Marzipan

Die bezaubernde Christl hat nicht nur ein schönes Kaffeehaus, sondern auch den Bäckergesellen geerbt. Es wäre ja alles nicht so schlimm, wenn der Franz außer Semmeln und Brot noch ein bisserl was Feineres backen könnte. Ob da der smarte Gast helfen kann, der von sich behauptet, ein Konditor zu sein …?

»Ach Franzl«, klagte Christl, »das sind doch keine Florentiner! Plompenzieher sind das, jawohl das sind ja richtig harte Dinger. Am Ende wird uns noch die Frau Hofrat Kienberger verklagen, weil die Florentiner ihre goldenen Zahnkronen ramponieren!« Bekümmert betrachtete Christl das Gebäck, die Franz schnaufend angeschleppt hatte. Sein kreisrundes Gesicht wirkte betreten. Die Florentiner waren kleine Kunstwerke und sahen lecker aus. Aber man musste sie halt auch genießen können. Christl seufzte und schaute hinaus in den blühenden Garten. Gerade hatte die Kolwitzien ihre Pracht entfaltet und rannen als duftende Kaskaden in den Kaffeehausgarten hinein. Prächtig rote Kletterrosen flammten neben dem weißen Knöterich, der schon die halbe Fassade überwuchert hatte und fast ein wenig störend wirkte.

Die zierlichen weißen Tische mit den verschnörkelten Stühlen blieben leider immer öfter leer, denn wer wollte schon zum Kaffee eine Semmel oder eine Brezel haben? Nein, ein Stück leckere Torte, einen saftigen Apfelstrudel mit Rosinen und Vanilleeis, das wäre es gewesen! Strudel gab es schon, aber leider nur welches aus der Tiefkühltruhe, nichts für verwöhnte Wiener Gaumen …

»Ich kann doch nicht mehr als nach Rezept backen«,

jammerte Franz. »Wenn ich noch nicht so dick wäre! Ja, daran wird es liegen.« Seine runden Backen waren ganz blass.

»Also, was hat denn nun das mit dem Backen zu tun?« Christl lachte belustigt. »Es wäre mir Wurscht, wenn du das Doppelte wiegst, könntest du bloß eine Sachertorte backen, wenigstens eine nachgemachte, mein ich. Aber so …?«

»Hallo, Fräulein!«, schallte eine frische Männerstimme aus dem Garten herein.

»Ja, ich komm schon!«, rief Christl. Sie band sich das Schürzchen um, warf einen Blick in den altmodisch gerahmten Spiegel, wischte eine blonde Strähne aus der Stirn und lief dann beschwingt hinaus in den Garten.

»Was darf's denn heute sein, Herr …«

»Sebastian«, sagte der junge Mann. In seinen braunen Augen blitzten goldfarbene Pünktchen. »Sagen S' einfach Sebastian zu mir. Jetzt komm ich ja schon eine Woche in meiner Pause, und weiß noch immer nicht wie Ihr werter Name ist.«

»Christl«, sagte, »ich bin die Christl, und mir gehört das Kaffeehaus. Ich hab es von meinem Onkel Cornelius geerbt. Seit vier Wochen bin ich jetzt da. Na ja, es könnt' besser gehen!« Sie wies auf die leeren Tische. »Darf ich Ihnen wieder einen Apfelstrudel bringen?«

Er verzog das Gesicht. Dann lächelte er. »Bittschön, nicht bös' sein. Aber das Zeug aus der Gefriertruhe kann man auf die Dauer wirklich nicht essen. Kein Wunder, das alles so leer ist. In Wien spricht es sich schnell herum, ob ein Café etwas taugt oder nicht. Und grad in dieser Gegend …«

»Ja, der Großbäcker Leopold Harthauser hat mir schon ein Angebot gemacht und tät gern mein Kaffeehaus schlucken. Aber da wird ihm der Schnabel sauber bleiben. Ich steh es durch mit meinem Franz!«

»Den haben S' wohl auch geerbt?«, fragte Sebastian belustigt. Er sah zu Franz hinüber, dessen rundes Gesicht hinter der Fensterscheibe glänzte.

»Leider!« Sie seufzte. »Also, den Kaffee wie immer? Einen großen Braunen? oder ein Wiener Gold mit Sahne? Und was dazu?«

»Eine Mohnsemmel mit Butter«, sagte Sebastian ergeben und lächelte ein bisschen gequält während Christl ins Haus eilte. Sie bestrich die Semmel dick mit Butter und legte zwei kleine Schokotäfelchen als eine liebevolle Geste auf den Teller. Wie sollte das nur weitergehen? So wie es war, konnte es nicht bleiben. Aber entlassen konnte sie den Franz nicht. Sie hätte es auch gar nicht übers Herz gebracht, denn sein Nussbrot war wirklich nicht schlecht und wurde gern gekauft. Aber ein Nussbrot machte ebenso wenig ein Kaffeehaus wie eine Schwalbe einen Sommer macht …

»So«, sagte sie draußen. »Hier ist die Semmel. Ich genier' mich schon vor Ihnen. Wegen der Semmel lohnt es sich ja kaum in mein Kaffeehaus zu kommen.«

»Oh, wer sagt denn, dass ich wegen der Semmel komme?«

»Entschulden S' bittschön, aber ich hab zu tun!« Geschwind lief Christl ins Haus, denn keinesfalls sollte er sehen, wie rot sie geworden war. Und das Herz klopfte ganz wild. Christl meinte, man könne es durch den dünnen Blusenstoff sehen.

»Wer ist denn der da draußen?«, fragte der dicke Franz und mühte sich ab, seinen kurzen Hals zu drehen.

»Er heißt Sebastian und ist ein ganz feiner Herr. Und dich geht es gar nix an. Lern du erst einmal g'scheit backen, du … ach, du …!«

Dann lief sie in die kleine Küche hinaus. Sie war einerseits ganz verzweifelt und doch wieder glücklich, wenn sie hinaus in den blühenden Garten schaute und Sebastian dort sitzen sah, der an seiner Semmel kaute und dabei so selig lächelte, als würde er die köstliche Torte genießen.

»Was soll das sein?«, fragte Sebastian. Er verzog das Gesicht und sag Christl bestürzt an.

»Eine Sachertorte«, sagte Christl. »Hat der Franz gebacken. Genau nach dem Rezept, Sag er jedenfalls.«

»So, sagt er das? Grundgütiger, das ist ja so süß, dass es einem die Kaumuskeln lähmt. Was hat denn der da hineingetan?« Sebastian schüttelte den Kopf und schob den Teller von sich.

»Was hineingehört!«, sagte Franz. Er stand da wie ein Rachegott, die Hände über der Bauchkugel gefaltet und einen schwarzen Strich zwischen den Brauen. »Marillenkonfitüre, Schokolade, na ja, und halt das andere auch noch.«

»Und was ist das Andere?«

»Betriebsgeheimnis«, sagte Franz. »Das muss mir erst einmal einer nachmachen. Ja, das muss er einmal einer so hinkriegen, wie ich. Die Frau Hofrat hat gemeint, eine solche Sachertorte gäb es nicht einmal bei der Sacher selbst. Jawohl, hat sie gesagt, die Frau Hofrat Kienberger!«

»Sollen wir es drauf ankommen lassen?«, fragte Sebastian kriegerisch. Seine schlanke Gestalt wurde ganz straff. Aber der Schalk blitzte in seinen Augen.

»Du willst eine Sachertorte machen?« Franz lachte meckernd und wies mit dem Finger auf Sebastian. »Der in seinem Anzügl will eine Sachertorte machen. Da lach ich mich doch kaputt. Na los, da tät ich aber schon zuschauen mögen!«

»Das ist mein Betriebsgeheimnis, denn ich bin Konditor!«

»Nein! Ist das wirklich wahr? Ein richtiger Konditor?« Christl legte die Hand vor den Mund. Ihre hellen Augen waren ganz groß geworden. Wie ein Kind staunte sie Sebastian an, denn er trug jeden Tag einen anderen schicken Anzug. So sah ein Konditor eigentlich nicht aus. Was steckte dahinter? War er gar ein Aufschneider, der sich wichtig machen wollte? Dann sollte er aber etwas erleben!

»Das lassen wir drauf ankommen!«, rief Christl mutig.

»Ich kann es aber nur in der Nacht machen«, sagte Sebastian. »Tagsüber arbeite ich im Büro. Hab momentan keinen Job als Konditor …« Er zuckte die Schulter. Christl brannte die Frage auf der Zunge, ob er nicht bei ihr anfangen wollte? Aber rasch verkniff sie sich diese Frage wieder, denn zwei Angestellte konnte sie sich nicht leisten bei diesem flauen Geschäft.

»Na dann?«, meinte Christl. »Wann haben S' den Feierabend, Herr Sebastian?«

»Müssen wir so förmlich sein, Christl?«

»Öha!«, rief Franz. Er sah Sebastian lauernd an. »Merkst du was, Christl? Einkratzen will der sich, jawohl! Von wegen Sachertorte. Und von wegen Konditor! Der ist bestimmt ein Sparkassenangestellter. Oder nicht? Gib's doch zu?« Kriegerisch baute sich Franz vor Sebastian auf. So stand er da, einen guten Kopf kleiner, den er einzog wie ein kampfbereiter Stier.

»Jetzt ist aber Schluss!«, rief Christl. »Wir sind doch nicht im Kindergarten.« Sie schob Franz zur Seite und reichte Sebastian die Hand. »Heute Nacht?«, fragte sie.

»Heute Nacht«, sagte er. »Ich hol mir den Schlüssel um acht, wenn es recht ist. Vielleicht magst du mir Gesellschaft leisten?«

Christl spürte, wie ihr ganz heiß wurde. Rasch drehte sie sich um.

»Geh weiter, nachts muss ich schlafen. Ich lass mich erst in der Früh überraschen.«

»Und ich mich erst«, sagte Franz mit gewittriger Stimme. Er warf Sebastian einen Blick zu. Er war voll Todesverachtung. Aber Sebastian grinste nur und zwinkerte mit einem Augen. Dann hob er die Hand zum Gruß und ging.

»Das wird was geben«, sagte Franz. »Sachertorte – der und Sachertorte! Da lach ich doch!« Brummelnd trollte er sich ins Haus. Christl aber blieb stehen und sah Franz nach, bis er zwischen den Blumenrabatten im Park verschwunden war.

Etwas seltsam war es doch. Gute Konditoren waren gefragt. Weshalb arbeitete Sebastian dann in einem Büro? War es vielleicht doch so, wie Franz vermutete, dass er sie auf den Arm nehmen wollte? Glauben mochte sie es zwar nicht. Aber wissen konnte man es halt auch nicht.

Er kam, kurz bevor Christl den Laden absperrte, der zum Café gehörte. Dort gab es zwar immer einige Sorten frisches Brot und allerlei Brötchen. Aber die große Tortentheke stand leer, seit Onkel Cornelius gestorben war. Er war ein sehr bekannter Konditor gewesen. Es lief Christl das Wasser im Munde zusammen, wenn sie an die zartschmelzenden Pralinen dachte, die der Onkel meisterlich von Hand gezaubert hatte. Sicherlich, und Christl war davon überzeugt, gab es das kein zweites Mal in ganz Wien …

»Die Zutaten findest du alle in der Backstube«, sagte Christl, nachdem sie Sebastians Zettel gelesen hatte. »Ich glaube nicht, dass etwas fehlt. Dann wünsche ich dir gutes Gelingen!«

Er hielt seine Wange hin. »Und krieg ich kein Busserl?«

»Unverschämt bist du!«, rief Christl. Sie wurde rot wie eine Rose im Garten. Dann lief sie geschwind die Stiegen hinauf in die Wohnung. Ihr Herz klopfte zum Zerspringen, denn sie hätte ihm schon gerne einen Kuss gegeben. Aber was sollte er dann wohl von ihr denken?

Als sie sich zu Bett legte, blieb sie noch eine Weile wach und lauschte den Geräuschen, die aus der Bankstube drangen. Mit einem verführerischen Duft im Näschen schlummerte Christl schließlich ein. Sie träumte von einer riesigen Sachertorte, von Rosen aus rotem Marzipan und von braunen Augen mit goldflimmernden Pünktchen.

Der zarte Duft, den Christl beim Aufwachen schnupperte, war noch viel köstlicher als jener, der sie in den Schlaf geleitet hatte. Sie war heute viel früher fertig als gewöhnlich und stand schon beizeiten unten im Laden. Franz hatte in der Nacht ja auch gearbeitet. Er war jetzt merkwürdig still.

»Und?«, fragte Christl.

»Wie – und?« Er war offensichtlich missgelaunt. »Die Torte ist fertig«, sagte er. »Er hat mich nicht zuschauen lassen. Recht schnell ist er damit fertig gewesen, der noble Herr. Und dann war er auch wieder dahin.« Sie folgte Franz in die Backstube. Auf dem Tisch stand die Torte.

»Nein!« Begeistert klatschte Christl in die Hände und betrachtete das Kunstwerk. Sie ging ein paar Mal um den Tisch herum. Fast kam es ihr so vor, als sein ihr Traum in Erfüllung gegangen, denn die glasierte Torte war mit ganz fein geformten roten Rosen aus Marzipan verziert. »Das schaut doch himmlisch gut aus, oder etwas nicht?«

»Die Rosen gehören gar nicht auf eine Sachertorte. Die gehört ganz einfach mit Schokolade glasiert und weiter nichts. So ein Firlefanz auch. Kann ich mir denken, dass du darauf hereinfällst!«

»Ach Franzl«, sagte sie lächelnd. »Sei doch nicht so! Deine Brote und deine Semmeln sind doch wunderbar und werden gelobt. Aber du bist halt nun einmal ein Bäcker und kein Konditor.« Sie versuchte, ihm die Hand zu reichen.

»Dann stellt doch den Sebastian ein!« Sie glaubte, sogar

einen Schluchzer gehört zu haben, als er rasch hinauslief. Ja, er tat ihr schon leid. Aber was sollte man da machen? Der Betrieb lebte nun einmal von der Feinbäckerei, ohne die ein Wiener Kaffeehaus nicht existieren konnte.

Kurze Zeit später kam Frau Kienberger, eine zarte Dame der altwienerischen Art. Sie befühlte ihre silbrigen Pudellöckchen und streichelte den kleinen Fuchspelz, ohne den sie niemals das Haus verließ. Dann setzte sie sich umständlich nieder und band ihren Rauhhaardackel am Tischbein fest. »Schön brav sein, Burschi!«

»Ein Wiener Gold, wie immer, Frau Hofrat?«

»Ach ja, und ein Stückerl vom Franz seiner Sachertorte, bloß keine Florentiner, Fräulein Christl«, sagte sie und blickte auf ihren Dackel nieder. »Mein Burschi hat die ganze Nacht geschmatzelt, weil ihm der Florentiner die Schnauz'n z'ammenpappt hat! Kaum Luft hat er 'kriegt, der arme Burschi!«

»Oh, das tut mir aber arg leid, Frau Hofrat. Jetzt schauen wir einmal, wie Ihnen heute die Sachertorte schmeckt!«

Christl servierte das Gebäck und zog sich dann hinter die altmodische Mahagonitheke zurück. Sie duckte sich ein wenig und beobachtete die Frau Hofrätin durch eine Lücke zwischen den Milchglasrornamenten.

»Fräulein Christl!« Das war ein Schrei! Christl zuckte zusammen wie vom elektrischen Schlag getroffen.

»Ja, um Gottswillen, was ist denn?«, rief Christl und kam hinter der Theke hervor. Sie befürchtete eine Katastrophe und stand ganz kleinlaut vor dem Tisch der alten Dame.

»Holen S' mir den Herrn Franz. Sofort!«

»Aber der kann doch gar nix dafür«, jammerte Christl.

»Wie – kann nix dafür?«, schnodderte Frau Kienberger ein wenig grantig. Sie pochte mit ihrem Stock auf den Boden. »Ausgezeichnet ist die Torte. Da hat er sich aber weit mehr als selber übertroffen. Die alte Frau Sacher tät sich gewiss im Grab umdrehen, wenn sie eine solche Torte hätt' kosten dürfen. Nein, wie schmeckt das köstlich. Da nehm ich noch ein Stückl – und ein halbes für meinen Burschi!«

Christl war rot und blass geworden. Franz tauchte hinter ihr auf. Er hatte die Lobrede sicherlich gehört. Nun stand er da und drehte an den Bändern seiner weißen Schürze. Er wirkte unendlich verlegen.

»Ja, ja …«, sagte Christl und lachte holprig. »Sie ist ihm recht gut gelungen – die Torte.«

»Nein, und die schönen Rosen!« Die Hofrätin zwinkerte. »Schön haben S' das gemacht, Herr Franz. Na, wenn das vom Fräulein Christl nicht verstanden wird, dann weiß ich nimmer weiter?«

»Wie – was?« Christl war ganz durcheinander.

»Rote Rosen aus Marzipan! Das ist doch eine Liebeserklärung, Fräulein Christl!«, rief sie. »Ich weiß es, denn ich war ja auch einmal jung, gell Burschi?« Der Hund jaulte zustimmend.

Nun war der Karren völlig verfahren. Weder Franz noch Christl wussten, was sie darauf erwidern sollten. Beide gingen hinaus in die kleine Küche hinter dem Café.

»Du liebe Zeit, wenn sie das jetzt hinausposaunt!«, sagte Christl und setzte sich an den Küchentisch. »Nicht auszudenken wäre das!«

»Wär' es wirklich so schlimm?«

Erschrocken sah Christl hoch. »Aber Franz! Ich hab dich zwar geerbt. Ich mag dich auch recht gut leiden. Aber wenn du denkst, das könnt mit uns beiden etwas werden, dann muss ich dir leider nein sagen …«

»Weil ich zu dick bin!«

»Nein, weil ich …!« Ihre Stimme brach ab.

»Weil du dich in den mit dem Anzügl verliebt hast«, stellte er fest und Christl musste ihm die Antwort schuldig bleiben. Sie fühlte sich kreuzunglücklich. Was sollte sie denn nur machen, um Franz zu versöhnen.

»Weißt, Christl«, sagte er. »Nicht, dass du jetzt denkst, ich wär eifersüchtig. Ach ja, sakra, ich bin schon eifersüchtig. Aber ich kann dich auch nicht in dein Unglück rennen lassen, weil …«

Christl richtete sich auf. Sie schüttelte verwundert den Kopf.

»Also, was soll denn die dumme Rederei?«, fragte sie ärgerlich. »Willst du dem Sebastian jetzt gar noch die Torte neiden? Er kann es halt. Vielleicht kann er nicht so gut Brot backen wie du, vielleicht …«

»Er ist der Sohn vom alten Harthauser …«

»Von dem …?«

»Ja, vom Kaffeehauskönig Leopold Harthauser. Und jetzt dämmert es wohl bei dir, warum der alleweil wegen einer Mohnsemmel in den Garten gekommen ist!«

Schweigen! Christl Augen füllten sich mit Tränen. Die schöne Torte verschwamm. Tränen tropften auf die roten Rosen aus Marzipan. Ach ja, es war wohl nicht mehr wie ein schöner Traum gewesen …

So kam es, dass sie jedes Mal verschwand, wenn Sebastian auftauchte. Sie ließ ausrichten, keine Zeit für ihn zu haben. Sebastian wartete eine Weile geduldig. Dann ging er wieder. Es hätte vielleicht alles so schön werden können. Er war traurig, und Christl wäre ihm gern nachgelaufen. Aber es durfte nicht sein!

Er war nur gekommen, um sich ihr Vertrauen zu erschleichen. Dann würde er ihr, wie ein Vertreter seines Vaters, ein Übernahmeangebot gemacht haben. Und sie, die nur einen Bäcker hatte, würde vielleicht aufgegeben haben.

Und das wollte sie nicht. Lieber würde sie das Café schließlich und nur den Laden weiterführen. Dann genügten Brot
und Brötchen. Ein paar Streuseltaler und eine Mohnrolle
brachte Franz bestimmt auch noch zuwege.

Und dann geschah etwas, das Christl als die Krone der
Frechheit betrachtete. Sie hätte um ein Haar die Beherrschung verloren und ihre gute Erziehung vergessen ...

»Du, Christl«, raunte Franz. »Weißt du, wer das ist, der
Herr dort im grauen Anzug?«

Christl hob den Kopf und sah hinüber zu dem Herrn. Er
war um die Fünfzig und setzte sich an den Tisch neben die
Hofrätin, die ihn gleich beschwatzte, denn es kam ja kaum
jemand ins Café. Da war der alten Dame jede Unterhaltung
recht.

»Also, eine Sachertorte macht man hier, kann ich Ihnen
verraten, Herr Doktor, eine wie Sie noch keine gegessen haben. Besser als ...«

»Sie wünschen?« Christl Stimme klang frostig, denn gerade hatte sie von Franz erfahren, dass dieser noble Herr Sebastians Vater war. Der Kaffeehauskönig beehrte sie
höchstpersönlich. Wenn das keine besondere Bedeutung
hatte? Er war gekommen, um sie aufzukaufen. Na der sollte
etwas erleben!

»Einen Verlängerten bitte!«

»Sehr wohl, also einen verdünnten Espresso!«, sagte sie.

»Sie sind keine Wienerin?«

»Doch!«

»Dann werden S' ja wissen, was ein Verlängerter ist?«

»Ein verdünnter Espresso«, wiederholte sie kühl sie und
brachte ihm die Tasse. »Sachertorte haben wir heute nicht.
Der Konditor ist – ähm – krank. Ja, er ist krank geworden.«
Sie zitterte innerlich und war bemüht gelassen zu bleiben.
Beim ersten Wort eines Übernahmeangebots würde sie ihn

aus dem Café schmeißen lassen. Sie sah aus dem Augwinkel, wie Franz schon dabei war, seine Hemdärmel aufzurollen.

»Dann eine Mohnsemmel mit Butter!«

»Eine … was?«

»Ja, Mohnsemmel mit Butter, die haben S' doch, oder ist der Bäcker auch krank geworden?«

»N…, nein, natürlich nicht!«, stammelte Christl. Sie war nun ganz und gar durcheinander. Als sie dann an den Tisch zurückkehrte, fasste sie sich ein Herz.

»Also, Herr …, Herr Harthauser, spielen wir doch mit offenen Karten«, sagte Christl. Sie bemühte sich, ihre Stimme fest klingen zu lassen. Aber das wollte ihr nicht gelingen. Und da waren auch wieder die dummen Tränen, die es ihr in die Augen drückte. Ausgerechnet jetzt!

»Aber gern, Fräulein Christl!«, rief er.

»Warum sind Sie gekommen? Um mir zu sagen, dass ich es doch nicht schaffe und aufgeben soll? Was bieten sie mir den an? Aber ich sag gleich nein und noch einmal nein. Niemals, nie und nimmer …« Und nun schluchzte sie und wollte weglaufen. Aber Leopold Harthauser hielt sie an der Hand fest.

»Todesmutig sind Sie schon, Fräulein Christl. Ein so schönes Kaffeehaus ohne einen Konditor. Das geht doch wirklich nicht. Ich wollt nur einmal wissen, was das für ein Mädel ist, damit mein Bub sogar bereit gewesen wäre, auf sein Erbe zu verzichten!«

»Der Sebastian?«, hauchte sie.

»Ja, der Sebastian«, bestätigte Leopold Harthauser. »Deinetwegen will er nimmer ins Büro und wieder in der Backstube stehen. Ach, wenn halt die Seligkeit dran hängt? Und wenn ihr glücklich werdet. Dann soll er halt dein Konditor sein, der Sebastian!«

Und dann sah sie ihn. Ganz verlegen stand er dort an der

Tür. Seine Augen leuchteten in ihr Gesicht.

Christl lief auf ihn zu.

»Vorsicht!«, rief er und wickelte etwas aus dem Seitenpapier: einen Strauß herrlicher Rosen aus rotem Marzipan. »Für dich«, sagte er. »Für jedes Jahr eine!«

»Ja, wie viele sind es denn?«

»Gezählt hab ich sie nicht. Aber sie reichen für ein ganzes Leben!«

»Es sind bestimmt mehr als fünfzig Rosen!«, rief die Frau Hofrätin. »Da steht euch ja noch viel bevor, viele süße Stunden.«

»Und jeden Tag Sachertorte!«, stöhnte Franz und trollte sich. Sebastian zog Christl an sich und sie blicken Franz nach. Unter der Tür drehte er sich noch einmal um. Und dann leuchte auch sein Gesicht.

Ein Himmelbett aus Gras

Weil in Paris alles schief läuft, weil ihr Geliebter Marcel sie betrügt, Madame Bressoir, die Vermieterin, sie vor die Tür gesetzt hat und weil sie ihren Job als Kellnerin los ist, hat es Marie gründlich satt! Sie will einfach weg, egal wohin. Und so steht sie schließlich mit einem Rucksack am Straßenrand …

Wie ein geblendetes Eichhörnchen blinzelte Marie in die Sonne. Der frische Frühlingswind rupfte an ihren kurzen blonden Haaren und verwandelte sie in einen kleinen wilden Kobold, der mit den Händen fuchtelnd am staubigen Straßenrand zwischen Löwenzahn und Gänseblümchen auf und ab hüpfte.

»Blödmann!«, schimpfte Marie, als wieder eines der vielen Autos an ihr vorbeibrauste und als Gruß eine qualmende Staubwolke zurückließ, die Marie fast jedes Mal einen Hustenanfall bescherte, der sie zur Limoflasche greifen ließ. Ihr Inhalt neigte sich genauso dem Ende entgegen, wie auch Maries Mut zu schrumpfen begann, denn es kamen ihr handfeste Zweifel, ob es wirklich die richtige Entscheidung gewesen war, so Hals über Kopf aus Paris zu verschwinden? Doch das Bild, wie Marcel diese Nicole in den Armen gehalten und geküsst hatte, wie er mit knallrotem Kopf eine völlig verlogene Entschuldigung gestammelt hatte, überzeugte Marie wieder von der Gültigkeit ihrer Entscheidung.

Und dann noch diese schreckliche Madame Bressoir, die behauptete, Marie habe ihr winziges Unterhöschen extra auf den Balkon vor die Füße Monsieur Bressoirs flattern lassen, um die Grundsätze seiner ehelichen Treue in Wanken zu bringen! Mit der Brachialgewalt eines Marktweibes hatte sie Marie das Höschen ins Gesicht und den Koffer auf die Treppe geschmissen und damit das ohnehin wackelige Mietverhältnis beendet.

Mit Monsieur Jérome hatte sie nicht viel mehr Glück gehabt. Genau betrachtet, hatte der Caféhausbesitzer mit Marie wenig Glück gehabt, denn seine wiederholten Übergriffe hatten das Fass, besser die Kakaotasse zum Überlaufen gebracht und Marie hatte damit Monsieurs weiße Weste bekleckert. Das hatte dazu geführt, dass ihm Marie das weiße Schürzchen samt Häubchen vor die Füße geworfen und das Café *Papillon* ohne Abschied und Wehmut verlassen hatte. Schade war nur, dass sich im Täschchen dieser Schürze das Portemonnaie befunden hatte und es Marie hinterher nicht mehr wagte, ihren rückständigen Lohn zu holen.

Nun war sie, bis auf eine kleine eiserne Ration, fast pleite. Ihre Hoffnung war die Postkarte aus Saint Tropez. Lucie, ihre Busenfreundin aus dem College, hatte dort bei einer, wenn auch vergessenen, so doch sehr reichen Filmschauspielerin einen Job angenommen. Marie hoffte, ein Trittbrettplätzchen zu ergattern. Doch erst einmal musste sie in Saint Tropez sein …

»Idiot!«, rief Marie dem Porschefahrer hinterher, der sie, wie die anderen auch, wieder in eine hässliche Staubwolke einhüllte. Nachdem sich der Gestank verflüchtigt und sich Marie die Augen gerieben hatte, stand ächzend und röchelnd ein alter Citroen neben ihr, der sich wie eine seltsame Erscheinung aus der graugelben Wolke schälte.

Marie sah einen dunklen Strubbelkopf und blickte in ein Augenpaar, das ihren Magen zum Kribbeln brachte, als hätte sie ganz rasch ein Glas Champagner hinunter gegossen.

»Wohin?«, fragte der junge Mann mit den unverschämt blauen Augen. Er hielt den Kopf aus dem Fenster.

»Egal wohin!«, rief Marie gegen den frischen Wind, der an ihr dünnes Kleidchen flattern ließ wie eine der Fahnen vor dem Louvre. Sie versuchte die Beifahrertür zu öffnen.

»Du musst richtig ziehen; sie klemmt, die verdammte Tür!«, schrie der Junge und neigte sich endlich herüber. Marie zerrte und rüttelte, und er drückte, bis ihr Gesicht die Farbe einer reifen Tomate angenommen hatte und die Tür schließlich aufsprang.

»Puh!«, stöhnte Marie und wischte sich über die feuchte Stirn. »Was ist denn das für eine wunderliche Karre?«

»Willst du nun mit oder willst du nicht? Ich meine, wenn dir der Wagen nicht gut genug ist, kannst du auf den nächsten Mercedes, oder auf was weiß ich, warten.«

Marie gab keine Antwort, sondern bugsierte ihren Rucksack nach hinten und quetschte sich auf den Beifahrersitz, denn er war weit nach vorn geschoben, nachdem die Rückbank vollgestapelt war mit allem möglichen Zeug. Dann fuhr er einfach los. Marie betrachtete ihn von der Seite. Er hatte ein hübsches Profil. Schade, dass es so vom dunklen Haar verdeckt wurde, das ihm über die Schläfe fiel. Jedoch, so fand Marie, machte ihn das nur noch interessanter.

»Rauchst du?«, fragte er und angelte nach einem zerknautschten Zigarettenpäckchen im Papierwust auf der Ablage.

»Ich habe genug Qualm abbekommen in der letzten halben Stunde«, sagte sie hüstelnd. »Für den Moment reicht es. Sag mal, was rauchst du denn da für ein Kraut? Das stinkt ja fürchterlich!«

»Dir zuliebe werde ich an der nächsten Raststätte halten und mich mit Davidoff oder Marlboro eindecken. Oder hat bevorzugt die Dame eine ganz besondere Marke?« Er schickte seinen Worten ein freches Lachen hinterher und trommelte mit seinen schlanken Fingern auf dem Lenkrad.

»Quatsch!«, wies Marie ab. «Ich bin nicht empfindlich. Wohin fährst du eigentlich? Ich meine dieses Auto …«

»Normalerweise fahre ich nur Porsche«, sagte er. Sie sah ihn an und konnte sich ihm gut hinter dem Steuer eines solchen Wagens vorstellen. »Ich bin auf dem Weg nach Saint Tropez …«

»Ich auch!«, platzte Marie heraus. »Ich werde im Haus einer Schauspielerin wohnen.« Sie nannte ihm einen bekannten Namen. »Du kennst sie bestimmt?«

»Natürlich«, sagte er und schluckte. »Und bei der wirst du wohnen?«

»Ich bin mit ihr verwandt«, log Marie frech drauflos. »Natürlich reise ich jetzt sozusagen inkognito, falls du verstehst, was ich meine?«

»Sehe ich so dumm aus?« Meine Karre ist auch nur Tarnung, weißt du. Ich werde im Hause Delon wohnen …« Marie hörte Trotz und Eigensinn.

»Alain Delon?«

»Wer sonst?« Verwundert richtete er sich auf. »Er ist ein Cousin meines Vaters. Ich verbringe immer die Ferien im Hause von Alain. Die Partys, die ich gebe, sind die Wucht, verstehst du. Champagner, Austern …«

»Ich mag keine Austern.«

»Nun, dann eben etwas anderes Tolles. Was du dir wünschst!«

»Da müsste ich erst eingeladen sein!« Maries Bewunderung wuchs. Fast ehrfürchtig sah sie ihn an und glaubte nun sogar eine kleine Ähnlichkeit mit dem berühmten Schauspieler zu entdecken.

»Die Partys, die wir geben, sind auch nicht ohne.« Keinesfalls wollte sie zurückstehen. »Es kommen Leute. Also

Leute kommen da, kann ich dir sagen. Du würdest staunen. Augen würdest du machen und ganz irre staunen würdest du!«

Er lächelte sie geheimnisvoll an. Dann gab er ihr einen zärtlichen Nasenstubs, der Marie richtig selig machte. »Ich kenne sie gut, diese Welt der Reichen und Schönen. Aber jetzt rasten wir erst mal hier irgendwo. Oder möchtest du in ein Gasthaus?«

»Nein, nein!« Marie wehrte hastig ab und dachte an ihren schwindsüchtigen Geldbeutel. «Halten wir einfach dort an dem Wäldchen. Dort ist es bestimmt sehr hübsch. Ich hab dich nicht einmal nach deinem Namen gefragt? Ich heiße Marie.«

»Marie, ein hübscher Name. Passt zu dir. Ich heiße Alain, wie mein berühmter Verwandter. Ich hätte ja schon einige Rollen annehmen können.«

»Und warum hast du es nicht getan?«

»Schlechte Drehbücher«, sagte er wegwerfend und lenkte den Wagen zu dem kleinen Birkchenwäldchen. »Damit macht man doch keine Karriere!«

Marie gab ihm recht und nestelte, nachdem sie ausgestiegen waren, an ihrem Rucksack herum und tat so, als würde sie nach etwas suchen. Sie gingen zu der kleinen Holzbank mit dem Tisch davor. Alain setzte sich und wickelte ein Päckchen aus. Baguette, Salami und etwas Käse. Auch eine Flasche Rotwein hatte er mitgenommen und richtete jetzt alles auf einem karierten Tuch an. Zum Schluss zauberte er zwei Wassergläser hervor. »Keine edlen Gefäße. Aber für den Augenblick tun sie es auch. Was hast du denn Gutes dabei?«

»Ich – ich hab in der Eile ganz vergessen … ich meine, ich habe gar nichts mit«, stammelte Marie und kämpfte gegen das Wasser, das ihr im Mund zusammenlief.

»Dann greif zu! Wir prominenten Leute müssen doch zusammenhalten. Ich bin sicher, du wirst mich zu einer deiner Partys einladen? Weißt du, ich mag dich nämlich. Ich mag dich sogar sehr.«

»Das sagst du nur, weil ich eine reiche berühmte Verwandte habe. Oder vielleicht sagst du es jeder?« Die Vermutung machte Marie mürrisch. Sie knabberte ein wenig am Käse, denn so richtig drauflos zu essen, wäre bestimmt sehr unfein gewesen und hätte sie verraten können.

»Sicherlich sage ich das oft«, gestand Alain freimütig ein. Dann kam er mit seinem Gesicht ganz nahe an Marie heran. »Aber ich meine es nicht immer ehrlich«, flüsterte er. »Diesmal schon, denn hätte ich sonst angehalten? Ich meine, du wirst dir denken können, dass ich an jedem Finger zehne haben könnte? Aber nein, ich sage es nur dir.«

»Wenn ich es nur glauben könnte«, zweifelte sie und biss ganz heftig in die Salami. Dieser köstliche Genuss versöhnte sie mit den Zweifeln, die sie hatte. Er war doch viel zu schön, um die Wahrheit sagen zu können.

»Magst du das Meer?« fragte er unvermittelt. »Also ich mag das Meer. Es ist so weit, man sieht keine Grenzen. Und es hat so viele Farben. Manchmal ist es ganz wild und dann wieder so zahm. Am schönsten ist es in der Nacht wenn der Himmel voller Sterne ist und wenn der Mond scheint. Oh ja, ich mag es sehr, das Meer.«

Versonnen hatte sie seinen Worten gelauscht, und in ihr war eine unbeschreibliche Sehnsucht gewachsen. Sie konnte doch nicht einfach zugeben, dass sie noch niemals am Meer gewesen war? Vielleicht würde er es nicht verstehen, wenn sie ihm sagte, dass sie außer dem Dorfteich von Longeville und der Seine keine weltbewegenden Gewässer zu Gesicht bekommen hatte?

»Ja, es ist sehr schön, das Meer«, sagte sie daher nur ganz

leise. »Besonders wenn die Sterne leuchten …«

»Wenn wir nicht bald weiterkommen, werden sie uns nicht am Meer, sondern hier in dieser grässlichen Prärie leuchten, wo man außer Wein und nochmals Wein nichts anderes zu sehen bekommt. Und wir wollen doch ans Meer, nicht wahr?«

Sie nickte und wusste, dass sie sich Hals über Kopf in Alain verliebt hatte. Die Tatsache, dass es ihr nun egal war, ob Marcel diese Nicole oder sonst ein Mädchen küsste, machte sie jetzt ganz stumm und nahm ihr jeden Zweifel. Sie war aber auch gleichzeitig ein wenig traurig, denn es lagen Welten zwischen ihnen.

In Saint Tropez trennten sie sich. Marie hatte Mühe, ihre Traurigkeit zu verbergen. »Sehen wir uns denn wieder?«, fragte sie zaudernd. »Ich meine, wegen der Party und so?«

»Siehst du dort den Bootshafen? Dort kannst du mich treffen. Ich muss mich erst anmelden, muss mich umziehen. So wie ich aussehe, kann ich hier nicht herumlaufen, wo mich doch fast jeder kennt.«

»Natürlich nicht«, bestätigte Marie und dachte an die wenigen Sachen, die sie mit hatte. Damit ließ sich kein Staat machen. »Also, dann, bis – heute Abend vielleicht? Hoffentlich leuchten die Sterne und es scheint der Mond?«

»Wenn du kommst, kann er nicht anders, der Mond. Da muss er scheinen!«

Und ehe sie sich versah, hatte er ihr einen Kuss gegeben, sprang in seine alte Karre, die schließlich scheppernd und ächzend irgendwo in den Gassen verschwand. Marie legte ihre Finger an den Mund, als könnte sie damit seinen Kuss noch eine Weile festhalten.

Sie holte endlich die Postkarte hervor und fragte sich zu der Adresse durch. So gelangte sie schließlich zum einem wunderschönen Haus. Groß und herrlich weiß, umgeben von einem blühenden Garten mit Palmen, Zypressen und Zitrusbäumen lag es am Hang wie ein einziger wahr gewordener Traum. Der Ausblick war so grandios, dass es Marie beinahe den Atem verschlug und sie die leichtfüßigen Schritte auf dem Kies überhörte. Augenblicke später hing ihr Lucie um den Hals, jubelte und schwenkte sie im Kreis.

»Mon Dieu!«, rief sie. »Das nenne ich eine Überraschung. Du bist tatsächlich gekommen. Es ist herrlich. Komm zum Haus. Madame ist nicht da. Sie dreht in New York, und wir können uns total ausbreiten.« Untergehakt und plaudernd führte sie Lucie am himmelblauen Pool vorbei auf die riesiges Terrasse, die mit ihrer prachtvoll bepflanzten Kübeln ein Paradies für sich alleine war. »Was machst denn du für ein Gesicht?«, fragte Lucie und stopfte ihre dunklen Locken unter das bunte Kopftuch. »Du siehst aus, wie jemand der unglücklich verliebt ist. Nun sag schon, was ist los?«

»Ach, ma coeur!«, seufzte Marie. »Es ist ja alles so schrecklich. Du wirst es nicht verstehen.«

Lucie nötigte Marie regelrecht, eine Beichte abzulegen, die schließlich mit ein paar Tränen und einem kreuzunglücklichen Seufzer endete.

»Eine tolle Party könnten wir schon veranstalten«, sann Lucie laut nach und legte dann den Finger an die Lippen. »Eine reiche Verwandte kann ich dir allerdings nicht besorgen. Ich kann nicht einmal die Créme de la Créme einladen, weil ich niemanden kenne. Geh doch einfach zu ihm. Ja, kreuz doch einfach dort auf. Wenn er dich liebt, wird er dich nicht wegschicken. Du ziehst eine der Roben der Gnädigen an und wirst dich unter die Gäste mischen. In der Villa der Delons ist jeden Tag was los. Das höre ich, denn es ist die Villa dort drüben. Nur, dass er fast nie dabei ist. Du fällst nicht auf. Ganz bestimmt fällst du dort nicht auf.«

Marie blickte sehnsüchtig hinüber zu der anderen weißen Villa. Alain war ihr so nah und doch so fern.

Damit hatte sie nicht Unrecht, denn Alain war wirklich zu diesem Haus gegangen. Nicht aber, um dort einen Besuch zu machen, sondern um einen Job anzutreten, den ihm eine Agentur vermittelt hatte. In deren Auftrag war er unterwegs und sollte sich um die Gärten der Reichen und Schönen kümmern, während diese sich einem unbeschwerten Leben hingaben.

Von einer sehr dicken, einer sehr resoluten Dame war er in Empfang genommen worden, die ihn mit einem ungeheuren italienischen Wortschwall überschüttete, durch den weitläufigen Garten zerrte, zwischen den Büschen fuchtelte und Alain schließlich ganz konfus machte.

Dann zeigte sie in einem der hintersten Winkel auf ein winziges Grasstück zwischen den Loorbeersträuchern, deutete auf Alains Rucksack und schrie: »Dormire!« Daraus schloss Alain, dass er hier im Verborgenen sein Zelt aufschlagen sollte. Missmutig hockte er sich in sein grünes Schlafzimmer und starrte auf das Meer, welches er zwar liebte, das ihm aber trotz seiner märchenhaften Schönheit auf einmal ganz trist vorkam …

Als der Abend den Tag zart auf seine rotgoldenen Locken küsste und am Himmel die ersten Sterne aufleuchteten, erwachte das Haus zum Leben. Mochte der Himmel wissen, woher all diese Leute kamen und den Garten in einen schrilles lautes Tanzlokal verwandelten? Die dicke Italienerin watschelte außergewöhnlich flink mit Gläsern, Flaschen und Tabletts durch die Menge, und ihr aufgeregtes Geschnatter war weithin zu hören. Alain stand abseits und sah diesem Treiben zu. Eigentlich mochte er solche Partys gar nicht und verspürte daher wenig Lust, sich einfach unter die Gäste zu mischen, obwohl das vermutlich keinem aufgefallen wäre.

Dann aber sah Alain Marie und zuckte zusammen. Sie trug ein Partykleid, das bestimmt eine ganze Stange Geld gekostet haben mochte. Sie ging lächelnd zwischen den Gästen auf und ab, spähte bald nach hier und bald nach dort. Kein Zweifel, sie suchte ihn! Alain wurde ganz heiß und kalt. Sie durfte ihn hier nicht entdecken, nicht in diesem Aufzug jedenfalls. Irgendwann war sie weg. Nun wagte sich Alain aus seinem Versteck und hielt zögernd nach ihr. Doch war und blieb Marie verschwunden. Er überlegte fieberhaft und schlich sich schließlich, vorbei an der dicken Mama Leone, ins Haus und gelangte in eines der Schlafzimmer. Dort fand er in einem der Schränke einen todschicken Anzug, in den er rasch hineinschlüpfte und der ihn, wie der Spiegel bekundete, hervorragend kleidete.

Dann stahl er sich aus dem Haus, trank hastig noch ein paar Cocktails, die er auf einem der Tabletts gefunden hatte und verließ klammheimlich den Park. Er hoffte, Marie am Bootshafen zu finden, denn eigentlich waren sie ja dort verabredet gewesen. Die Cocktails ließen ihn mutiger werden, denn sein Schritt wurde umso fester je näher er dem Steg kam. Der Mond goss seinen Silberschein über die schaukelnden Boote, die Segel und Takelagen, und der Himmel war auch mit einer Vielzahl von flimmernden Sternen bedeckt. Von irgendwo her, drangen die sehnsüchtigen Klänge eines Musettewalzers an sein Ohr. Alain blieb stehen und lauschte. Verschlafen klatschten die Wellen gegen die Bootsrümpfe und ließen sie sacht schaukeln. Schon wollte er sich abwenden, als er glaubte, eine leises Schluchzen zu hören. Zögernd ging er weiter. Und dann sah er Marie.

Sie kauerte auf der Mole, hatte die Arme über den Knie verschränkt und den Kopf darauf gelegt. Leise schluchzte sie vor sich hin. Wie schön, wie süß sie aussah!

»Marie?«

Da hob sie den Kopf und sah ihn kurz an. Zornig blitzte es in ihren Augen auf, und sie drehte sich rasch um. Mit einen paar Schritten war Alain bei ihr.

»Marie!«

»Du – du Schaumschläger – du!«, fuhr sie ihn böse an.

»Es tut mir leid, dass du warten musstest, Cherie«, flüsterte er und berührte ihre nackten Schultern. Die Geste, mit der sie ihn abwehrte, war jedoch nur noch halbherzig. »Hätte ich gewusst, dass du hier auf mich wartest, wäre ich früher gekommen. Weißt du, ich hatte alle Mühe, mich meinen Verpflichtungen zu entziehen. Du hast doch sicher eine Ahnung, wie es ist, wenn man zu den Reichen und Schönen gehört? Da kann man nicht so einfach auf und davon.«

»Wenn man dazu gehört, kann man es vielleicht nicht«, sagte sie und schniefte durch die Nase. »Da geb ich dir recht, aber …«

»Du bist ja wohl auch von einer Party weggelaufen, sonst würdest du diese Kleid ja nicht tragen. Es sind nicht danach aus, als wolltest du im Cocktailkleid einen Strandspaziergang unternehmen? Also, seien wir beide froh, dieser – ähm – na ja, dieser Meute entkommen zu sein. Wir wollen doch die Mondnacht genießen. Morgen ist ein neuer Tag, es wird wieder ein wundervoller neuer Tag sein …«

»Ja, und du wirst Hecken schneiden, Unkraut rupfen und vielleicht Alain Delon den Swimmingpool schrubben!« stieß Marie aufgebracht hervor. Sie drehte sich um, überkreuzte die Arm und sah ihn wütend an. »Diese dicke italienische Wuchtbrumme hat mir alles erzählt!«

»Mon Dieu!«

»Mehr fällt dir dazu nicht ein, oder wie?«, fauchte Marie. »Hättest du mir nicht gleich die Wahrheit sagen können?

Dachte ich mir doch, dass du ein Windhund bist, Alain ...
Dingsbums, aber nicht Delon!« Nun war sie richtig wütend.
Aber dann begann sie zu schluchzen.

»Lieber Himmel!«, rief Alain. »Was hätte ich denn machen sollen? Wie soll ich denn deiner Verwandtschaft gegenüber bestehen können? Ja, verdammt, ich mache hier einen Ferienjob als Gärtner. Aber du ..., du, ...«

»Schafskopf!«, platzte sie plötzlich heraus und trat vor
ihn hin. Sie zog die Unterlippe ein bisschen herunter und
nagte schließlich verlegen darauf herum. »Ich – ich bin doch
gar keine von den Reichen und Schönen«, gestand sie
schließlich ein und senkte den Kopf. »Lucie, sie ist meine
Freundin, sie arbeitet nur dort, und ich will ein bisschen Ferien machen. Ach ja ...«

Er trat auf sie zu und stemmte seine Hände in die Hüften. Empört glitzerten seine Augen.

»Weißt du, was ich für dich getan habe?«, rief Alain aufgebracht. »Diesen Anzug hier, diesen Anzug habe ich geklaut, nur weil ich für dich schick sein wollte, nur damit ich
ein bisschen anständig aussehe. Das war alles nur für dich.
Wenn das herauskommt, bin ich geliefert.«

»Mein Kleid ist auch nur gepumpt«, gab Marie trocken
zu. »Und wenn die Gnädige das erfährt, wird sie nicht gerade Walzer tanzen wollen. Mon Dieu, was sind wir beide
dumm gewesen!«

»Nun, einen von den Reichen bist du nicht«, meinte
Alain leise und zärtlich. »Aber zu den Schönen gehörst du
ganz bestimmt. Und jetzt gehen wir hinunter zum Meer,
zum Mond und zu den Sternen. Und wenn du willst, zeige
ich dir dann mein kleines grünes Schlafzimmer. Es hat keine
Wände und darüber ist nichts als der Himmel mit seinen
vielen Sternen!«

Prinz zu verkaufen

Stefan Friedrich von Weidensee entstammt zwar uraltem Adel, steht aber mit seinem Werbestudio auf beiden Beinen mitten im Leben. Gern hätte der junge Prinz die süße Christin vom Fleck weg geheiratet, wären da nicht seine erzkonservativen Tanten gewesen. Als diese eine überraschende Idee präsentieren, wendet sich das Blatt …

»Ja, Tante Sophie! Natürlich Tante Sophie. Ja, und grüße Tante Isabella! Seufzend legte Stefan auf und stieß sich vom Schreibtisch ab. Der Bürostuhl rollte auf Christin zu. Sie gab ihm einen Kuss und seufzte dann ebenfalls. Vor einem halben Jahr hatte Christin in Stefans Werbestudio begonnen. Es hatte auch ziemlich rasch gefunkt, und nun waren sie seit einiger Zeit ein heimliches Paar.

»Du und deine Tanten«, meinte Christin gutmütig spöttelnd. »Du bist nicht nur verwaist, sondern obendrein ‚vertantet‘.«

»Was für eine Wortschöpfung!«

»Stammt von mir und ist zutreffend wie die Faust aufs Auge«, bemerkte Christin und blies eine blonde Haarsträhne aus der Stirn. »Immerhin ist die eine Tante die Tante der anderen und …«

»Christin, bitte, nerv nicht!«, flehte Stefan. »Tante Sophie ist die Schwester meines Großvaters und Tante Isabella die meines Vaters. Heute würde man sagen, sie sind übrig geblieben. Immerhin haben sie nie geheiratet und wissen wohl kaum, wie herrlich das Leben in dieser Hinsicht sein kann. Eigentlich wollten sie in ein Kloster. Ich vermute, so ganz hat die Frömmigkeit dann doch nicht gereicht. Klar werden wir heiraten. Es ihnen aber beizubringen, wird eine harte Nuss werden, mein Engel.«

»Standesdünkel gibt es doch heutzutage nicht mehr. Sogar in den Königshäusern wird bürgerlich geheiratet«. bemerkte Christin. »Ich bin auf den Titel absolut nicht scharf.«

»Ich auch nicht«, sagte Stefan. »Aber ich trage ihn nun einmal, und die Tanten klammern sich an ein uraltes Hausgesetz, wonach nur jemand in Frage kommt, der ebenbürtig ist und dessen Blut, sei was weiß ich wie viel Generationen lang, nicht bürgerlich verwässert ist. Ich pfeif drauf. Aber bring das mal meinen Tanten bei! Du hättest allein den Aufstand erleben sollen, als ich einige Räume auf Schloss Weidensee zu Besichtigung freigegeben hatte! Der alte Kasten ist wunderschön. Aber sein Unterhalt kostet eine hübsche Stange Geld.«

»Ich habt doch Ländereien«, erinnerte Christin.

»Stillgelegte Ackerflächen. Der Forst ist an den Staat verpachtet. Christin, das sind keine Klotzereien, das kleckert nur mal so. Aber du hast recht, pleite ist das Haus Weidensee nun wirklich nicht.«

»Und deine Agentur läuft doch prima«, sagte Christin.

»Unsere Agentur«, verbesserte Stefan und gab Christin wieder einen Kuss »Ich bin dir sehr dankbar, ganz ehrlich, und ich möchte nicht auf dich verzichten.«

»Nicht als dein Mitarbeiterin!«

»Nicht als meine Mitarbeiterin und nicht als meine wundervolle, zauberhafte, zuckersüße Geliebte, die …«

»Komm wieder runter«, unterbrach Christin lachend. »Weißt du, was ich jetzt am liebsten täte?« Sie zwinkerte mit ihren grauen Augen.

»Na, was wohl?«, flüsterte Stefan und schob mit zärtlichen Fingern die Spaghettiträger ihres Sommerkleids zur

Seite.

»Am liebsten würde ich jetzt eine Riesenpizza essen«, verkündete Christin und schob die Träger wieder zurück. »Mit Pfeffersalami und ganz viel Champignons. Also, worauf wartet mein Prinz? Ab zum Italiener!«

»Pankraz, servieren Sie heute den Tee auf der Terrasse!«, befahl Sophie von Weidensee. Ihre Finger betasteten die sorgsam ondulierten Löckchen, die mit einem vornehmen Hauch lila getönte waren. Die alte Dame rückte einen Korbsessel in die Sonne.

»Ja, Pankraz, aber beeilen Sie sich«, bat Isabella von Weidensee. »Wer weiß, ob das Wetter halten wird. Man hat Regen gemeldet, Tantchen.«

»Darauf kann man nichts mehr geben, meine Liebe«, sagte Sophie zu ihrer Nichte, die gerade die Vierzig überschritten hatte und am liebsten weit geschnittene, mit Bordüren verzierte Kleider trug. »Erinnerst du dich an den Tag, an dem der Wetterhahn kaputt ging?«

»Doch, doch, da hatten sie schönes Wetter angesagt. Es kam jedoch Sturm auf und daher ging der Wetterhahn kaputt!«, rief Isabella. »Das ist aber schon eine Weile her.«

»Fünfzehn Jahre«, sagte Sophie. »Damals kam Stefan mit miserablen Schulnoten nach Hause.«

»Ja, er hatte drei Vierer und nur einen Dreier!«

»Du irrst, meine Liebe!«, wurde die Nichte beinahe scharf zurecht gewiesen. »Es waren Drei Dreier und nur ein Vierer. Noch so jung, und du kannst du schon jetzt nichts mehr merken. Ich frage mich, wie das enden wird, solltest du in meine Jahre kommen – ts – ts!« Sophie schüttelte dabei missbilligend den Kopf.

Dann wurde die Debatte unterbrochen, den Pankraz servierte den Tee. Dieses Ritual vollführte er jeden Tag auf die gleiche Weise. Erst bediente er Sophie, danach Isabella.

»Welche Kekse wünschen Hoheit?«, fragte er daraufhin eine nach der anderen. Dann bekam Sophie mit der silbernen Zange ein Nussplätzchen und Isabella ein Schokoladenkekschen gereicht. So ging es, solange sich der alte Diener erinnern konnte. Sophie nahm stets zwei Würfelzucker und Isabella immer eine Süßstofftablette. Pankraz fragte und tat seit Jahr und Tag das Gleiche. Wäre es einmal anders gewesen, hätte es gewiss die Welt des alten Dieners aus den Angeln gehoben …

Seit Tagen gab es ein Thema: Stefans Verheiratung! Zuerst hatten sie beide ein wenig darüber gezankt, ob eine standesgemäße Heirat unabdinglich sei. Die jüngere Gräfin hatte schließlich gemeint, da doch auch in den regierenden Fürstenhäusern bereits bürgerlich geheiratet wurde, könnte man das durchaus ins Auge fassen.

»Nun, meine Liebe, hast du dir schon Gedanken darüber gemacht, wer für Stefan als Braut in Frage kommen könnte?«, fragte die ältere der Tanten, womit sie beide wieder beim derzeit aktuellen Thema waren.

»Ich dachte, ich könnte mal Baronin Scharnhorst fragen …?«

»Um Gottes Willen, nicht die Scharnhorst!«, rief Sophie. »Sie verdreht die Tatsachen und erzählt Geschichten. Nein, nicht diese Scharnhorst. Wir könnten ein Inserat aufgeben.«

»Ein Inserat wäre gut!«, rief Isabella begeistert und begann auch gleich an einem Text zu schmieden, der allerdings Sophie nicht gefiel.

»Also, wenn schon eine Bürgerliche, dann eine, die Geld hat«, wandte sie bedeutungsvoll ein. »Immerhin wird ein einfaches Mädchen Prinzessin! Es gibt sicherlich etliche Väter, die sich das etwas kosten lassen würden. Denk an den Ballsaal. Er müsste renoviert werden. Und von den Eintrittsgeldern …? Na, ich weiß nicht?«

»Ich denke«, schlug Isabella vor, »wir sollten mit Stefan darüber reden. Die Zeiten, in denen man über die Köpfe der Beteiligten hinweg entschieden hat, sind vorbei. Wir sind schließlich nicht altmodisch.«

»Nein!«, bekräftigte Sophie. »Wir gehören zum modernen Adel!«

Und so kam es, dass die beiden Adeligen das Gespräch mit dem Neffen und Großneffen suchten. Sie taten dies recht betulich, ja beinahe umständlich und schlichen um Stefan herum, wie die Katzen um den heißen Brei.

»Ihr seid also der Meinung, ich sollte heiraten?«, kürzte Stefan ab und sah zwei erleichterte Gesichter vor sich. Dann hörte er brunnentiefe Seufzer der Erleichterung.

»Wir haben uns dahingehend geeinigt, dass es auch eine Bürgerliche sein dürfte«, begann Sophie. »Dabei sehen wir natürlich großzügig über unser Hausgesetz hinweg …«

»Wonach sich ein Mitglied unserer Familie nur mit einem Mitglied aus einer regierenden Fürstenfamilie verbinden darf, die obendrein katholisch zu sein hat«, vollendete Stefan belustigt. »Da ist ja nun die Auswahl nicht mehr berauschend. Wahrscheinlich würde ich als ewiger Junggeselle zu meinen Ahnen gehen! Und es regiert auch keiner mehr …«

»Eben darum haben wir so gedacht«, sagte Sophie ein bisschen beleidigt und befühlte ihre Frisur. »Wir wollen dein Bestes!«

»Wir haben nur dein Glück im Auge!«, bekräftigte Isabella.

»Ihr dürft auch ruhig zugeben, dass Ihr dabei auch an den Geldbeutel denkt«, sagte Stefan trocken. »Und habt ihr schon eine Prinzessin für mich gefunden?«

»Nun, wir möchten uns nicht gerne in deine Herzensangelegenheit einmischen«, sagte Isabella liebenswürdig.

»Überhaupt nicht!«, beteuerte Sophie. »Daher dachten wir daran, ein Inserat für dich aufzugeben. Möchtest du den Entwurf sehen? Nun, er ist sehr einfach gestaltet, wie du als Werbefachmann sicherlich gleich erkennen wirst. Wir wollten dir diese Arbeit abnehmen, nicht wahr, Isabella?«

»Vollständig wollten wir sie dir abnehmen, nicht wahr Tantchen!«, tönte Isabella feierlich. »Natürlich werden wir auch die schwierigen Briefe beantworten. Und alles, das merke dir bitte gut, geschieht nur zu deinem Wohle und zu deinem Besten!«

»Das ist aber schön«, sagte Stefan artig und lächelte amüsiert. »Und wie wundervoll einfach dieser Text gestaltet ist«, fuhr er fort, nachdem sie schwiegen. Stefan betrachtete das voll beschriebene Blatt. Hier war etwas ausgestrichen, dort etwas eingefügt. Es war äußerst mühevoll zu lesen.

»Dann lassen wir ihn doch am besten in der Frankfurter Allgemeinen abdrucken!«, rief Sophie. »Das ist, wie man weiß, ein sehr seriöses Blatt, mein Junge.«

»Äußerst seriös«, stimmte Stefan zu und sein Blick fiel auf den Stapel mit Regenbogen-Zeitschriften, in denen man mit etwas Glück sogar lesen konnte, welche Unterwäsche die Queen trägt. Die Tanten waren begeisterte Leserinnen und kannten das erwähnte seriöse Blatt sicher nur vom Hören-Sagen.

»Wisst ihr, ich habe schon so etwas wie eine Herzensdame!«

»Ist sie aus gutem Hause? Wie begütert ist sie denn? Besitzt sie eine vornehme Art? Hat sie …« Solche und viele ähnliche Fragen umschwirrten Stefan. Er unterbrach schließlich mit einem hellen Auflachen.

»Ich denke, sie wird euch das selbst erzählen. Ist es euch denn recht, wenn ich sie zum Sonntagstee mitbringe?«

Es war ihnen recht und Stefan wusste, da? sie nun allein

mit der Frage beschäftigt waren, was sie zum Sonntagstee tragen würden …

»Ach du liebe Zeit!«, rief Christin, als ihre Stefan davon erzählte. »Ich wüsste gar nicht, was ich anziehen soll?«

»Mit dieser Qual bist du nicht allein«, meinte Stefan belustigt. »Die Tanten werden Stunden in ihren Ankleidezimmern vor den Schränken verbringen und bestimmt in grauenhaft altmodischen Roben erscheinen.«

»Ich besitze keine Robe«, sagte Christin. »Nur so ein Cocktailkleidchen, und das ist so abscheulich, da? ich damit nicht auf die Straße gehe. Meine Mutter hatte es mir mal zur Taufe von irgendeinem Verwandtenkind aufgeschwatzt.«

»Zieh dich an wie immer«, meinte Stefan leichthin. »Du gehst nicht zu den Königs von Spanien! Der Adel lebt heute nicht mehr so wie vor hundert Jahren. Ich bin doch auch ein Prinz, aber mich darf man anfassen.«

»Ich darf dich anfassen«, korrigierte Christin. »Sonst niemand!«

Weder Stefan noch Christin ahnten, dass sich auf Schloss Weidensee ein kleines Drama abgespielt hatte. Dabei war es um die Kleiderfrage gegangen, und wie Stefan richtig vermutete, machten sich die Tanten großes Kopfzerbrechen. Wohl zum ersten Male erzürnten sie sich sogar richtig. Dabei ging es um einen Orden, den sich Sophie an die Brust heften wollte.

»Du kannst doch Großvaters Orden nicht tragen!«, empörte sich Isabella.

»Das steht mir zu, denn er war immerhin mein Bruder«, setzte sich Sophie eigensinnig zur Wehr. »Er war ein sehr verdienter Mann, der viel Orden bekommen hatte.«

»Das bestreite ich nicht«, murrte Isabella bockig. »Aber es waren seine Verdienste. Ich finde es ungeheuerlich, sich mit fremden Federn zu schmücken. Außerdem ist das hier ein Kriegsorden. Wie kann man als Frau einen Kriegsorden tragen? Das ist ja lächerlich!«

»Auch Frauen haben im Krieg etwas geleistet. Oder erinnerst du dich nicht mehr daran, als wir diese vielen Flüchtlinge aufgenommen hatten?«

»Nein, ich erinnere mich nicht!«

»Da siehst du, wie trotz deiner Jugend, dich schon jetzt dein Gedächtnis im Stich lässt«, sagte Sophie mit hinterlistigem Mitleid.

»Ich war damals noch nicht auf der Welt«, konterte Isabella trocken. »Mit deinem Gedächtnis ist es nicht mehr weit her, wie mir scheint. Ich habe nur gehört, dass diese Leute im Ballsaal Lagerfeuer geschürt haben sollen. Und jetzt leg endlich den dummen Orden ab.«

»Das werde ich nicht tun. Nein, ich werde es keinesfalls tun. Irgendwie muss man sich vom Bürgertum unterscheiden.«

»Aber nicht mit dem Eisernen Kreuz oder ähnlichem!«, zischte Isabella und ließ ihre Tante stehen, denn sie hörte, wie Stefan sich mit Pankraz unterhielt. Gleich darauf schwebte eine grasgrüne Tüllwolke ins Zimmer, die eine veilchenduftende Fahne mit einem leisen Hauch von Mottenkugelaroma nach sich zog.

»Herzlich Willkommen auf Schloss Weidensee!«, rief Isabella theatralisch, denn sie liebte große Auftritte, die allerdings sehr selten geworden waren.

Christin versuchte, so etwas wie einen Knicks zu machen. Der wirkte aber doch sehr linkisch.

»Schön, wie Sie sich bemühen!«, rief Isabella und klatsche in die Hände. »Das macht man anders. Das macht man doch so!« Und nun legte Isabella vor Christin einen vollendeten Hofknicks hin, woraufhin Stefan laut auflachen musste

»Ich habe es doch nicht falsch gemacht?«, fragte Isabella erschrocken. Doch dann wurde man abgelenkt, denn Sophie erschien, nachdem Pankraz die Türe geöffnet hatte und sich leicht verneigte.

»Ihre Herrlichkeit, Sophie Gräfin von Weidensee«, sagte er steif und wirkte ganz stolz, diesen Satz wieder einmal sagen zu dürfen.

»Knicks!«, zischte Isabella. »Aber richtig!«

Diesmal schaffte es Christin. Dann blickte sie hoch. Sophies Gesicht war zartrosa gepudert. Die Lippen glänzten dunkelrot. Langsam kam Sophie heran, wobei die Seide ihres nachtblauen Kleides geheimnisvoll raschelte.

»Ich freue mich sehr, die Braut meines Großneffen begrüßen zu dürfen«, sagte Sophie huldvoll lächelt. Beim Gehen klirrten die Orden an ihrem Busen, denn sie hatte sich, sehr zu Isabellas Entsetzen, scheinbar wahllos noch ein paar andere angeheftet.

»Du weißt doch gar nicht, ob sie schon richtig verlobt sind«, mischte sich Isabella weniger huldvoll ein. »Außerdem wissen wir ja noch nichts über sie!«

»Oh, liebe Tanten, Christin wird euch gerne alle eure Fragen beantworten«, kündigte Stefan an. »Christin ist eine sehr aufrichtiges Mädchen.

»Pankraz, den Tee bitte!«, ordnete Sophie an, und das Ritual begann mit Nussplätzchen, Schokoladenkekschen, Würfelzucker und Süßstoff. Die Atmosphäre war von vornehmer gepuderter Gespanntheit, und es wurde sehr viel gelächelt und huldvoll genickt.

»Was, ich meine, womit beschäftigt sich denn Ihr Herr Vater?«, begann Sophie umständlich zu examinieren.

»Christins Vater ist im Berliner Reichstag«, antwortete Stefan und bekam von Christin einen Knuff. »Er bekleidet dort eine sehr wichtige Funktion.«

»Nein, wie interessant!«, rief Isabella fast ein wenig zu laut und erntete von ihrer Tante einen rügenden Seitenblick. »Und die Frau Mama? Was tut die liebe Frau Mama?«

»Sie ist an der Oper«, sagte Stefan.

»Nein, eine Künstlerin!«, rief Sophie begeistert. Das ist ja ganz wundervoll. Wir hatten zum letzten Male ..., wann war das doch, als die Schwägerin deiner Großcousine, na, sie war doch eine ganz berühmte ...«

»Ja, sie war eine berühmte ...«, sagte Isabella mit leuchtenden Augen. »Ich sehe schon, Sie passen vorzüglich in unsere Familie. Und sicher hat Ihr Herr Papa auch vorgesorgt?«

»Ja, doppelt und dreifach«, sagte Stefan. »Gleich bei der Geburt hat man damit begonnen, für Christin Kapital anzulegen ...«

»Aber Stefan ...?«

»Natürlich hat dein Vater Kapital für dich angelegt«, sagte Stefan bestimmt. »Sogar im Ausland, wenn ich mich recht besinne.«

»Nun, dann steht ja einer Verbindung nichts mehr im Wege! Ach, wie sind wir doch glücklich und wie sehr freuen wir uns«, sagte Isabella.

»Nein, wie schön, nach so langer Zeit wieder einmal eine Künstlerin in der Familie zu haben«, schwärmte Sophie verzückt

»Und einen Präsidenten aus dem Reichstag!«, hob Isabella feierlich hervor. »Das darf man nicht vergessen!«

»Natürlich nicht!«, bestätigte Stefan und führte Christin hinaus in den wunderschönen Garten. Dort küsste er sie auf den Mund und schwenkte sie ein paar Mal im Kreis.

»Du bist verrückt, ihnen solche Lügen aufzubinden. Mein Vater im Reichstag, Mutter an der Oper, Kapitalanlage und dazu noch im Ausland. Ehrlich, du hast 'nen Knall!«

»Es ist die Wahrheit!«, beharrte Stefan fröhlich. »Dein Vater sortiert die Post im Reichstag, deine Mutter hängt in der Oper die Pelzmäntel feiner Damen auf. Nun, und so weit ich weiß, haben deine Eltern gleich bei deiner Geburt eine Aussteuerversicherung abgeschlossen. Also waren es keine Lügen. Ach ja, und deine Tante Elisabeth hat für dich etwas in einen Schweizer Fond eingezahlt.«

»Die armen Tanten«, meinte Christin sinnend. »Sie werden mich hassen, wenn sie die Wahrheit erfahren. Ich meine, sie rechnen doch damit das mit mir wieder Glanz und Gloria Einzug hält?«

»Du Schäfchen«, flüsterte Stefan und knabberte an Christins Ohrläppchen. »Wer wohl könnte mehr Glanz und Gloria in den alten Kasten bringen, als du, meine wundervolle, meine schöne Prinzessin?«

Das grandiose Hochzeitsfest auf Schloss Weidensee wurden zu einem Erlebnis bleibender Erinnerungen. Christin und Stefan waren ein Traumpaar im Blitzlichtgewitter. Natürlich war die Welt des Adels geladen. Das war Stefan schließlich seinen Tanten schuldig, denn sie würden lange von diesen Ereignis zehren.

Noch einmal flammten die geschmückten Ballsaal die prächtigen Lüster auf, und es rauschten tanzende Paare in festlicher Kleidung über das spiegelnde Parkett. Und noch einmal durchdrangen Wispern und süße Liebesworte das duftende Buschwerk im nächtlichen Park, so wie damals vor vielen Jahren und wie immer, wenn sich Menschen vom Märchen ihrer Liebe erzählen und ihr Geheimnis bewahren möchten.

»Ach ja, liebes Tantchen«, seufzte Isabella. »Sie ist doch wirklich eine richtige Prinzessin, nicht wahr? So edel und so anmutig!«

»Schade, daß sie nun nicht so reich ist, wie wir gedacht

haben. Wirklich schade«, bedauerte Sophie, die sich wieder das Eiserne Kreuz an die festliche Robe geheftet hatte. »Aber, man darf nicht sagen, sie hätte uns belogen. Nein, das darf man wirklich nicht sagen.«

»Niemand darf so etwas behaupten«, pflichtete ihr die Nichte bei. »Adelige lügen schließlich nicht!«

»Nein, niemals«, sagte Sophie. »Lass uns wieder hineingehen. Ich möchte keinen Augenblick versäumen!«

Der richtige Mann im falschen Flieger

Linda ist mit James Hollister so gut wie verlobt, weil es die Eltern so wünschen. Sie soll mit ihm in Spanien die Ferien verbringen, damit sie ihn besser kennenlernt. Als wohlerzogene Tochter leistet Linda keinen Widerstand. Doch es kommt zu Verwicklungen, die selbst von der Anstandsdame Agatha Frings nicht verhindert werden können …

Das Trio, das die Halle des Flughafens betrat, war so absonderlich, dass es viele Blicke auf sich zog. Da war dieses dunkelhaarige Mädchen mit den leicht mandelförmigen Augen, das wohl nicht so sehr beachtet wurde, wenn man von der etwas strengen Kleidung absah. Der junge Mann in seinem vollständig zugeknöpften Anzug, mit weißem Hemd und schwarzer Fliege, erregte allerdings einige Aufmerksamkeit. Er schien für diese Art förmlicher Kleidung viel zu jung. Außerdem wirkte er darin blass und kränklich. Die Dame an seiner Seite trug ein streng geschnittenes Kleid von undefinierbarer Farbe. Die Bluse mit dem Jabot war wirklich so unmodern, dass die Leute darüber grinsten.

»Ich habe Durst, Miss Frings«, sagte der junge Mann und zog dabei eine Braue hoch. »Besorgen Sie mir Mineralwasser. Es muss natriumarm sein, hören Sie. Natriumarm!«

Nun wandte er sich an die junge Dame, die sich interessiert umblickte.

»Dürstet dich nicht, Linda, meine Liebe?«, fragte der junge Mann sehr höflich und sehr steif. »Auch du solltest natriumarmen Wasser den Vorzug geben. Weißt du, es ist …«

»Ja, ja, James«, erwiderte Linda abwesend und hörte seinem umfangreichen Vortrag, den sie ohnehin schon beinahe auswendig kannte, gar nicht zu. Sie hatte den Groll auf ihre Eltern noch nicht ganz verwunden.

Genügte es denn nicht, dass sie schon in diese seltsame Verlobung eingewilligt hatte? Nein, nun sollte sie mit diesem langweiligen James und der mit Argusaugen bewaffneten Miss Frings drei Wochen an die Costa del Sol reisen. Drei quälend lange Wochen, und sie würde danach mit Sicherheit nur von natriumarmem Wasser träumen. Viel lieber wäre sie mit ihren Freundinnen an die heimische See gefahren. Dort hätte sie lachen und tanzen können. Ja, sie wäre wirklich fröhlich gewesen. Aber so?

»Du wirst reisen!«, hatte Lady Claire befohlen, und Lindas Vater hatte zustimmend genickt. Und nun hatten diese fürchterlichen, natriumarmen Wochen schon halb begonnen.

»Ach, welche Gangway müssen wir nehmen?«, stammelte Miss Frings aufgeregt. Kein Wunder, denn sie hatte England nie verlassen. Linda zweifelte sogar daran, dass sie jemals über die Grenzen der Grafschaft York hinausgekommen war. Als sie nun einen der vielen Menschen fragte, welche denn die Gangway zur Costa del Sol war, musste Linda die Hand ganz fest auf den Mund pressen.

»Darf ich mir erlauben, Ihnen zu sagen, dass wir nach Malaga fliegen werden, Miss Frings?«

»Das wusste ich«, sagte sie und sog hörbar laut Luft durch die Nase. »Costa del Sol ist aber deutlicher und wird überall verstanden, nicht wahr, Master James?«

»Sehr wohl, Miss Frings. Sie haben natürlich recht. Ich denke, es ist jeder im Besitz seiner Bordkarte?«

Linda und Miss Frings bejahten das. »Oh!«, rief James plötzlich. »Ich muss unbedingt die Times kaufen. Ohne die Times kann ich selbstverständlich nicht reisen.«

»Natürlich nicht, James«, pflichtete ihm Linda bei. Am liebsten hätte sie ihm jetzt gesagt, er solle sich mit seiner verdammten Times zum Teufel scheren. Aber sie schwieg und nahm sich fest vor, wenigstens Miss Frings im Urlaub auszutricksen, so dass sie nicht wie eine Klette am Leib hing.

Es fiel Linda gar nicht auf, dass sie sich immer weiter von ihrer absonderlichen Begleitung entfernte und im Menschengewühl untertauchte. Die Passkontrolle hatte man bereits vor einiger Zeit passiert. Linda befand sich im Warteraum mit den vieles Gates.

»Sie müssen sich beeilen, junge Dame«, sagte eine dicke Dame hastig zu ihr. »Es war schon der dritte Aufruf!«

Linda sah sich um. Keine Spur von James und Miss Frings. Linda wurde eher geschoben als selbst zu gehen. Schließlich wurde sie von einem Sog erfasst, der die Leute durch einen schmalen Einlass presste.

Die Stewardess lächelte freundlich und riss die Bordkarte ab. »Einen guten Flug«, sagte sie. »Sie müssen sich beeilen, Miss!«

Und dann saß Linda in der Maschine. Ein hagerer Mann beanspruchte den Platz. Seine Bordkarte wies die gleiche Platznummer auf wie die von Linda. Schließlich einigte man sich darauf, dass Linda den freien Platz hinter ihm einnehmen durfte. Sie war so aufgeregt, dass sie sich keine Gedanken um ihre Begleitung machte. Sicherlich saßen sie weiter vorn in der Maschine? Während der Kabbelei um den Platz hatte Linda gar nicht auf Ansagen geachtet. Und dann war die Maschine in der Luft und Linda lehnte sich behaglich zurück.

»Ladies und Gentleman, wir begrüßen Sie herzlich an Bord unserer Boeing 737 auf dem Flug von London nach Alicante. Unsere voraussichtliche Flugdauer …«

»Alicante?«, rief Linda entsetzt. »Ich muss nach Malaga. Anhalten, ich muss nach Malaga!«

»Und wenn Sie noch so laut schreien, wird die Maschine nicht anhalten können«, sagte eine ruhige Männerstimme zu ihr. Linda blickte in ein gebräuntes Gesicht mit glutvoll dunklen Augen. »Ein Flugzeug ist doch kein Auto! Es kann nicht einfach rechts ranfahren und anhalten.C Er lächelte kopfschüttelnd und beruhigend zugleich.

»Oh, mein Gott«, fuhr Linda aufgeregt fort. »Miss Frings wird halb Scottland-Yard verrückt machen. Und James behauptet sicherlich, man habe mich entführt. Oh, nein!« Ihr Gesicht verschwand in den Händen. Sie schluchzte ein bisschen. Das war gespielt. Die Aufregung aber war echt. »Ich weiß gar nicht, wie so etwas geschehen kann?«

»Kommen Sie zu mir herüber und erzählen Sie mir alles. Wir haben Zeit bis Alicante. Dann kann man weitersehen.«

»Ich muss zum falschen Gate gegangen sein«, vermutete Linda. »Niemand, auch nicht die Stewardess beim Boarding, hat darauf geachtet. Es wird einen Aufstand geben, wenn man mich vermisst. Es wird in allen Zeitungen stehen. Meine Eltern werden es lesen. Es ist nicht auszudenken!«

»Beruhigen Sie sich«, sagte er. »Mein Name ist Manuel de Castro-Canto y Mela«.

»Das ist ein sehr langer Name«, staunte Linda.

»Es ist ein spanischer Adelstitel«, erklärte er. »Aber Sie dürfen mir glauben, ich lebe ganz bürgerlich und gehörte nicht einmal entfernt zu den Mitgliedern der Königsfamilie.«

»Wir haben auch Adelstitel«, sagte Linda. »Aber Sie sind kürzer. Eigentlich bin ich auch eine Lady. Doch ich will gar keine sein. Glauben Sie mir, es ist verdammt anstrengend, eine Lady zu sein.«

»Ich kann es mir denken«, sagte Manuel belustigt. »Wollen Sie mir etwas über die Begleitung sagen, die Sie so sehr vermissen?«

Linda runzelte die Stirn. Das gab ihrem Gesichtchen einen richtig süßen Ausdruck. »Eigentlich vermisse ich James und Miss Frings gar nicht so sehr.«

»Sie mögen sie wohl nicht.«

»Was heißt mögen? James ist mein Verlobter, und Miss Frings ist so etwas wie meine Gouvernante. Ihnen darf ich ja verraten, dass sie entsetzlich ist.«

»Und Ihren Verlobten? Wie finden Sie ihn?«

Nun senkte sie den Kopf, denn sie spürte, dass ihr das Blut in die Stirn schoss. Was sollte sie antworten? Ihm zu sagen, dass sie James einfach schrecklich fand, wäre sicherlich sehr unhöflich gewesen.

»Nun ja, er ist … nun, er ist bisweilen etwas – seltsam.«

»Sie scheinen ihn nicht sonderlich zu mögen?«

»Doch, doch, natürlich!«, rief Linda hastig. »Ich muss doch«. Den letzten Satz hatte sie ganz leise gesagt und dabei wieder den Kopf gesenkt. »Es ist einfach so. Aber das verstehen Sie nicht. Man kann in England nicht tun, was man will!« Das hatte beinahe etwas trotzig geklungen. »Außerdem geht es Sie nichts an!«

»Da haben Sie allerdings recht«, meinte er. »Es würde mir sicherlich schrecklich ergehen, wenn ich diesem James ins Gehege käme.«

»So etwas stört ihn nicht«, sagte Linda trocken. »Er gehört zu den Leuten, die selbst auf dem Totenbett noch höflich sind.«

Nun mussten sie beide herzlich lachen. Die folgende Plauderei ließ James und Miss Frings fast in Vergessenheit geraten. Dieser Mann erzählte leidenschaftlich und glutvoll von seiner Heimat. »Wunderschön ist es, wenn die Mandelbäume blühen«, erzählte er. »Die Küste hat davon ihren Namen: Costa Blanca – die weiße Küste.«

»Erzählen Sie weiter«, flüsterte Linda. »Ich könnte Ihnen immer zuhören und würde dafür am liebsten mit Ihnen bis ans Ende der Welt fliegen.«

»Warum tun wir es nicht?«, fragte er und nahm ihre kleinen Hände. »Warum fliegen wir nicht einfach zusammen ans Ende der Welt?« Sein Blick tauchte tief in ihre Augen. Linda hatte das Empfinden, einfach zu schweben. Egal wohin. Einfach hoch und höher ...

»Ladies und Gentleman, wir werden in wenigen Minuten auf dem Flughafen von Alicante landen und bitten Sie, sich anzuschnallen und die Rückenlehnen Ihrer Sitze senkrecht zu stellen.«

»Es ist schon vorbei«, flüsterte Linda. »Schade. Wirklich schade.« Ihre Stimme klang traurig. Es war echtes Bedauern, was sie empfand. „Nun werde ich mich um einen Rückflug kümmern müssen.«

»Wie wäre es, wenn ich Sie einladen würde, mit mir für ein paar Tage nach Castro Canto zu kommen? Wir könnten Ihre Begleiter verständigen und ...«

»Nein, nein, bloß das nicht!«, rief Linda. Nur kurz überlegte sie. Dann sah sie Manuel an. »Ich komme mit Ihnen!«

Wer Linda kannte, hätte sie für vollkommen übergeschnappt gehalten, denn sie saß tatsächlich neben einem Wildfremden in einem Auto und fuhr einem unbekannten Abenteuer entgegen. Der Wagen rollte auf einer schmalen Straße durch eine atemberaubende Landschaft. Palmlilien wucherten an den karstigen Berghängen, die oft steil zum Meer abfielen, das unendlich vielfarbig im grellen Sonnenschein flirrte und ein Gefühl von grenzenloser Weite durch die Seele gleiten ließ.

»Ihre Heimat ist wunderschön«, sagte Linda andächtig bewegt. »Es ist alles so gigantisch, dass es mich direkt überwältigt.«

»Sie haben in England sicherlich auch schöne Plätze«, meinte er. »Überall ist es schön wo man sich zu Hause fühlt. Eben dort, wo das Herz seine Heimat hat.«

Linda lauschte diesen Worten nach. Hatte ihr Herz eigentlich eine Heimat? James, Miss Frings, die Familie – all das lag irgendwo fern und hatte in diesen Augenblicken kaum eine Bedeutung für Linda. Mochte man von ihr denken, was man wollte, sie fühlte sich wohl. Und solche Augenblicke waren wie ein Geschenk für sie, denn es gab sie selten genug …

Auf der Hochebene weitete sich das Land bis zu den Hügelketten, die fern am Horizont verblauten. Uralte knorrige Olivenbäume, krumm und bucklig gewachsen, behaupteten sich wie störrisch neben eleganteren Mandelbäumen mit ihrem filigranen Geäst.

»Mandeln und Oliven«, erklärte Manuel. »Viele der Olivenbäume sind schon ein paar hundert Jahre alt. Aber sie tragen noch immer reiche Frucht. Die grünen Büsche darunter sind keine Bodendecker sondern Kapernsträucher. Geerntet werden die Knospen kurz vor der Blüte.«

»Sie scheinen etwas davon zu verstehen«, meinte Linda voller Bewunderung.

Manuel lachte leise. »Das muss ich wohl«, sagte er dann. »Ich verdiene mein Geld damit. All das Land ringsum, soweit das Auge reicht, gehört zu Castro-Canto.«

»Und Sie bewirtschaften das ganz alleine?«, wollte Linda wissen.

»Aber nein«, wies er lächelnd zurück. »Es sind eine Menge Landarbeiter nötig. Es sind Saisonarbeiter, und sie kommen vorwiegend aus Andalusien und den armen Gebieten der Extremadura, einer Region an der Grenze zu Portugal.«

»Das ist alles sehr interessant«, sagte Linda und wirkte

gehorsam wie ein Kind, denn sie verstand nichts davon.

»Ich spüre, dass ich Sie unsagbar langweile«, sagte er nun. »Sie werden es sicherlich schon bereut haben, mit mir gekommen zu sein?«

»Aber nein! Wirklich nicht!«, rief Linda hastig. »Es hat doch noch gar nicht richtig angefangen.«

»Da haben Sie allerdings recht, Linda. Castro-Canto besteht nicht nur aus Mandeln, Oliven und Kapern. Wir bauen auch vorzüglichen Wein an, und den werden Sie kosten, sobald wir angekommen sind. Freuen Sie sich darauf!«

Linda freute sich wirklich. Sie war ganz kribblig. So fühlte sie sich gewöhnlich nur vor ganz wichtigen Ereignissen, die allerdings so selten waren, dass sie mit den Fingern einer Hand zu zählen waren.

»Worauf wollen wir trinken?«, fragte Manuel. Dunkelrot wie Rubin funkelte der Wein in den Gläsern. Die späte Sonne tauchte die Hügelketten in rosiges Licht. Am blassen Himmel funkelten die ersten Sterne dieser Nacht und von irgendwo her klang sehnsüchtig eine Gitarre und hüllte Lindas Seele in Geborgenheit ein.

»Auf all dies hier«, flüsterte Linda nach einer Weile und sah in Manuels Augen aus denen ein geheimnisvoller Zauber leuchtete und diese Stunde zwischen Tag und Traum in etwas ganz Besonderes verwandelte.

»Vielleicht auf uns?« fragte er mit leicht rauer Stimme, die Linda wohlig unter die Haut kroch.

»Vielleicht?«, meinte sie, wobei sich hinter diesem Wort eine verhaltene Hoffnung verbarg, die in eine unbeschreibliche Sehnsucht gehüllt schien.

»Dann lassen Sie uns auf diese Stunde anstoßen, auf das Glück das in ihr liegt und auf das, was kommen mag«, flüsterte Manuel verheißungsvoll.

Stumm nickte sie und war überwältigt, obwohl er ihr keine Komplimente machte. Jedes Wort aus seinem Mund war für Linda ein Kompliment und eine Liebkosung zugleich.

»Und jetzt möchte ich Sie gerne küssen«, sagte Manuel leise.

»Warum tun Sie es nicht einfach?«, fragte Linda. Letzter Sonnenglanz ließ ihre Lippen schimmern, als sich sein Mund näherte. Linda schloss die Augen und spürte Sehnsucht auf der Haut. In seinem Kuss lag alles eingebettet, was man mit Worten nicht ausdrücken kann. Linda stand am Tor zum Garten der Liebe. Glück und Seligkeit rauschten ins Blut. Die Zeit stand still …

Von Liebe sprachen sie nicht in Worten. Von Liebe erzählten ihre Herzen und ließen Zeit und Raum vergessen, wischten alles einfach weg, die Bedenken und die Fragen ebenso, wie das Gestern und Morgen, denn kostbar war nur der Augenblick …

»Bist du glücklich, mein Lieb?«

»Unendlich glücklich«, antwortete Linda. »Du gibst mir alles und noch viel mehr, Manuel. Alles ist plötzlich so reich und schön für mich. Ich glaube zu träumen und habe Angst, zu erwachen und mit meinen Händen ins Leere greifen.«

Sie saßen beide am Rande eines steinernen Brunnens. Der schwere süße Duft der rosa Oleanderblüten hüllte sie ein, und die Hitze des Tages brütete über der weiten Sierra. Das Meer mit seinem fernen Blau fächelte einen kühlen Gruß zu.

»Wir sind nicht allein auf dieser Welt«, erinnerte Manuel. »Ich habe mir erlaubt, Miss Frings und deinen – ähm – Verlobten zu informieren, dass du bei mir bist.«

Linda sah Manuel entgeistert an. Schmerzlich war die Wirklichkeit in ihr Bewusstsein gedrungen. Linda senkte den

Kopf.

»Sie werden hierher kommen, nicht wahr?«

»Das denke ich«, antwortete Manuel. »Auf Castro Canto ist man gastfreundlich. Mir ist der Gedanke, dass man sich um dich sorgt, ganz einfach unangenehm. Ich komme mir vor, wie eine Art Ritter Blaubart.«

Obwohl Linda auf eine Weise Traurigkeit verspürte, musste sie lachen.

»Ich denke mir, dass sich beinahe jede Frau einen solchen Blaubart wünschen würde«, sagtete sie. Sie wollte ihm von Ihrer Ahnung erzählen, die ihr sagte, dass Träume eben nur geträumt werden können und dass man sie nicht festhalten kann. Sie tat es nicht. Sie schwieg. Beinahe hätte sie geweint. Doch da kehrte Chico, der kunterbunte Hund mit den prachtvollen Segelohren, von einem seiner Streifzüge zurück und begrüßte Linda so überschwänglich, als habe er sie tagelang nicht zu Gesicht bekommen.

»Ist ja schon gut, du wilder Kerl. Ich hab dich ganz toll lieb«, beschwichtigte Linda und konnte nicht umhin, Manuel mit einem Seitenblick zu streifen. Schalk und wohl auch ein bisschen Wehmut lagen darin.

Obwohl die folgenden Tage gleich blieben, waren sie doch anders geworden, denn sie waren wie von einem Hauch Abschied durchweht. Linda liebte Manuel mit jeder Faser ihres Herzen. Nie zuvor sie intensiver geliebt als in den Tagen auf Castro-Canto, die ihr den Himmel auf Erden bedeutet hatten.

Und dann – es wirkte wie eine kalte Dusche – standen Miss Frings und der natriumarme James Hollister vor Linda. Sie trug ein Wickelkleid aus hübsch bedruckter Seide. Denn Stoff hatte ihr Manuel mitgebracht. Linda sah darin ganz reizend aus. Das fand Miss Frings allerdings absolut nicht so. Ihr ohnehin spitzes Gesicht wurde noch spitzer.

»Was sagen Sie dazu, Master James?«, fragte sie. Pfeifend hatte sie die Atemluft durch die Nase eingesogen.

»Seltsam«, sagte James. »Äußerst seltsam.«

»Es ist skandalös«, gab Miss Frings von sich. »So kleidet sich eine Lady nicht. Wenn das Ihre Lordschaften wüssten!«

»Dank Ihres Pflichtbewusstseins, liebe Miss Frings«, antwortete Linda ein wenig hinterhältig, »werden sie es alsbald erfahren. Aber seien Sie versichert, dass es mir völlig egal ist.«

»Das kann Ihr Ernst nicht sein, Lady Linda?«, hauchte die Dame in Grau fassungslos. Ihr Blick begann zu irren und nahm schließlich einen hilflosen Ausdruck an.

»Es ist mein voller Ernst, Miss Frings«, bestätigte Linda ungerührt. »Ich habe mich niemals wohler gefühlt.«

Margarita, die gute alte Seele von Castro-Canto, brachte einen Korbsessel herbei. Miss Frings und der Sessel ächzten gleichzeitig, als sie sich hineinsinken ließ. Es schien keinen Augenblick zu früh gewesen zu sein …

Manuel kam mit festen Schritten heran und neigte leicht den Kopf. »Gestatten Sie, mich vorstellen zu dürfen? Mein Name ist Manuel de Castro-Canto y Mela!«

»Dürfte ich Sie wohl um ein Glas Wasser bitten?«, fragte James daraufhin ungerührt und mit bekannt kühler Höflichkeit. »Es sollte …«

»Es sollte natriumarm sein, Master James. Ich weiß«, vervollständigte Manuel lächelnd. Er wandte sich an Margarita. »*Un vaso de agua para Master James, por favor. Es suficiente de nuestra fonta!*«

Um ein Haar hätte Linda laut gelacht, denn Manuel hatte gemeint, ein Glas Wasser aus dem Brunnen würde genügen. James genoss das Wasser und meinte, er habe noch nie natriumärmeres getrunken als dieses.

Miss Frings schien sich erholt zu haben, denn sie begann

damit, Manuel zu inspizieren. Das mutete an, als müsse sie ihn völlig neu einkleiden. Dazu benötigte sie ihre Nickelbrille, durch die ihre Augen ein ganz besonderes Funkeln und beinahe schreckliche Größe annahmen.

»Also, Sie sind ein …, also nein, ein – ein -- sind Sie, Mister«, stammelte Miss Frings und konnte, was selten geschah, die richtigen Worte nicht finden. »Was hat dieser Mensch mit Ihnen zu tun, Lady Linda? In welchem Verhältnis stehen Sie zu ihm.«

»Bisher noch in gar keinem«, sagte Linda und nahm all ihren Mut zusammen. »Aber ich denke mal, er wird mein Mann – vorausgesetzt, er will mich haben!«

»Deine Worte, mein Lieb, ersparen mir den Antrag«, sagte Manuel, und seine Augen strahlten in Lindas Gesicht. »Ihnen, verehrte Miss Frings, übertrage ich die Aufgabe, für mich bei den Lordschaften um Lindas Hand anzuhalten. Natürlich sind Sie, liebe Miss Frings, als Ehrengast zu unserer Hochzeitsfeier eingeladen.«

»Und ich?«, fragte James mit dem Wasserglas in der Hand.

»Du bist natürlich auch eingeladen, James«, antwortete Linda mit gütig belustigtem Lächeln. »Und ich versichere dir, du kannst dein Leben lang natriumarmes Wasser aus unserem Brunnen genießen.«

»Oh, vielen Dank, Linda«, sagte James artig. »Das ist ein wundervolles Geschenk für mich, und ich werde dir das niemals vergessen!«

Sommernacht in Rom

Andrea hat erfolgreich eine Modeschule besucht und sich um ein Praktikum im Ausland beworben. Eine bekannte Modefirma lädt Andrea nach Rom ein. Mit den besten Vorsätzen und einer gehörigen Portion Elan im Gepäck, reist Andrea in die Ewige Stadt, die sie mit äußerst offenen Armen empfängt: gleich bei der Ankunft wird ihr Koffer gestohlen und guter Rat ist teuer …

»Caputto, futsch – weg! Nix verstehen?«, rief Andrea aufgeregt. Ihr hübsches Gesicht war dunkelrot, die blonden Locken vom Wind und von der Aufregung zerzaust. «Mein uno Koffer, weg – geklaut. Verstehen?« Mit einer typischen Handbewegung versuchte sie ihre Lage zu verdeutlichen.

Doch der Carabinieri zuckte die Schultern. Andrea hatte an alles, wirklich fast an alles gedacht, nur nicht daran, ihr Schulitalienisch aufzubügeln. Und nun, in der Aufregung klappte gleich gar nichts mehr. Nur einen winzigen Moment hatte sie nicht aufgepasst, nur ein paar klitzekleine Sekunden. Da war ein Moped herangebraust, der Kerl hatte sich das Köfferchen geschnappt, und weg war er, aufgesogen vom Gewirr und Gewühl der fröhlich lärmenden Stadt. Andrea trug ein leichtes Sommerkleidchen, wie geschaffen für einen solch prachtvollen Sommertag in Rom, aber doch undenkbar für ein Vorstellungsgespräch bei einem Modedesigner. Vernichtet setzte sie sich an die Bordsteinkante, denn ihr war richtig schlecht geworden. Ihr war genau so schlecht wie die Garderobe teuer gewesen war.

»No, no, no Signorina«, begann der Polizist zu schnattern. Von allem, was er sagte, verstand sie kaum mehr als ein Viertel. Und am wenigsten verstand sie, dass er so ungeheuer schnell sprechen musste

»Si, si«, ächzte Andrea und rappelte sich wieder auf.

»Bene, molto bene«, meinte er, grinste breit und ließ sie stehen. Sie hob die Hand, wollte rufen, wollte ihn zurückhalten. Aber das war in einer Stadt wie Rom, und das im Zentrum um die Mittagszeit, nahezu unmöglich. Jeder weiß es, der einmal dort gewesen ist …

Jetzt hilft nur noch beten, dachte Andrea vernichtet, denn sehr viel Bargeld hatte sie nicht und das Gehalt von ihrem letzten Arbeitnehmer würde frühestens in zwei Tagen auf dem Konto sein. Ihre Lage war mehr als verzwickt; sie war nahezu aussichtslos, denn das Geld reichte nicht einmal für die Rückreise.

Um eine Unterkunft musste sie sich nicht sorgen. Die Firma *Fabrini* hatte ihr ein Zimmer bestellt. Sie hatte es noch gar nicht in Augenschein nehmen können, denn genau vor diesem Hotel hatte sich der fürchterliche Zwischenfall ereignet. Andrea war sich sicher, dass der Portier die Hände im Spiel gehabt hatte, weil er sich ziemlich rasch, zu rasch eigentlich, umgedreht hatte. Andrea konnte nicht wissen, dass sich in dieser Hinsicht täglich ein paar Tausend Römer lieber umdrehen, bevor sie endlose Querelen mit der Polizei bekommen …

»Wenn du denkst es geht nicht mehr …«, so oder so ähnlich hatte Andreas Oma immer Mut gemacht. Dieser Spruch fiel ihr jetzt wieder ein. Aber etwas damit anfangen, konnte sie nicht. Sie ging einfach weiter, ziellos und ohne Blick für das quirlige Leben um sie herum. Für die hübschen Straßencafés hatte sie kein Auge. Dort saßen lachenden Menschen, und man gewann die Eindruck, dass Römer fast immer und zu jeder Tageszeit einen Grund zum Feiern finden.

»Schöne Schuhe, schöne Sandalen«, quatschte sie ein Junge an. Er war vielleicht vierzehn, barfuß, hatte ein braunes offenes Gesicht und große neugierig blickende Augen. Die Menschen hier schienen ein sechsten Sinn dafür zu haben, was deutsch war und was nicht. Zwar unternehmen viele Italienerinnen den Versuch, sich in eine Bella bionda zu verwandeln. Das klappt nicht immer, denn die vielen dunklen Pigmente im Haar zaubern jenes typische Rostrot, das gerade diese Frauen so interessant macht.

»Ich brauche keine Schuhe, keine Sandalen, ich brauche meinen Koffer!« Es war zwar sinnlos, das diesem Jungen zu erklären. Aber es musste raus, musste gesagt werden!

»Si, si, Signorina«, sagte er mit breitem Grinsen und schnorrte eine Zigarette, da Andrea gerade ein Päckchen aus der Handtasche fiel, weil sie nach einem Taschentuch gesucht hatte.

Andrea fiel das deutsche Konsulat ein. Vielleicht würde man ihr dort weiterhelfen können? Sie begann zu fragen und gab es nach einiger Zeit auf. Sie hätte ebenso gut nach der Wohnung von Sofia Loren fragen können, es wäre auch nicht weniger oder mehr dabei herausgekommen …

Und dann stand sie auf dem Petersplatz. Überall hatten sich kleine Grüppchen versammelt, in deren Mitte, fast immer ein stimmgewaltiger Italiener, weihevoll von der Umgebung des Heiligen Vaters erzählte. Fotoapparate surrten und klickten, Kameras wurden geschwenkt, Leute huschten eilig von hier nach dort, postierten sich und lächelten in die Linsen. Und Andreas war speiübel.

»Geht es Ihnen nicht gut?«

Beim Klang dieser Stimme mit einem einzigartigen Akzent drehte sich Andrea um. Sie blickte in ein dunkles Augenpaar. Schwarzes Haar fiel in Strähnen von den Schläfen

223

her gekonnt ins Gesicht. Der Mund trug ein offen stehendes Hemd; eine Goldkette blitzte auf der behaarten Brust. Würde Andrea nicht das Sorgenbündel mit sich geschleppt haben, hatte sie jetzt vermutlich *Wow* gesagt, denn dieser Mann gehörte zu jener Ausgabe, nach der sich eine Frau einfach umdrehen musste! Er war ein toller Rasierwasser-Reklame-Mann.

Aber sie sagte nicht *Wow*, sie sagte gar nichts, denn der Petersplatz begann vor Tränen plötzlich zu schwimmen und zu wanken. Andrea weinte nicht oft, nicht viel und nicht lange. Aber jetzt, in diesen Augenblicken, war es so, als hätte ihr Seelenhimmel alle Schleusen geöffnet.

»Man hat Sie bestohlen, nicht wahr?«

»Woher wissen Sie das?«, fragte sie verblüfft, wodurch ihr Tränenstrom augenblicklich versiegte.

»Welchen Grund sonst könnte eine so bezaubernde Signorina haben, hier auf dem Petersplatz zu weinen.«

»Es hätte Liebeskummer sein können«, meinte sie und fühlte plötzlich wieder Mut.

»Unsinn«, wies er ab. »Wer Liebeskummer hat, geht nicht auf den Petersplatz. Der setzt sich auf die Spanische Treppe, wussten Sie das nicht? Oh nein, sicherlich nicht, denn ich kann mir nicht denken, dass Sie von einem Mann mit Liebeskummer beladen werden.«

»Mir wurde mein Koffer gestohlen«, erzählte sie. »Denken Sie, ich hatte noch nicht einmal das Hotel betreten, konnte nicht mal fühlen ob das Bett hart oder weich ist. Nennt man das Gastfreundschaft?«

Er lächelte jungenhaft und blies das Haar aus der Stirn.
»Ich bin auch mal mit halb geöffneter Brieftasche durch den Hamburger Hauptbahnhof gegangen. Glauben Sie, ich hätte zwei gehabt, als ich draußen gewesen bin? Seien wir also ehrlich, geklaut wird überall, dort weniger und hier manch-

mal ein bisschen mehr. Und ein Koffer – das ist doch nicht so tragisch!«

»Haben Sie eine Ahnung! Davon hängt mein Leben ab, nun ja, vielleicht nicht mein ganzes. Doch zunächst einmal die nächsten vierundzwanzig Stunden und dann meine Zukunft. Es ist ja alles so verzwickt. Wo soll ich denn nur anfangen? Interessiert das Sie überhaupt?«

Nun blieb sie stehen und sah zum ihm auf. Es gab ihr einen Riss, denn sie erkannte endgültig, dass ihr spontaner Bekannter wahrhaft ein schöner Mann war. Das zauberte einen rosa Hauch auf ihre Wangen und ließ die Augen, noch immer ein wenig tränenfeucht, wie helle Sterne leuchten.

»Gleich dort drüben ist ein schönes Café mit Pinien im Garten. Ich lade Sie ein, und Sie erzählen mir alles. Einverstanden?«

»Bene«, sagte sie und fühlte sich auf eine Weise glücklich im Unglück. Andreas Begleiter hatte nicht zu viel versprochen. Es war wirklich zauberhaft in jenem Garten. Oben, hinter den Fenstern mit den grünen Lamellenläden, zupfte jemand hingebungsvoll auf einer Mandoline und der Café, den der Dunkelhaarige bestellt hatte, duftete verführerisch zart nach Amaretto.

Andrea begann zu erzählen, obwohl sie nicht einmal den Namen dieses Mannes kannte. Es war auch nicht so wichtig und völlig unbedeutend. Sie redete einfach drauflos und der Fremde hörte geduldig zu.

»Ja, so ist es«, schloss sie. »Die Kleider waren schweine…, ich meine sehr teuer«, fügte sie errötend hinzu.

»Schweineteuer«, gab er ihr recht. »Wir drücken das auch so aus. Das Kleid, das Sie tragen – lassen Sie mich raten, siebenundzwanzigfünfzig!«

»Ja, aber woher …?«

»Ich kenne den Katalog aus dem es stammt«, meinte er

lächelnd und nannte ihr ein bekanntes deutsches Versandhaus. »Das gibt es auch hier und das zum gleichen Preis. Es wurde herabgesetzt und ist jetzt für fünfzehn zu haben.«

»Na, sehen Sie!«, trumpfte Andreas auf. »Kann ich mich in einem Fünzehn-Euro-Kleid bei *Fabrini* vorstellen? Die schmeißen mich raus, noch bevor ich einen Guten Tag gewünscht habe.«

»Kann sein – kann nicht sein. Oder kennen Sie jemand von den *Fabrinis*?«

»Nein«, antwortete sie. »Ich hatte nur Briefkontakt und kenne einige Modelle, die bei uns nur in sehr exquisiten Geschäften verkauft werden.«

»Am Neuen Wall im Hamburg«, meinte er. »Zum Beispiel.«

»Dort auch«, meinte Andrea. »Glauben Sie mir, es ist mir völlig gleichgültig, wo die *Fabrinis* ihre Modelle verhökern. Ich brauche den Job, und um ihn zu bekommen, muss ich einigermaßen vernünftig aussehen. Sonst kann ich gleich einpacken. Das heißt, ich kann es nicht, denn ich habe nichts, was ich einpacken könnte. So ist es!« Mit dem Kopf nickte sie einen symbolischen Punkt unter das Gesagte und blickte in ihre leere Tasse.

»Was wäre, wenn ich Ihnen helfen würde …?«

»Das würden Sie tun?«, rief Andrea und sprang so heftig hoch, dass Gläser und Tassen schepperten, wodurch sie den Unmut einer Dame mit riesigen Strohhut erregte, die missbilligend ihrem Begleiter etwas zuflüsterte. »Sie würden es wirklich tun?«, flüsterte sie weiter. Ihre Augen leuchteten und die Lippen standen ein klein wenig offen. Sie ahnte gar nicht, wie zart, süß und reizvoll sie aussah!

»Wenn ich mir sicher bin, dass Sie es mir zu danken wissen?«

Nun aber schoss ihr heftiges Rot bis in den feinen Flaum

ihrer Schläfenhärchen. Nur der Blick auf die Dame mit dem Hut, hielt sie davon ab, diesem Frechdachs ihre Empörung ins Gesicht zu schleudern. Sie fasste sich.

»Sie denken daran, ich könnte es abarbeiten, oder?«

»So ungefähr«, meinte er lächelnd und schnippte nach dem Kellner. »Zwei Grappa«, sagte er.

»Oh nein! Nein, so nicht. Ich lasse mich nicht betrunken machen«, sagte sie und betonte jedes Wort. »Wenn Sie denken, dass ich …, also, wenn Sie meinen, meine Notlage ausnützen zu können und sich vorstellen, dass ich …, also nein!«

»Was haben Sie den für Fantasien? Ich weiß noch nicht einmal, wie Sie heißen?«

»Andrea«, sagte sie, und es klang, da sie nun sehr verärgert war, entsprechend bissig.

»Ich heiße Mario, und ich werde Ihnen Kleidung besorgen, derer Sie sich nicht zu schämen brauchen. Dafür schulden mir nur eine Sommernacht in Rom, eine Nacht, die Sie nie vergessen werden.«

»Nur so? Eine Nacht in Rom, auf Straßen und Plätzen und ohne …?«

»Und ohne«, sagte er. Nur so! Versprochen!«

»Bene«, sagte sie und wusste plötzlich, dass sie verliebt war und ihr Herz ganz festhalten musste Es klopfte, als wollte es zerspringen, und sie meinte fast, er würde es durch den dünnen Stoff ihres Kleidchens sehen können.

»Dann bringe ich Sie zu Ihrem Hotel, Andrea, und besorge die Sachen. Sie ziehen sich um und machen sich bereit für eine Sommernacht in Rom. Für unsere Sommernacht, Andrea!«

Seine Stimme hatte so geklungen, als würde er ihr den Rücken gekrault haben, ein wenig rau, ein bisschen herb und trotzdem sanft und schmeichelnd wie Seide. Abenteuerlust durchprickelte Andreas Blut wie perlender Champagner und machte sie ganz stumm.

»Du liebe Zeit, das ist ja ein *Fabrini*!«, rief Andrea erschrocken. »Wo haben Sie das her? Etwa gestohlen?«

»Geborgt«, erwiderte er. »Oder sehe ich aus wie ein Dieb?«

»Na ja, bei euch Italienern weiß man das nie so ganz genau«, sagte sie und lächelte dabei spitzbübisch.

»Ziehen Sie es an, Andrea. Ich möchte es an Ihnen sehen, denn ich glaube, nur Sie sind die Frau, die das tragen kann. Ich warte in der Halle auf Sie.«

In seiner schneeweißen Hose und mit dem tollen Hemd sah er umwerfend gut aus. Sie sah ihm nach und hatte Herzflimmern und Schmetterlinge im Bauch. Sie rief sich, so gut sie es konnte, zur Ordnung und nahm sich vor, recht spröde zu wirken. Und wenn er wirklich eine unverschämte ‚Leihgebühr’ fordern sollte, würde er eine geklebt bekommen. Das nahm sie sich jedenfalls vor …

Das Kleid war wie für Andrea gemacht und sie fühlte sich unendlich wohl darin. Es war nicht zu mondän und dennoch von einer beispiellosen Eleganz, die Andrea in eine wirkliche Dame verwandelte. Sie speisten hinreißend zu Abend. Das Lokal lag hoch über der Stadt, deren Lichtermeer wie der Sternenhimmel funkelte. Lau und mild wie Seide umschmeichelte die Luft Andreas nackte Schultern. Als Mario sie vorhin, während er ihr aufmerksam die Stola umlegte, beinahe wie zufällig berührt hatte, war es ihr wie ein Strom aus Feuer durch den Körper geronnen und sie hatte ein paar Augenblicke lang kaum atmen können.

Was für ein Mann! Er war so galant und liebenswürdig, dass es Andrea schon beinahe unheimlich vorkam. Sie spürte seine Nähe so sehr, dass sie ihr direkt unter die Haut ging und ganz plötzlich war der Wunsch da, seine Lippen zu spüren. Nur ein Mal, ein einziges Mal nur. Aber Andreas hielt ihr Herz fest. Ganz fest …

Sie bummelten über Piazzas, vorbei an rauschenden Springbrunnen, deren Fontänen silbrigen Kaskaden gleich in den samtblauen Nachthimmel schossen und als kühler Nebel ihre Wangen streichelten. Wo sie auch gingen, hielten sie immer Melodien umfangen, eine Nacht, eine Stadt, die sich im Lichterglanz und in Musik zu baden schien. Ein immerwährender Traum, gebastelt aus Düften und Tönen, die alle in Sehnsucht verschmolzen. Eine Stadt, eine Nacht der Liebe, der Jugend und derer die jung geblieben waren oder in solch zauberhaften Sommernächten sich um Jahre verjüngten …

Am fernen Horizont färbte sich der Himmel rosig, smaragdgrün und violett und kleine Wölkchen zogen wie dunkle Schäfchen unter diesem Glanz langsam südwärts. Unter dem allmählich erwachenden Pulsschlag der riesigen Stadt zerfloss allmählich der Traum und wurde aufgesogen vom Sonnenschein, der Rom erneut in einen Whirlpool der Lebensfreude, Hektik und Geschäftigkeit verwandelte.

Andreas war erschöpft und atemlos vor Glück, obwohl Mario keinerlei Anstalten gemacht hatte, sie zu küssen. Zwischen ihnen war eine wortlose Zärtlichkeit gewesen, getragen vom Zauber einer verwunschenen Sommernacht.

»Ich weiß nicht, wie ich danken soll«, sagte sie leise. »Ich glaube, es war die schönste Nacht meines Lebens.«

»Werden wir uns wieder sehen?«, fragte Mario leise.

»Gewiss, spätestens, wenn ich Ihnen die Sachen zurückgebe«, antwortete sie. »Wie kann ich Sie denn erreichen. Es könnte ja sein, dass ich bei Fabrini weggeschickt werde. Und dann …«

»Ich melde mich, Andrea.«

»Drücken Sie mir die Daumen ganz fest, denn dann …«

»Ja?«

»Wenn ich den Job habe, möchte ich Sie einladen. Auch zu – zu einer Sommernacht in Rom.«

Und weg war sie. Keine Sekunde zu früh, sonst hätte sie ihn womöglich umarmt und geküsst. Das wollte sie nicht. Sie hatte ihr Herz und beinahe den Kopf verloren. Das aber durfte nicht sein. Nicht jetzt!«

Dann stand sie vor Signore Fabrini. Er war mittelgroß, schlank und trug eine Brille mit dunklem Rand. Als Andrea eintrat, legte er zwei Finger an seine silbergrauen Schläfen und sah Andrea erstaunt an.

»Sie tragen ein ,*Fabrini*'?«

»Ist es – ist es Ihnen nicht recht, Signore Fabrini?«, fragte sie beklommen.

»Nein, nein, ich finde es ausgezeichnet. Darf ich Sie fragen, woher Sie dieses Model haben?«

»Geliehen«, gab sie ehrlich zu. »Es wurde doch – hoffentlich nicht gestohlen?«

Seine Miene war etwas finster. Andrea bekam es mit der Angst. Also hatte Mario doch gestohlen.

»Geliehen, also. Vom wem?«, hörte sie ihn fragen.

»Von einem Mann. Oh bitte, fragen Sie mich nicht wie er heißt. Ich kenne nur seinen Vornamen. Ich weiß auch nicht, wo er wohnt. Oh, wenn Sie es möchten, ziehe ich es aus. Natürlich nicht hier und sofort. Ich meine … Oh, du lieber Himmel.«

»Lassen wir das vorerst«, sagte der Modezar und stellte Andrea eine Menge fachlicher Fragen, die sie gezielt beantworten konnte. Seine Miene war reglos. »Ich denke, wir können es miteinander versuchen. Leider ist mein Sohn nicht im Hause. Ihm sollen Sie als Assistentin zur Seite stehen, und ich möchte nicht vorgreifen. Und noch eines: schaffen Sie mir den Mann herbei, der Ihnen dieses Kleid gegeben hat. Es wurde nämlich noch nie öffentlich vorgeführt. Sie sind die erste Frau, die es trägt. Bringen Sie mir den Kerl, er ist vermutlich ein Spion!«

Andrea war erschüttert, erschrocken und wütend. Also war sie doch einem Ganoven aufgesessen. Und vielleicht hatte er sogar beabsichtigt, dass sie in diesem Aufzug ihren Auftritt hatte? Es war einfach unglaublich! Eine Ahnung sagte ihr, dass er in diesem Café am Petersplatz sein könnte. Und ihre Ahnung trog sie nicht. Dort saß er und grinste ihr jungenhaft vergnügt entgegen. Sie schoss wütend auf ihn zu. In ihren Augen tobte ein Blitzgewitter.

»Was fällt dir ein, mich so auflaufen zu lassen!«, schrie sie ihn an und wäre auch nicht leiser gewesen, hätte es zehn Damen mit Strohhut gegeben. »Du bist ein abgekochter Ganove, ein ganz hinterhältiger …« Sie schnappte nach Luft, denn es fiel ihr nichts mehr ein.

Dann packte sie ihn und zerrte ihn hoch. Es war ihr nicht aufgefallen, dass sie ihn duzte.

»Du kommst auf der Stelle mit mir mit zu Signore Fabrini. Ich bin gespannt, welche Lügenstory dir dort einfällt. Vielleicht lässt er dich ja gleich einsperren – du – du Modespion. Also los, jetzt komm endlich!

Andrea entwickelte ungeheure Kräfte, schleppte ihn zu einem Taxi und stauchte ihn hinein. Er machte keine Anstalten, sich zu widersetzen.

»Und versuch nicht, dich zu verdrücken«, sagte sie. »Ich habe Spray dabei. Ein richtiges Kampfspray! Ich zögere nicht, es dir …«

»Schon gut, schon gut. Dann geh ich halt in den Knast!«

»Stopp!«, schrie Andrea, und der Fahrer folgte so aufs Wort, dass Andrea beinahe mit dem Kopf gegen die Windschutzscheibe gebumst wäre. Sie drehte sich um und sah ihn an. Ihr Gesicht wirkte verzweifelt und bekümmert. »Nein, das will ich nicht. Weißt du was, ich verschwinde einfach und schicke Signore Fabrini das Ding zurück.«

»Bist du verrückt, Andrea? Meinetwegen, um eines kleinen Ganoven willen, lässt du diesen tollen Job sausen?«

»Es ist halt so«, sagte sie beinahe trotzig. »Und jetzt steig aus und verschwinde. Na, wird's bald?«

»Wir fahren zu *Fabrini*!«, ordnete er an.

»Dann geh ich mit dir in den Knast«, jammerte sie. »Ich bin ja auch schuld, ich hätte es nicht anziehen dürfen. Ach du liebe Zeit. Oder wie hauen beide ab. Hör zu, ich habe noch dreihundert Euro. Morgen ist mein Geld auf dem Konto und dann können wir …«

Man war vor dem Modepalast angekommen. Maria nahm Andres an die Hand und zerrte sie hinter sich her. Er kannte sich scheinbar gut aus. Nun, als Spion musste er das ja wohl können. Andrea klammerte sich an ihm fest, als sie vor der gepolsterten Tür standen. Sogar die Sekretärin trat zurück und blickte Mario etwas entgeistert an.

Frech wie Oskar stieß Mario die Tür auf. Signore Fabrini drehte sich langsam um.

»Dachte ich es mir!«

Andrea stellte sich vor Mario und breitete die Arme aus.

»Sie dürfen ihm nichts tun. Es ist alles meine Schuld. Ich werde es abarbeiten. Jawohl, und wenn es Tag und Nacht sein sollte.«

»So wird es wohl sein müssen«, meinte Mario und wandte sich an Signore Fabrini. »Vater«, sagte er, doch wünschtest dir doch immer eine Schwiegertochter, die nicht auf unser Geld aus ist. Ich habe sie gefunden. Sie steht vor dir, heißt Andrea, und ich werde sie heiraten. Sie und keine andere. Bene?«

Andrea begriff erst richtig, als er sie küsste. Und alles erwachte wieder, die Musik, die Lichter, die Brunnen und die ganze wundervolle Sommernacht in Rom.

Eine Liebe in Marienbad

Alexander von Bernheim, Spross einer alteingesessenen rheinischen Winzerfamilie, reist auf Wunsch seines Vaters geschäftlich nach Prag. Es bleiben ihm einige Tage Zeit. Diese beschließt er im wunderschönen Marienbad zu verbringen. Dort begegnet ihm die große Liebe aber es gibt auch einige Verwickelungen …

Als Alexander von Bernheim in Marienbad seinem Sportwagen entstieg, fand er eine in Düften und Melodien gebadete Stadt. Ihn begeisterten die alten Prachtbauten, und es war für ihn irgendwie ein prickelndes Gefühl, zu wissen, dass hier lange vor ihm Könige und Kaiser nach Entspannung, Erholung und Vergnügen gesucht hatten. Alexander, der einerseits ein nüchtern denkender Geschäftsmann und andererseits ein rettungslos verlorener Romantiker war, wandelte gern auf diesen Pfaden der Vergangenheit.

Dennoch entschloss er sich, nicht in eines dieser repräsentativen Prunkhotels zu ziehen. Stattdessen nahm er Quartier bei der liebenswerten und wohlbeleibten Frau Miroslava Poierová, die ihm gleich zu Anfang in trolligem Deutsch von ihrer »deitschen« Verwandtschaft erzählte.

Sie war eine vollbusige Frau mit regelrecht gelbem Haar, welches hoch aufgetürmt und kunstvoll gelockt auf ihren Haupt prangte. Die Wangen waren rosenrot und hingen ein wenig so herab, wie man das von einem süßen Marzipanschweinchen kennt. Ihr bemalter kleiner Kirschenmund stand selten still. Ach ja, Bücher würde sie wohl schreiben können. Aber schließlich und endlich, so meinte sie, sollte man die Vergangenheit ruhen lassen ...

Kurz gesagt, Frau Poierová war eine bezaubernde, wenn auch bisweilen recht anstrengende Persönlichkeit. Und von der böhmischen Küche verstand sie viel, sehr viel. Sogar die ganz großen Hotels sollten sich schon um sie als Köchin gerissen haben. Aber nein, das wollte sie nicht, sondern nur für »ihre Leite« kochen. Und das tat sie auch mit allem Elan.

Das Häuschen der Frau Poierová lag am Rande der großen Parkanlagen. Nachts sah man die Lichter der prachtvollen Hotels durch das tiefgrüne Laub der Bäume herüberschimmern. Das Häuschen war einfach und fast wie eine Puppenstube eingerichtet.

»So richtig kuschelig«, sagte Alexander voller Wohlbehagen.

»Was ist das, kuschelig?«, fragte Frau Poierová in ihrem ulkigem Deutsch. »Ist das was Schlechtes?«

»Nein, etwas Gutes«, beruhigte Alexander.

»Ach, dann sie haben mir, wie sagt man: Stein von Seele genommen.«

Alexander lachte hell auf. Man saß auf der Terrasse, vom Duft der zahllosen Sommerblüten umschmeichelt und genoss einen wundervollen Braten mit böhmischen Knödeln. Den Salat dazu hatte Miroslava, die Alexander augenzwinkernd erlaubte, sie Mirka zu nennen, selbst aus ihrem Gärtchen geholt und mit geheimnisvollen Kräutern in eine wahre Delikatesse verzaubert. Alexander fühlte sich so wohl wie seit langem nicht mehr und streckte sich behaglich.

»Aber sollten Sie a bissel unter Leite gehen!«, riet Mirka augenzwinkernd. »Haben wir ganz viele scheene Mädels in Marienbad. Gehen Sie unter die Leite, Herr Doktor. Dann finden Sie a bissel Liebe.«

»Ich bin doch kein Doktor, liebe Mirka, wie oft muss ich

das noch sagen?«

»Alle höheren Leite sind Doktor für mich«, beharrte sie nahezu eigensinnig. »Ist auch egal, was man ist, Hauptsache man ist glicklich, oder nicht?«

»Ja, Glück ist die Hauptsache«, pflichtete Alexander bei, und er dachte darüber nach, wie wenig Glück er bisher gehabt hatte. Die Tochter des Winzers Hauenberg, mit der er so gut wie verlobt gewesen war, hatte ihm kaltlächelnd den Laufpass gegeben, nachdem sie Einblick in die Bilanzen des Hauses derer von Bernheim genommen hatte …

Alexander betrachtete sich vorerst als ‚geheilt. Seine Familie jedoch ließ nichts unversucht, ihn an die Frau zu bringen, wogegen sich Alexander jedoch sträubte wie die Katze vor dem Wasser …

So nahm er den Rat Mirkas an und bummelte eines Nachmittags durch die herrlichen und gepflegten Parkanlagen. Eine unendliche Blütenfülle quoll ihm entgegen. Zarte Rosen neben Teppichen duftender Lavendelblüten. Meere von gefüllten Margeriten, die mit glühend blauen Büscheln von Lobelien wetteiferten. Feuerroter Salbei, der beinahe das Auge blendete und köstliche Lilien, die sich wie Königinnen im sanften Sommerwind wiegten. Ein Genuss für das Auge und für alle Sinne …

Und plötzlich gab es einen Rums. Vor Alexanders Füße polterte eine Anzahl goldgelber Weißbrotstangen, gefolgt von einem irdenen Töpfchen mit köstlicher Butter, hinter dem ein ganzer Schinken in den Sand kollerte.

»*Idiot, nemuzes mit pozor?*«, hörte Alexander eine zornige Mädchenstimme rufen.

»Verzeihung«, stammelte er. «Ich spreche kein Tschechisch.«

»Oh, Sie sind Deutscher?«, tönte es ihm wohlklingend entgegen.

Alexander bückte sich rasch um die Sachen einzusammeln.

Als er sich erhob, traf es ihn wie ein Blitz. Ein Augenpaar, so strahlend wie diese köstlichen tiefblauen Lobelien, blickte ihm entgegen. Ein Mund, so frisch und rot wie die zarten Rosen und zwei reizende Wangengrübchen, die so lebendig schienen wie die Quellen von Marienbad. Weizenblondes Haar umlockte das zierliche süße Gesichtchen.

»Machen Sie sich keine Mühe Herr Doktor …«

»Aber ich …«

»Es ist nicht viel passiert. Der Buttertopf ist nicht zerbrochen, die Brote kann man abwischen und das bisschen Sand vom Schinken soll Vladimir, der faule Kerl, einfach wegwaschen.

»Ich werde den Schaden natürlich ersetzen«, stammelte Alexander und half dem Mädchen, die Sachen wieder in den Körben zu verstauen.

»Ach was«, sagte sie wieder, »ist doch nix passiert. Aber ich muss beeilen mich. Arbeite ich dort in großem Hotel. In Küche, wissen Sie.«

Ihre zarte Hand wies zu einem dieser Prachtbauten auf der anderen Seite des Parks.

»Können wir uns wiedersehen?«, fragte Alexander spontan.

»Was Sie sich denken?«, fragte das zierliche Persönchen fast empört. »Bin ich nicht eine von diese – na ja – Sie wissen schon. Bin ich anständig …«

»Ja, ja, eben darum. Heute Abend – acht Uhr?«

»Hab ich erst um zehn Feierabend.«

»Dann um zehn«, beharrte Alexander. »Ich warte vor dem Hotel.«

»Nicht vorn, hinten«, sagte sie eifrig. »Dürfen wir nicht vorn rausgehen.«

»Wie heißen Sie?«

»Jovana«, sagte sie, nahm ihre Körbe und huschte davon. Alexander blieb stehen und wischte sich mit der Hand über die Augen. War ihm eine Märchenfee begegnet oder war alles Wirklichkeit gewesen?«

Bereits kurz nach halb zehn wartete Alexander vor dem Hintereingang des Hotels, dessen vordere Fassade zumindest ebenso prächtig wie die hinter hässlich erschien. Eine ganze Reihe von Leuten gingen an ihm vorüber. Die Blicke waren teils skeptisch, teils aber auch verächtlich. Dann trat ein Mann auf Alexander zu.

»Deutscher«? fragte er.

»Ja, Deutscher«, bestätigte Alexander.

»Wenn Sie hier ein Mädchen für – na ja, Sie wissen schon – suchen, dann sind Sie am falschen Ort. Gehen Sie dann besser nach …«

»Ich suche kein Mädchen für – na ja, Sie wissen schon«, erwiderte Alexander.

»Und was suchen Sie dann?«

»Jovana.«

»Oh, mein Herr, dann beißen Sie sich nur mal die Zähne an Jovana aus. Die ist eine harte Nuss. Die härtest Nuss in Marienbad.«

Der Mann lüftete seinen Hut und verschwand in der Dämmerung. Und Alexander wartete. Irgendwie erschien ihm sein Vorhaben plötzlich unsinnig, ja beinahe idiotisch. Ein völlig fremdes Mädchen, eine Küchenhilfe. Was wollte er eigentlich von ihr? Was wollte er ihr sagen? Er wusste es nicht. Es war nicht kalt. Keineswegs. Es war lind und lau, und vom Park herüber wehte der Duft der üppig blühenden Blumen. Doch trat Alexander von einem Bein aufs andere, so als stünde er an einem bitterkalten Weihnachtsabend, auf eine Überraschung wartend, mitten im glitzernden Schnee.

Und dann kam sie. Sie trug noch ihr einfaches blaues Kleidchen. Eine Prinzessin hätte darin nicht schöner aussehen können, denn der dünne Stoff umschmeichelte sie wie eine zweite Haut und verlieh ihr nahezu die Zerbrechlichkeit einer zarten Porzellanpuppe.

»Hallo«, sagte sie schlicht und senkte das Köpfchen.

»Was machen wir nun?«, fragte Alexander.

»Ach«, erwiderte sie zwitschernd. »Wir können ins Café *Bärchen* gehen. Dort gibt es die beste heiße Schokolade in der ganzen Stadt.«

»Dann also ins Café *Bärchen*«, sagte Alexander fröhlich. Und sie hakte sich so einfach bei im unter, als hätte sie in ihre Leben nie etwas anderes getan.

Unterwegs plapperte sie unaufhörlich vor sich hin. »Ich komme so selten weg«, klagte sie. »Viel verdiene ich nicht.« Sie blieb stehen und zerrte Alexander am Ärmel. Ihre blauen Augen flehten in sein Gesicht. »Das Café ist sehr teuer, Herr Doktor«, flüsterte sie dann. »Und will ich nicht unverschämt sein.«

»Ach was«, tat Alexander ab und zog sie mit sich fort.

Das Café war zauberhaft. Alexander kam es so vor, als habe man dort alle böhmische Kultur vereinigt. Püppchen saßen auf den Lehnen der Sofas, hübsche Bilder schmückten die Wände und auf den Borden waren zahllose altböhmische Gläser aufgereiht, die in leuchtendem Grün oder flammenden Rubin niederleuchteten. Natürlich trank man Schokolade, und Jovana bat mit vogelzarter und bittender Stimme um ein Nusstörtchen. Alexander bestellte einen ganzen Teller voll von diesen unvergleichlich köstlichen Backwaren, die ein gutes Teil der böhmischen Kultur ausmachten. Mehr und mehr verstand Alexander, dass Jovana nicht auf Rosen gebettet lag. Umso bezaubernder war daher ihre Bescheidenheit, denn Alexander bezahlte für alles nur wenig Geld...

»Möchten Sie noch ein Schokolade, Jovana?«, fragte Alexander.

»Noch eine?«, fragte sie entsetzt zurück und sprang auf. »Sie dürfen nicht denken, dass ich eine von denen bin ...«

«Und ich bin keiner, der nur das berühmte 'Eine' will«, unterbrach Alexander. «Ich mochte nur, dass Sie glücklich sind, Jovana.«

»Oh«, sagte sie, «das hat mir keiner von vielen Touristen gesagt.«

»Sie sind sicher mit vielen aus gewesen?«

Sie senkte den Kopf auf dessen seidigem Haar sich das Licht der prachtvollen Lüster widerspiegelte. Nun hob sie ihm ihr zauberhaftes Gesicht entgegen,

»Mit keinem, außer mit Ihnen«, versicherte sie und hob die kleine Hand zum feierlichen Schwur. »Warum weiß ich auch nicht«, fügte sie hinzu. »Möglich Dummheit.«

Ein Gefühl ungeheurer Zärtlichkeit durchfloss Alexander wie ein wärmender Strom. Er nahm ihre Hand. Jovana ließ es gestehen.

»Aber nein, es war ganz und gar keine Dummheit«, flüsterte ihr Alexander zu. »Ich weiß nicht, wie ich es sagen soll, Jovana. Es war ...«

»Liebe auf den ersten Blick«, vollendete sie. »So sagt man doch bei euch in Deutschland oder nicht?« Er war zunächst sprachlos. Doch ihr Blick war entwaffnend; er war die pure Zärtlichkeit. Und dieser Blick machte Alexander fast etwas hilflos.

»Hab niemals gemacht Liebe auf ersten Blick«, plapperte Jovana beinahe fröhlich weiter. »Hab ich gar nicht gewusst, was ist das, Liebe auf ersten Blick. Aber jetzt ...«

»Ja?«

»Jetzt muss ich nach Hause. Ist spät geworden.«

»Aber …«

»Ich muss«, beharrte das zarte Persönchen eigenwillig. »Sie kennen meine Mama nicht. Sie ist, wie sagt man – eine Dampfmaschine.«

Alexander lächelte.

»Und morgen?«

»Ach morgen«, seufzte sie fast traurig. »Morgen werden Sie abreisen und Jovana aus Marienbad schnell vergessen haben. Die kleine dumme Jovana.«

»Mit einem wunderbaren Herzen«, sagte er und presste ihre fast winzige Hand an seine heißen Lippen.«

»Bitte nicht, Leite könnten denken, ich wäre eine von diesen – na ja, Sie wissen schon.«

Geschmeidig glitt sie vom Stuhl, sah sich kurz um und gab ihm einen blütenzarten Kuss auf die Lippen. Alexander schloss die Augen. Und dann war sie weg. Verschwunden wie eine Fee im Märchenland.

Alexander sah sie am folgenden Abend wieder. Wie immer, sah sie ganz bezaubernd aus. Und nun wusste er, dass er in Jovana verliebt war. Sie hatte sein Herz in Ketten gelegt. Und nur sie wollte er, keine andere. Mochte die Familie sagen was immer auch sie wollte.

»Dich heiraten?«, fragte Jovana scheu, nachdem er sie auf einer Parkbank geküsst hatte. Beide saßen da, umschmeichelt von milden Blütenduft, umweht von seidigem Wind.

»Aber ja«, sagte Alexander. »Und du musst Alex zu mir sagen.«

»Alex«, sagte sie und sprach seinen Namen aus wie ein Gebet. »Meinst du es auch wirklich ehrlich?«

»Oh ja, Jovana, sehr ehrlich sogar. Morgen schon, wenn du willst, werden wir die nötigen Papiere besorgen. Und dann kommst du mit mir in meine Heimat, die dann auch deine Heimat sein wird.«

»Oh, dass das alles wahr ist. Ich kann es gar nicht glauben. Aber ich werde mit dir gehen, und wenn es sein muss, bis an das Ende der Welt.«

Alexander schmuggelte Jovana ins Häuschen der Frau Poierová. Was dann geschah, soll das Geheimnis aller Liebenden dieser Welt bleiben.

»Haben Sie gehabt schöne Nacht?«, fragte Miroslava am folgenden Morgen. Ihre Schweinebäckchen waberten und sie zwinkerte mit den Augen. »Hab ich nicht gelauscht«, versicherte sie. »Aber weiß ich, wie schön sein kann die Liebe.«

Am folgenden Tag machte sich Alexander auf den Weg in jenes Hotel. Er hatte es eilig, so rasch wie nur möglich mit Jovana auf das Konsulat zu gehen.

»Jovana hat Freistunde und ist weggegangen«, lautete die enttäuschende Auskunft, die Alexander bekam. So wandelte er auf den Wegen, die er mit Jovana in der vergangenen Nacht gegangen war. Als er dicht bei diesem zauberhaften Säulenpavillon war, stockte ihm fast der Atem. Jovana. Dort stand sie, sah sich suchend um. Und dann kam ein junger Mann. Sie lief los und flog ihm geradezu in die Arme. Dieser Mann küsste sie voller Leidenschaft. Und dann gingen sie Arm in Arm davon, verschwanden im Meer von Grün und Blüten.

Dieses kleine Luder, dachte Alexander. In ihm wühlten Schmerz und Enttäuschung. Er fühlte sich ausgenutzt. Nicht so sehr wegen seiner Geldausgaben, vielmehr dessen, was er von seinem Herzen gegeben hatte. Zuerst dachte er daran, sofort abzureisen. Aber er war zutiefst gekränkt und fest entschlossen, diese Kränkung zurückzugeben. Deshalb ging er ein zweites Mal zu diesem Hotel und verlangte, diesmal ziemlich energisch, Jovana zu sprechen. Augenblicke später stand sie vor ihm, unschuldig und zärtlich lächelnd.

»Ich habe nicht viel Zeit …«

»Für diese paar Sekunden schon«, erwiderte Alexander und zerrte sie ganz einfach hinaus auf den tristen Hinterhof. »Sag einmal, was denkst du dir eigentlich?«, fragte er erbost. »Mir spielst du Liebe vor und triffst dich mit einem Mann im Park?«

»Mit einem Dunkelhaarigen?«, fragte Jovana, so als sei dies ganz selbstverständlich.

»Ja – mit eine Dunkelhaarigen.«

»Heute Nachmittag?«

»Ja, und vor meinen Augen.«

Und dann lachte sie. Sie lachte, bis sich glitzernd das Sonnenlicht in ihren Augen widerspiegelte, denn sie waren voller Tränen.

»Oh, du Dummerle«, sagte sie schließlich, noch immer lachend. »Du hast Alena gesehen, zusammen mit ihrem Verlobten Jaroslav.«

»Wie bitte?«

»Hab ich dir nicht gesagt, dass ich habe Schwester?«

»Ja, ja natürlich …«, stammelte Alexander.

»Alex, ist Alena meine Zwillingsschwester. Sie will Jaroslav heiraten, wenn daheim unsere – na ja – Dampfmaschine sagt ja dazu.«

Dampfmaschine war eine sehr korpulente und energische Frau sagte Ja zu allem. Alena bekam ihren Jaroslav. Und Alexander seine Jovana.

»Aber möchte ich doch sehr bitten um Einladung, wenn kommt Enkel, was mich macht für Großmama«, verkündete die Dampfmaschine und füllte Alexanders Teller mit Braten, Kraut und böhmischen Knödeln.

Liebesglück im Hafen

In einem kleinen Ostseenest trifft Sofia den Angler Jonas. Zum gefangenen Fisch lädt er sie in seine bescheidene Behausung ein. Mit seinen Kochkünsten ist es nicht weit her. Sofia spielt Hausfrau und verliebt sich prompt in den Sonderling. Als er plötzlich verschwindet und als sie erfährt, wer er tatsächlich ist, geht sie auf die Barrikaden ...

Schläfrig tuckerte der kleine Kutter in den Hafen und gesellte sich zu den bunt bemalten Schiffen, die am Kai in der Frühlingssonne dösten. Der befrackte Kellner des winzigen Fischrestaurants wedelt beflissen mit einem Tuch über die beiden Tische. Noch war es früh; die Gäste würden später erst aufkreuzen. Wie an jedem Tag voll Sonnenschein rüstete sich auch heute der Akkordeonspieler für seinen Job. Bald würde wieder seine »Lili Marlen« über den kleinen Hafenplatz schluchzen. Den ganz Tag über »Lili Marlen« und »Seemann – deine Heimat ist das Meer«, denn etwas anderes konnte der Mann wohl nicht. Und vielleicht wollte man auch gar nichts anderes hören ...

Sofia schlenderte die Hafenmole entlang. Da entdeckte sie den Mann. Er saß da, mit Jeans, die an den Waden ausgefranst waren. Seine nackten Füße baumelten vom Kai herab. Mit gekonntem Schwung warf er die Angel aus. Der Haken klatschte ins stille Wasser. Sofia ging näher. Er trug einen Strohhut auf den dunklen Locken. Die Muskeln seiner gebräunten Arme spielten prachtvoll im Sonnenschein .

»Angeln Sie hier?«

Er drehte sich zu ihr hin. Ein hübsches kantiges Gesicht,

volle Lippen und klare helle Augen, die sie spöttisch musterten. Er verzog den Mund. »Nee, ich füttere die Fische.«

»Was für eine dumme Antwort!«

»Auf einen dumme Frage kann man keine gescheite Antwort verlangen. Setz dich hin und sei still oder verschwinde wieder, Sonst vertreibst du mir die Fische.« Trotz des brummigen unfreundlichen Tons fand Sofia den Fischer interessant. Dieser Mann schien kein Ja-Sager zu sein, wie es viele gab, kein Schmeichler, sondern eher jemand, auf den man sich verlassen konnte.

Sie ließ sich neben ihm nieder und betrachtete ihn von der Seite her. Eine Weile wagte sie nichts zu fragen. Schließlich machte ihr ein Grinsen Mut.

»Lebst du – von dem da?«, fragte sie.

»Von dem und von anderem. Mal dies mal das ... heh, heh ...« Der Schwimmer begann zu tanzen.

»Ein Fisch – ein Fisch!«, jubelte Sofia und sprang wie ein Kobold hin und her.

»Den Kescher!«, rief er. »Hol mir den Kescher!«

Dann hatten sie es geschafft. Der Fisch schwamm in den hölzernen Kübel. Es war ein beachtlicher Bursche.

»Danke. Hast du auch einen Namen? Ich bin Jonas.«

»Sofia«, sagte sie und streckte ihm die Hand entgegen. Er wischte seine an der dreckigen Jeans ab und reichte sie ihr. Sofia ging bei diesem Druck ein wenig in die Knie. »Und was machst du nun mit deinem Fang?«

»Braten und essen. Darf ich dich einladen? Es ist nicht ...ähm ... nobel bei mir. Ich wohne da hinten am Dorfausgang. Das vorletzte Haus rechts. Sagen wir – in einer Stunde. Bring 'ne Flasche Korn mit, der Fisch muss schwimmen.« Damit nahm er den Kübel und ging mit federnden Schritten davon.

Sofia kehrt zu ihrer kleinen Pension zurück. Er war mehr

als ein wunderlicher Mann. Aber er faszinierte sie. Wenn sie in sich ging und dem Klang seiner Stimme nachlauschte, spürte sie ein Vibrieren in sich. Im Tante-Emma-Laden kaufte sie eine Flasche Korn und machte sich auf den Weg zu dem Fischerhäuschen am Ende des Dorfes. Rauch kringelte sich aus dem Schornstein. Sofia schnupperte. Es roch zwar nach Fisch, jedoch nicht besonders angenehm. Als sie die Tür öffnete, stand sie in einer stinkenden Qualmwolke.

»Ach du liebe Zeit, was ist denn hier passiert?« Sie wedelte mit den Händen und trat vollends in den düsteren Raum. Jonas stand hüstelnd und röchelnd am Herd. In einer Pfanne lag der verkohlte, übel riechende Fisch.

»Ich fürchte – es ist mir misslungen. Ich – ich habe nicht aufgepasst.« Er sah sie zerknirscht und schuldbewusst an. »Das Mittagessen ist, fürchte ich, beim Teufel. Ich muss dich leider wieder ausladen.«

»Ich versuche Schadensbegrenzung zu machen«, sagte Sofia. »Lüfte ordentlich bis ich wieder zurück bin. Ich denke, das kriegen wir wieder hin.«

Sie eilte zum Hafen. Dort verkaufte man Fische direkt vom Kutter. Sofia erstand zwei prächtige Schollen, holte im Laden Speck sowie Kartoffeln und betrat mit ihrer Tüte bald darauf wieder die gelüftete Fischerhütte. Sie war mehr als spartanisch eingerichtet. Unter der niedrigen Decke baumelte eine trübe Funzel. Dort drüben gab es einen kleinen Kachelofen, eine roh gezimmerte Sitzecke und den Herd mit einem kleinen Küchenschrank daneben.

»Hier wohnst du also« sagte sie, während sie ihre Sachen auspackte und mit der Zubereitung begann. »Weiß Gott nicht sehr nobel.« Kurze Zeit darauf zog aromatischer Duft durch die Behausung. Schließlich stand eine köstliche Maischolle mit knusprigem Speck und goldgelben Kartoffeln auf dem Tisch. Jonas schmauste mit geschlossenen Augen.

»Du bist ja eine verdammt gute Köchin. Allein schon deshalb würde es lohnen, dich zu heiraten …«

»Nur wegen dem Kochen?«, fragte sie verschmitzt.

»Nun, das müsste man herausfinden. Er beugte sich vor und hauchte ihr einen Kuss auf die Wange. Sofia spürte es heiß über den Rücken rieseln. Auf einmal waren seine Lippen auf ihrem Mund. Ein Kuss voller Seligkeit, der nicht nach dem Morgen fragte. Er bestimmte den Augenblick. Sie saßen da und sahen einander mit brunnentiefen Augen an. Jonas' Hand hatte sich in Sofias geschlichen. Zeitloses Glück.

Tags darauf saßen sie wieder am Kai. Sofia hatte ihren Kopf in Jonas' Schoß gebettet und sah träumend den weißen Wolken nach, die am Küstenhimmel entlangsegelten. Sie wünschte sich, es könnte immer so sein und wagte es nicht, Fragen zu stellen. Scheinbar war Jonas eine Art Lebenskünstler, der sich irgendwie durchschlug. Es war für den Augenblick egal. Sofia war glücklich.

Sie genoss die Tage im Fischerdorf. Sie angelten am Hafen und brutzelten später den Fang. Wie Kinder liefen am Strand entlang, lachten und tollten ausgelassen wie junge Hunde. Am Abend saßen sie auf der kleinen Bank hinter der Fischerhütte.

»Nirgendwo sind die Sterne schöner und klarer als hier oben im Norden«, sagte Sofia verträumt. »Es sind noch nicht viele Sternschnuppen da, die kommen erst im August. Aber ich habe schon eine gesehen und mir etwas gewünscht?«

»Was denn?«

»Das darf man nicht verraten, denn sonst erfüllt sich der Wunsch nicht. Aber es war etwas sehr Schönes.«

»Wenn ich mir etwas wünschen dürfte, wäre es eine Frau wie dich«, sagte er und küsste sie sanft. »Wir wissen zwar noch nichts voneinander, Sofia. Lass uns trotzdem den Augenblick genießen, denn er kommt nie wieder. Wer weiß, was morgen sein wird.«

Als sie am Montagmorgen die Fischerhütte betreten wollte, rüttelte sie vergeblich an der Tür. Sie ging um das Haus herum, spähte durch die kleinen Fensterscheiben und konnte kein Lebenszeichen entdecken.

»Der noble Herr ist wieder abgereist«, brummte eine Stimme hinter ihr. Sie drehte sich um. Ihr Blick fiel auf einen alten Kerl mit Schiebermütze und abgewetzter Cordhose. »Der mietet doch die Hütte nur immer ein paar Tage und tobt sich hier aus. Hat er dich auch reingelegt?«

»Nobler Herr? Wie? Ich verstehe nicht?« Sie furchte die Stirn.

»Das ist doch der Junior von der *Reederei Ohlsen*«, schnarrte der Alte. »Wenn dem Esel zu wohl ist im Hamburg, dann geht er hier auf's Eis.«

Jonas *Ohlsen*! Wie Schuppen fiel es ihr vor den Augen. Sie hatte den Juniorchef nur einmal aus der Ferne gesehen – ohne Dreitagebart und im schnieken Anzug. Ihr Büro hatte mit der Chefetage nichts zu tun. Ein feiner Herr, dieser Jonas Ohlsen! Sie hatte sich doch tatsächlich in diesen Kerl verliebt – und nun stellte sich heraus, alles war nur ein fatales Spiel gewesen?

Kurz darauf knatterte ihr kleines Auto Richtung Hamburg. Auf direktem Weg ging Sofia in die Rederei, stürmte die Treppe hinauf zur Chefetage. Sie riss die gläserne Flügeltür auf.

»Heh Sie, hallo – Sie können nicht einfach … Der Juniorchef hat Besprechung …«

»Ich kann!« Sofia stürmte an der dürren Vorzimmerdame vorbei auf die gepolsterte Tür zu. Sie drückte die Klinke und riss die Tür auf.

»Sofia!« Jonas stand am Fenster. Er trug einen eleganten Anzug. Sein Bart war ab.

»Na, du Fischers Fritze!«, fauchte sie ihn an. »Das hast du ja fein hingekriegt. Ein vergnügtes Wochenende mit Liebesgesäusel machen …und …«

Er war auf sie zugekommen und hielt ihre gestikulierenden Arme fest. »Wie würde ich denn die Frau meines Lebens denn finden können, wenn ich dieses Theater nicht gemacht hätte? Eine einfache, praktische liebevolle Frau – die auch kochen kann – und nicht nur das …«

»Du hast – ich meine – ich … da liegt ja meine Personalakte!«

»Ja, die habe ich mir kommen lassen, nachdem ich dich kennengelernt hatte. Du hast dich in mich verliebt. Aber nicht in den Reedersohn Ohlsen, sondern in den Angler. Du bist die Frau meines Lebens, Sofia. Du ersparst mir den Weg zu dir, denn in dein Herz habe ich ihn schon lang gefunden!«

Der Lebkuchenmörder

„Halt du den Rand!", kläffte mich Katharina an. „Du hast hier gar nichts zu melden, du Würschtle, du windiges. Trägst das Geld weg mit deiner ewigen Studiererei"

„Ich studiere Wirtschaft und könnte dann in der Firma …"

„Du wirst doch nicht glauben, dass du auch nur einen Zeh in die Firma kriegst?", keifte sie mich an. In solchen Momenten kribbelten meine Finger. Da hätte ich nur zu gern meine Hände um ihren Hals gelegt und zugedrückt. „Du bist doch zu gar nichts fähig", zischte sie giftig. Ich hielt ich meine Klappe, denn sie hätte uns noch mehr schikaniert. Das wollte ich meiner geliebten Linda nicht antun. Ich durfte nicht einmal mit Katharina streiten. Sogar hier waren mir die Hände gebunden. Es ist ja wirklich kein Wunder, dass mir bei solchen Gelegenheiten seltsame Gedanken durch den Kopf gingen. Richtig bitterböse Gedanken. Mordgedanken, um es beim Namen zu nennen.

Eigentlich bin ich ein bescheidener und gerechter Mensch und habe Linda geheiratet, obwohl ich wusste, dass sie nichts hatte. Zwar stammte sie aus der bekannten Nürnberger Lebkuchendynastie Kittsteiner, war aber von ihrer älteren Stiefschwester Katharina abhängig. Die hatte den Betrieb als Erstgeborene übernommen, während Linda quasi leer ausging, da sie der zweiten, missglückten Ehe des Lebküchners Sebastian Kittsteiner entsprossen war.

Wir wohnten mietfrei in zwei windigen Kammern und einer kleinen Schlauchküche im Souterrain der Villa auf dem Firmengrundstück. Zwei Stockwerke bewohnte Katharina. Allein! Ich studierte Wirtschaft und Linda arbeitete im Betrieb. Oft bediente sie im Laden an der Nürnberger Museumsbrücke. Meine Frau wurde wie eine Sklavin gehalten und von Katharina ausgenutzt. Sie war das, was man in Franken als ein Mistviech bezeichnete. Sie war geldgierig und ungerecht. Obendrein war sie potthässlich, was dazu geführt hatte, dass trotz ihres Geldes keinen Kerl gekriegt hatte. Was ihre Hässlichkeit in dieser Hinsicht nicht zuwege brachte, schaffte sie mit ihrer spitzen Zunge.

Der alte Kittsteiner hatte eine Klausel im Testament, wonach Linda erst dann erben sollte, wenn Katharina einmal das Zeitliche segnete. Aber die – und sterben? Böse Menschen werden oft steinalt. Sagt man. Es würde immer so weitergehen. Unsere Kinder hätten keine Zukunft. Nicht solange das Mistviech lebte.

Aber, wie gesagt, bin ich ein gerechter Mensch und daher wurmte es mich, dass hier mit verschiedenen Maßstäben gemessen worden war. Linda konnte ja nichts dafür, dass sich ihre Mutter mit dem italienischen Lebkuchen-Gewürzmanager vergnügt hatte und verschwunden war. Weshalb hatte der Alte seine Wut an Linda ausgelassen und sie mit einem Butterbrot abgespeist? Katharina genoss diesen Vorzug und ließ ihn sich bei jeder nur denkbaren Gelegenheit heraushängen.

Auch an diesem Abend kam Linda, wie schon oft, heulend aus dem Büro. Katharina hatte sie wieder einmal herumgescheucht, angeschrien und beleidigt. „Und heute hat sie mir sogar eine geklatscht", berichtete meine geliebte Frau. „Mitten ins Gesicht. Vor allen Leuten!" Linda tat sie so leid in ihrer Verzweiflung. Es zerriss mir fast das Herz.

„Das muss anders werden", sagte ich erbost. Ich spürte schon wieder dieses Kribbeln in meinen Fingern. Meine Mordlust wuchs …

Ende der Leseprobe

Harald M. Landgraf
Der Lebkuchenmörder
und andere Kriminalgeschichten
Taschenbuch 149 Seiten
ISBN 978-3752641356 € 6,99
bei Amazon und im Buchhandel
Kindle Edition € 3,99